Vingt mille lieues
sous les mers

쥘 베른 지음

1828년에 프랑스 서부의 항구 도시 낭트에서 태어났으며, 어린 시절부터 바다와 그 너머 미지의 세계를 동경했다. 소년 시절 인도행 무역선에 몰래 탔다가 아버지에게 들키자 "앞으로는 꿈속에서만 여행하겠다"고 약속했다고 한다. 변호사인 아버지의 뜻에 따라 법률을 공부했으나 그의 꿈은 작가가 되는 것이었다. 20대에는 극작가를 지망했지만 빛을 보지 못했고, 1863년에 《기구를 타고 5주간》이 출간되어 성공을 거두면서 인기 작가가 되었다. 그 후 《해저 2만 리》 《80일간의 세계일주》 같은 '경이의 여행' 연작을 해마다 두어 편씩 집필하여 1905년에 죽을 때까지 80여 편의 장편소설을 남겼다. 세계 각국에서 번역되어 수많은 독자들의 사랑을 받았으며, 그는 '과학소설의 아버지'라는 칭호를 얻었다.

김석희 옮김

서울대학교 불문학과를 졸업하고 대학원 국문학과를 중퇴했으며, 1988년 한국일보 신춘문예에 소설이 당선되어 작가로 데뷔했다. 영어 · 프랑스어 · 일본어를 넘나들며 허먼 멜빌의 《모비 딕》, 헨리 소로의 《월든》, F. 스콧 피츠제럴드의 《위대한 개츠비》, 알렉상드르 뒤마의 《삼총사》, 생텍쥐페리의 《어린 왕자》, 시오노 나나미의 《로마인 이야기》 등 많은 책을 번역했으며, 제1회 한국번역대상을 받았다.

Vingt mille lieues
sous les mers
해저 2만 리

쥘 베른 지음 | 김석희 옮김

1판 1쇄 인쇄 2023년 3월 27일 | 1판 1쇄 발행 2023년 4월 3일

펴낸이 정중모 | 펴낸곳 열림원어린이 | 등록 1988년 1월 21일(제406-2000-000202호)
편집장 서경진 | 편집 정혜연, 김보라 | 디자인 권순영 | 마케팅 김선규 | 홍보 최가인
온라인사업팀 서명희 | 제작 윤준수 | 관리 이원희, 고은정, 구지영
주소 경기도 파주시 회동길 152
전화 031-955-0670 | 팩스 031-955-0661 | 홈페이지 www.yolimwon.com
전자우편 bbchild@yolimwon.com

ISBN 978-89-6155-225-7 04800, 978-89-6155-905-8(세트)

어린이제품안전특별법에 의한 제품 표시
제조자명 열림원어린이 | 제조년월 2023년 3월 | 제조국 대한민국 | 사용연령 8세 이상

Vingt mille lieues
sous les mers

해저 2만 리

쥘 베른 지음 | 김석희 옮김

열림원어린이

　쥘 베른(Jule Verne)은 과학의 시대가 시작될까 말까 한 1828년에 태어나 20세기가 막 시작된 1905년에 세상을 떠났습니다. 그러니 그는 19세기 사람이었지요. 게다가 그는 과학자도 아니고 기술자도 아니었습니다. 그런데도 그는 20세기에 이룩된 놀라운 과학기술의 진보에 실질적으로 참여했습니다. 영감을 받은 몽상가이자 인류의 미래상을 통찰한 예언자로서.

　베른은 죽을 때까지 80여 편의 소설을 썼는데, 과학소설·모험소설·환상소설 등이 망라된 이 총서를 '경이의 여행' 시리즈라고 부릅니다. 그중에서 62편의 장편 소설을 보면 지상과 지하, 하늘과 바다에 그가 '탐험'하지 않은 곳이 없고, 그가 작품 속에서 '발명'한 기계와 장치들 중에는 훗날 실용화되어 우리 생활에 편의를 가져다준 것이 적지 않습니다. 그래서 우리는 그에게 '과학소설의 아버지'라는 칭호를 바침으로써 그의 공적을 기리고 있는 것이지요.

　이렇게 놀라운 상상력과 비범한 통찰력을 가진 작가 쥘 베른은 어떤 사람이었을까요?

　쥘 베른은 프랑스 북서부의 항구 도시 낭트에서 태어났습니다. 낭트는 대서양으로 흘러드는 루아르강 연안에 위치한 지리적 여건 때문에 예로부터 무역 기지로 발달했으며, 그런 만큼 이국정서가 풍부한 도시였지요. 그런 환경 속에서 태어나 자란

덕에 쥘 소년의 마음에도 일찍부터 바다와 그 너머에 대한 동경
이 싹텄던 모양입니다.

그의 생애를 이야기할 때면 빼놓지 않고 인용되는 에피소드
가 하나 있습니다. 열한 살 때인 1839년, 동갑내기 사촌누이에
게 연정을 품고 있던 쥘은 산호 목걸이를 구해다 주려고 인도
로 가는 무역선에 몰래 탔다가 배가 프랑스 해안을 벗어나기 직
전에 루아르강 어귀에서 아버지에게 붙잡히고 맙니다. 그때 소
년은 "앞으로는 상상 속에서만 여행하겠다"고 약속했다고 합니
다. 이 유명한 '전설'이 사실인지 아닌지는 알 수 없지만, 낭만적
인 꿈을 좇아 미지의 세계로 떠나려는 소년의 모습은 과연 쥘
베른답다는 생각이 듭니다.

그 후 베른은 변호사인 아버지의 뜻에 따라 법조계에 진출하
려고 파리로 나와 법률을 공부하게 됩니다. 1849년에 법학대학
을 졸업했지만, 소싯적부터 문학에 관심을 가졌던 베른은 낭트
로 돌아가지 않고 문학의 길을 걷기로 결심합니다. 1857년에는
남편을 여의고 두 아이를 키우던 젊은 여인 오노린과 결혼했으
며, '생계를 위해' 한때 증권거래소에 취직하기도 했습니다.

그러면서도 베른의 문학 활동은 계속되었지만, 가벼운 희극
이나 단편소설을 쓰는 정도였습니다. 그러다가 1862년에 베른
은 열기구를 타고 아프리카 대륙을 탐험하는 이야기를 썼습니

다. 당시 열기구 비행은 대중의 관심을 모았지만, 베른의 소설은 출간될 전망조차 보이지 않았습니다. 그는 원고를 들고 여기저기 출판사를 찾아다니는 형편이었지요. 그 무렵, 베른의 생애에서 가장 중요한 만남이 이루어집니다. 피에르-쥘 에첼 (1814~1886)과의 만남이었습니다.

에첼은 단순한 출판업자가 아니었습니다. 직접 작품을 쓴 작가였고, 공화주의자로서 나폴레옹 3세의 제정(1852~1870)이 시작되자 벨기에로 잠시 망명했다가 파리로 돌아온 뒤에는 아동 도서 출판에 힘을 쏟게 됩니다. 당시 프랑스에서는 가톨릭교회가 아동 교육을 지배하고 있었습니다. 프랑스의 미래는 교육에 달려 있다고 생각한 에첼은 나라의 새싹들이 종교에 편향되고 시대에 뒤떨어진 교육에 묶여 있는 현실을 개탄하고, '재미있고 유익한 책', 특히 당시의 교육 체제에서 무시되고 있던 유용한 과학 지식을 알기 쉽게 가르치는 서적을 출판하여 새 시대에 어울리는 아이들을 키우려고 했습니다.

1862년에 에첼은 청소년용 잡지인 〈교육과 오락〉을 창간할 계획을 세우고 집필자를 찾고 있었습니다. 따라서 두 사람의 만남은 양쪽에 운명적인 고리가 되었지요. 에첼은 베른의 원고를 읽고는 그 재능을 한눈에 알아보고 장기 계약을 맺었습니다. 이리하여 소설가 베른이 탄생하게 된 것입니다.

1863년에 《기구를 타고 5주간》이 출간되어 대성공을 거두었고, 그 후 베른은 쌓여 있던 것을 토해 내듯 차례로 작품을 써냈습니다. 그리하여 '경이의 여행' 시리즈로 지금도 전 세계 독자들에게 사랑받고 있는 걸작들이 1년에 두세 권이라는 놀라운 속도로 잇따라 태어났습니다.

1869년에 《해저 2만 리》를 발표한 뒤, 1872년에는 파리를 떠나 아내의 고향인 아미앵으로 이주했습니다. 이 무렵부터 베른은 국민적, 아니 세계적인 명성을 얻게 되었습니다. 발표하는 작품마다 베스트셀러가 되었고, 레지옹도뇌르 훈장과 아카데미 프랑세즈 문학상 등의 영예도 얻었지요. 이렇게 명성과 부를 얻었지만 그의 생활방식에는 거의 변화가 없었습니다. 1888년에는 아미앵 시의회 의원에 당선되기도 했지만, 사교계에는 발을 끊고 집안에 틀어박힌 채, 백내장으로 말미암은 시력 저하와 싸우면서도 집필에만 몰두했습니다.

1905년, 전부터 앓고 있던 당뇨병이 악화하여, 3월 24일 베른은 가족에게 둘러싸인 가운데 숨을 거두었습니다. 장례식에는 수많은 사람이 모여들었고, 전 세계에서 조의를 표하는 편지가 밀려들었다고 합니다.

《해저 2만 리》(Vingt mille lieues sous les mers)는 쥘 베른의 대표

작 가운데 하나로 꼽힙니다. 바닷속과 바다 밑이라는 미지의 영역에 도전한 이 책이야말로 '경이의 여행'이라는 이름에 어울리는 작품일 것입니다.

이 작품은 에첼의 잡지 〈교육과 오락〉에 1869년 3월부터 이듬해 6월까지 연재된 뒤 단행본으로 출간되었는데, 이 소설에는 '경이'라는 이름에 걸맞은 놀랍고 신기한 세계가 펼쳐져 있습니다. 지상의 인간은 볼 수 없는, 아니 보는 게 허용되지 않는 것에 작가는 교묘하게 진실의 옷을 입혀 웅장한 이야기로 지어낸 것이지요. 독자들은 저마다 상상력을 발휘하여, 네모 선장이 엮어 내는 장엄하고 신비스러운 드라마를 읽어 나갈 수 있을 것입니다.

잠수함 '노틸러스호'의 선장 '네모'(라틴어로 '아무도 아니다'라는 뜻)는 지상의 인간 사회를 뛰쳐나가 세계의 바다를 돌아다니는 항해자이자 방랑자로 등장합니다. 그는 탁월한 능력을 가진 기술자이자 몇 가지 분야의 전문가이고, 오르간 주자에다 미술 애호가이기도 한 초인적 풍모를 보여 줍니다. 하지만 그가 누구인지, 어디서 와서 어디로 가는지, 독자들은 끝내 알 수 없습니다. 그렇게 그는 북극해의 소용돌이에 휘말려 모습을 감추고 맙니다. 그러나 《해저 2만 리》가 단순한 SF(과학소설)의 범주를 벗어나 뛰어난 문학성을 갖춘 걸작이 된 것은 네모 선장이라는 등장

인물의 신비로운 특성에서 유래한다고 할 수 있습니다.

네모 선장이 잠수함에 '노틸러스호'라는 이름을 붙인 것에서도 작가의 은밀한 의도를 느낄 수 있습니다. '노틸러스'는 라틴어로 앵무조개를 뜻하는 말인데, 지상과 인연을 끊고 잠수함이라는 조가비 속에 틀어박힌 네모 선장에게 어울리는 이름이 아닐까요? 덧붙여 말하면, 네모 선장의 'N이라는 금색 글씨가 박힌 검은 깃발'은 본래 해적 깃발을 뜻하지만, 개인의 완전한 자유와 독립을 추구하는 무정부주의자의 상징이기도 합니다.

책 제목에 나오는 '2만 리'의 '리'는 '해리'를 뜻하는데, 1929년에 국제수로회의에서 1해리를 1,852미터로 통일하기 전에는 나라마다 그 길이가 달랐습니다. 쥘 베른의 시대에 프랑스에서는 1해리가 약 4킬로미터였으므로, '2만 리'는 8만 킬로미터쯤 됩니다.

책 속에 실린 삽화는 에두아르 리우(1833~1900)와 알퐁스 드 뇌빌(1835~1885)이 동판화로 제작한 것입니다.

끝으로, '쥘 베른 걸작선'(전20권/열림원)이라는 이름의 번역 선집이 나와 있음에도 아동-청소년용으로 새로 다듬어 펴내는 사정을 밝히려고 합니다.

쥘 베른의 '경이의 여행' 시리즈는, 앞에서도 말했듯이 프랑스의 아이들에게 과학 지식을 보급하려는 취지에서 기획되었습니다. 그런 만큼 이 소설에는 바다의 동식물 사전 같은 다양한 지식과 정보가 장면에 따라 펼쳐지고, 온갖 학술 용어가 나열되기도 합니다. 당시만 해도 가장 새롭고 높은 수준의 지식이었을 테지만, 지금의 관점에서 보면 시대에 뒤떨어진 설명이 될 수밖에 없지요. 게다가 19세기 중엽의 이야기를 다루고 있어서, 오늘날의 아이들이 읽기에는 어렵거나 지루해서 걸림돌이 되는 부분도 적지 않습니다. 이런 문제 때문에 우리나라 아이들이 읽는 데 불편하다면, 그 불필요한 곁가지(말하자면 원작을 읽을 때 건너뛰어도 괜찮은 부분)를 쳐내는 방식으로 축약해도 좋지 않을까 싶었습니다.

　작업은 두 단계로 진행되었습니다. '쥘 베른 걸작선'에 포함된 《해저 2만 리》를 대본으로 삼아, 우선 수필가인 최향숙 씨가 두 아이를 키운 엄마의 눈높이로 곁가지를 정리해 주었고(그 자상한 노고에 감사드립니다), 그런 다음 내가 두 손주를 둔 할아버지의 마음으로 글과 내용을 다듬었습니다. 그러니 한결 쉽고 편하게 읽을 수 있을 것이고, 그런 만큼 읽는 재미도 더욱 쏠쏠해질 것이라 믿습니다.

2023년 새봄을 맞으며
김석희

|차례|

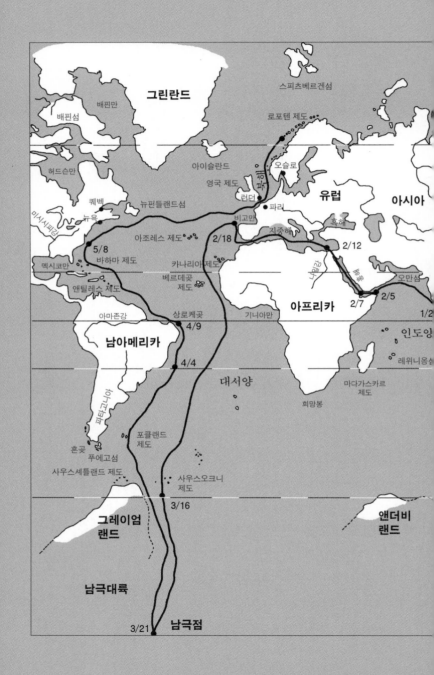

베링해

북극해

북극권

|베리아

알래스카

시베리아

베이징

크레스포섬

11/17

11/8

11/26

하와이 제도

샌프란시스코

북아메리카

미시시피강

북회귀선

알류샨 열도

태평양

말레이반도

리핀 제도

보르네오섬

뉴기니섬

바섬

1/4

바니코로섬

12/27

사모아섬

12/1

마르키즈 제도

적도

소시에테섬

1/18

1/13

피지 제도

통가섬

클레르몽토뇌르섬

12/11

오스트레일리아

누벨칼레도니섬

남회귀선

시드니

태즈메니아섬

뉴질랜드

아델리
랜드

월크스
랜드

빅토리아
랜드

남극해

남극권

남극대륙

'노틸러스호'의 항로
1867~1868

1장

수수께끼의 괴물

1866년은 실로 괴상한 사건이 일어난 해다. 그 사건은 뭐라고 설명할 수 없는 현상이어서, 아직도 누구나 기억하고 있을 것이다. 희한한 소문이 항구의 주민들을 선동하고 내륙의 일반 대중까지 흥분시키는 바람에, 바다와 관계된 사람들은 특히 불안에 휩싸였다.

사실은 벌써 오래전부터 많은 배들이 바다에서 '거대한 물체'를 만나고 있었다. 그것은 방추형으로 생겼는데, 때로는 인광을 발했고 고래보다 훨씬 크고 빨랐다. 여러 곳에서 관찰된 결과를 평균하면 이 괴물은 이제까지 발견된 어떤 동물보다 훨씬 크다고 단언할 수 있을 것이다.

1866년 7월 20일, 캘커타-버마 해운회사 소속의 '히긴슨호'가 오스트레일리아 동쪽 8킬로미터 해상에서 이 물체를 만났는데, 이 물체를 처음 보았을 때 베이커 선장은 알려지지 않은 암초를 만난 줄 알았다. 그래서 그 정확한 위치를 측정할 준비를 하고 있을 때, 그 물체에서 두 개의 물기둥이 휘파람 소리를 내면서 공중으로 50미터나 솟구쳐 올랐다.

같은 해 7월 23일, 서인도-태평양 해운회사 소속의 '크리스토발 콜론호'도 태평양에서 그와 비슷한 현상을 관찰했다. 그렇다면 이 신비스러운 고래는 놀랄 만큼 빠른 속도로 이동할 수 있다는 얘기가 된다.

보름 뒤에 다시 2,000해리(해상의 거리를 재는 단위로, 1해리는 약 4킬로미터) 떨어진 해상에서 그 괴물이 목격되었다. 미국과 유럽 사이의 대서양을 반대 방향으로 항해하고 있던 프랑스의 정기여객선 '엘베티아호'와 영국의 정기우편선 '섀넌호'가 괴물을 보았다고 서로 통신을 주고받았는데, 동시에 이루어진 관찰 결과 이 괴물의 길이는 적어도 100미터가 넘는 것으로 추정되었다.

연이어 날아드는 보고들, 대서양에서 괴물을 보았다는 목격담, 프랑스의 순양함 '노르망디호' 장교들이 작성한 비망록, 영국의 순양함 '클라이드호'에서 피츠제임스 제독이 작성한 보고서—이 모든 것들이 여론을 들끓게 했다.

대도시라면 어디서나 이 괴물이 화제가 되었다. 카페에서는 괴물을 노래했고, 신문에서는 괴물을 조롱했으며, 극장에서는 괴물을 무대에 올렸다. 신문들은 이 사건을 온갖 허무맹랑한 풍설을 퍼뜨릴 수 있는 기회로 삼았다. 신문에는 '모비 딕'(미국의 소설가 허먼 멜빌의 『모비 딕』에 나오는 흰고래)에서부터 크라켄(북유럽 전설에 나오는 바다 괴물)에 이르기까지 상상 속의 거대한 생물들이 죄다 등장하여 지면을 장식했고, 덕분에 신문들은 날개 돋친 듯이 팔려 나갔다.

이어서 학계와 과학 잡지에서는 괴물의 존재를 믿는 사람과 믿지 않는 사람들 사이에 뜨거운 논쟁이 벌어졌다. '괴물 문제'를 놓고 벌어진 공방전은 일진일퇴를 거듭하며 여섯 달 동안 계속되었다.

1867년 3월 5일 밤, 몬트리올 해운 소속의 '모라비아호'가 대서양 서쪽 해역에서 어느 해도에도 실려 있지 않은 암초에 오른쪽 뱃전을 부딪혔다. 선체가 튼튼하지 않았다면 구멍이 나서, 캐나다에서 승선한 237명의 승객과 함께 침몰하고 말았을 것이다.

사고는 아침 5시께, 동이 막 트고 있을 무렵에 일어났다. 당직 선원들은 고물(배의 뒤쪽)로 달려가 바다를 유심히 살펴보았지만, 500미터 전방에서 무언가가 해수면을 힘껏 내리치기라도 한 것처럼 물이 세차게 소용돌이치는 것밖에는 보이지 않았다. 선원들은 그 위치를 정확히 기록했고, '모라비아호'는 별다른 손상을 입지 않은 채 항해를 계속했다.

이 사고 자체는 아주 심각했지만, 몇 주 뒤에 비슷한 상황에서 비슷한 사고가 일어나지 않았다면 다른 사고들과 마찬가지로 잊히고 말았을 것이다.

1867년 4월 13일, 바다는 잔잔하고 바람도 적당했다. 영국의 유명한 선박회사 큐나드 해운 소속의 '스코샤호'는 대서양 북쪽의 아일랜드 근해를 지나고 있었다. 배는 1,000마력에 14노트의 속력을 내고 있었다. 외륜은 규칙적으로 수면을 때리고 있었다.

오후 4시 17분, 승객들이 갑판에서 간식을 먹고 있을 때, '스코샤호' 왼쪽 뱃전에 사실상 거의 감지할 수 없을 정도의 충격이 느껴졌다. '스코샤호'가 무언가에 부딪힌 것이 아니라, 무언가가 배에 부딪힌 것이다. 그것은 뭉툭한 둔기가 아니라, 무언가를 자르거나 구멍 내는 예리하고 뾰족한 도구였다. 하지만 충격이 그리 대수롭지 않게 여겨졌기 때문에, 선창에서 일하는 사람들이 갑판으로 뛰어 올라오면서 소리를 지르지 않았다면 아무도 걱정하지 않았을 것이다.

"배가 가라앉고 있다! 가라앉고 있다!"

승객들은 겁에 질렸다. 하지만 앤더슨 선장이 재빨리 승객들을 안심시켰다. 그러고는 당장 선창으로 내려갔다. 수밀실(침수를 방지하기 위해 설치한 칸막이 방) 안으로 물이 쏟아져 들어오고 있었다. 물이 차는 속도로 보아 상당히 큰 구멍이 난 것 같았다.

앤더슨 선장은 당장 배를 멈출 것을 명했고, 한 선원이 손상 정도를 확인하기 위해 물속으로 들어갔다. 잠시 후 선체 밑바닥에 지름 2미터가량의 구멍이 뚫린 것이 확인되었다. 이렇게 큰 구멍을 막을 수는 없었다. '스코샤호'는 외륜을 반쯤 물에 담근 채 항해를 계속할 수밖에 없었다. 배는 결국 예정보다 사흘 늦게 리버풀항에 도착했다.

독에 들어와 있는 '스코샤호'를 기술자들이 점검했다. 배를 살펴본 기술자들은 제 눈을 믿을 수가 없었다. 흘수선(배가 물 위에 떠 있을 때 배와 수면이 접하는 선)보다 2미터 아래에 이등변 삼각형 모양의 구멍이 뻥 뚫려 있었던 것이다.

이것이 가장 최근에 일어난 사건이었고, 그 결과 여론이 또다시 들끓기 시작했다. 그 순간부터 원인 미상의 해난 사고는 모두 괴물 탓으로 여겨졌다. 이 환상의 괴물은 불행히도 꽤 자주 일어나고 있는 조난 사고의 책임을 몽땅 뒤집어쓰게 되었다. 해마다 선박협회에 보고되는 3,000척의 조난선 가운데 승무원 전원과 함께 소식이 끊긴 기선이나 범선이 무려 200척이나 되었기 때문이다.

그 배들이 사라진 것은 이제 '괴물' 탓으로 돌려지고 있었다. 게다가 미국과 유럽을 오가는 해상 교통이 점점 위험해지고 있었기 때문에, 그 가공할 고래를 무슨 수를 써서라도 없애 버리라는 요구가 날로 높아지고 있었다.

이런 일들이 벌어지고 있을 무렵, 나는 미국 네브래스카주

북서부의 황무지를 탐험하고 돌아오는 길이었다. 프랑스 정부의 요청을 받아 파리 자연사 박물관의 교수 자격으로 이 탐험에 참가했던 것이다. 네브래스카에서 여섯 달을 보낸 뒤 나는 귀중한 표본들을 가지고 4월 말 뉴욕에 도착했다. 6월 초에 뉴욕에서 배를 타고 프랑스로 귀국할 예정이었다. 뉴욕에서 기다리는 동안 네브래스카에서 채집한 광물·식물·동물 표본들을 분류하면서 시간을 보낼 작정이었는데, '스코샤호' 사건이 일어난 것이다.

나는 화제가 되어 있는 이 문제를 잘 알고 있었다. 어떻게 모를 수 있겠는가? 나는 유럽과 미국에서 발행되는 신문들을 읽고 또 읽었지만 해답은 나오지 않았다. 이 수수께끼는 내 호기심을 자극했다. '뭔가'가 있는 것은 의심할 여지가 없었다.

내가 뉴욕에 도착했을 때는 괴물 문제가 한창 뜨거운 논쟁거리가 되어 있었다. 사람들은 완전히 다른 견해를 각각 지지하는 두 파로 갈라졌다. 한쪽은 엄청난 힘을 가진 괴물이라는 설을 지지했고, 또 한쪽은 엄청나게 빠른 속도로 움직이는 '잠수함'이라고 주장했다.

이 두 번째 견해는 나름대로 근거가 있다고 인정받을 수도 있었지만, 그런 잠수함을 개인이 언제 어디서 만들 수 있겠는가? 그리고 어떻게 그 사실을 비밀로 유지할 수 있겠는가? 그런 파괴용 무기를 소유할 수 있는 것은 적어도 국가뿐인데, 어느 나라 정부가 그런 잠수함을 건조했다면 어떻게 대중의 눈을 피할 수 있겠는가? 그런 상황에서 비밀을 유지하는 것은 개인에게는 보통 어려운 문제가 아니고, 모든 행위가 적대적인 열강들의 감시를 받고 있는 국가의 경우에는 아예 불가능하다.

그리하여 대중 언론이 괴물설에 끊임없이 조롱을 퍼부었는데도 괴물설이 또다시 표면으로 떠올랐고, 사람들의 상상력은 이쪽으로 계속 발전하여, 결국에는 기상천외한 물고기 중에서도 가장 터무니없는 환상적인 물고기를 만들어 내기에 이르렀다.

내가 뉴욕에 도착했을 때 몇몇 사람이 이 사건에 대한 내 의견을 물었다. 나는 프랑스에서 《심해의 신비》라는 책을 출간한 바 있는데, 이 책이 호평을 받은 덕분에 나는 박물학에서 비교적 잘 알려지지 않은 영역인 그 방면의 전문가로 여겨지게 되었다. 그래서 사람들은 내 견해를 알고 싶어 했고, 급기야는 <뉴욕 타임스> 신문까지 나서서 '파리 자연사 박물관 교수인 피에르 아로낙스 박사'에게 견해를 밝히라고 공개 요구한 것이다. 나는 이 요청을 받아들였다. 솔직히 말하면, 더는 침묵을 지킬 수 없었기 때문에 어쩔 수 없이 입을 연 것이다.

4월 30일자 신문에 발표한 글을 요약하면 다음과 같다.

대양의 심해는 우리에게 전혀 알려지지 않은 영역이다. 그 깊은 물속에서는 무슨 일이 일어나고 있을까? 수심 20,000~25,000미터에는 어떤 생물이 살고 있을까? 아니, 그런 곳에 생물이 살 수는 있는 것일까? 만약 살고 있다면 그런 동물은 어떤 구조를 갖고 있을까? 우리는 짐작조차 할 수 없다.

하지만 나에게 제기된 문제의 해답은 양자택일의 형태를 취할 수 있다. 우리는 지구에 살고 있는 온갖 다양한 생물을 모두 알고 있거나, 아니면 모두 알지는 못하거나 둘 중 하나다.

우리가 모든 생물을 알지는 못한다면, 본질적으로 '심해성' 구조를 가진 미지의 물고기나 고래가 존재할 가능성을 배제할 수 없다. 반대로 우리가 모든 생물을 알고 있다면, 나는 거대한 일각고래의 존재를 인정하고 싶다.

'바다의 유니콘'이라고 불리는 평범한 일각고래는 20미터까지 자라는 경우가 많다. 이 고래의 크기를 다섯 배 내지 열 배로 키우고, 그 크기에 걸맞은 강한 힘을 부여하고, 보통 일각고래의 뿔보다 훨씬 크고 강력한 무기를 달아 주면, 우리가 찾는 동물이 될 것이다.

일각고래는 일종의 상아 칼로 무장하고 있다. 일부 박물학자들은 그것을 미늘창이라고 부르는데, 강철만큼 단단한 이빨이다. 일각고래의 이빨이 고래의 몸에 박힌 채 발견된 경우도 있었다. 일각고래가 보통 고래를 공격하면 실패하는 경우가 없다. 드릴로 술통에 구멍을 뚫듯 선체를 꿰뚫은 일각고래의 이빨을 간신히 제거한 경우도 있었다. 파리대학 의학부 박물관에는 길이 225미터에 지름이 48센티미터나 되는 일각고래의 이빨이 소장되어 있다.

이제 그보다 열 배나 큰 무기를 가진, 열 배나 힘이 센 동물을 상상해 보라. 그리고 그 동물이 시속 20노트의 속력으로 달려와 배에 부딪친다면 충분히 참사를 일으킬 수 있을 것이다.

따라서 추가 정보를 얻을 수 있을 때까지는 거대한 일각고래를 문제의 괴물로 상정하고 싶다. 그 일각고래는 미늘창이 아니라 순양함처럼 충각(적의 배를 들이받기 위해 뱃머리에 단 뾰족한 쇠붙이)으로 무장하고 있고, 군함과 같은 무게와 기동력도 갖추고 있을 것이다.

내 글은 뜨거운 논쟁과 물의를 불러일으켰다. 많은 사람이 내 의견을 지지했지만, 어쨌든 내가 제시한 해답은 상상력이 활동할 수 있는 여지를 남겨 놓았다. 인간의 정신은 초자연적인 존재를 상상하기를 좋아한다. 바다는 초자연적인 존재가 활동하기에 더없이 좋은 무대다. 그런 거대한 짐승을 낳고 키울 수 있는 환경은 바다뿐이기 때문이다. 그것들에 비하면 육상동물은 코끼리나 코뿔소조차도 난쟁이처럼 작아

보인다. 바다는 이제까지 알려진 포유류 가운데 가장 큰 동물인 고래가 사는 곳이고, 어쩌면 놀랄 만큼 커다란 연체동물과 보기만 해도 무시무시한 갑각류와 길이가 100미터나 되는 바닷가재와 무게가 200톤이나 나가는 게들이 살고 있을지도 모른다! 그렇지 않다고 어떻게 단정할 수 있겠는가? 옛날 지질시대의 육상동물은 포유류도, 영장류도, 파충류도, 조류도 모두 거대한 몸집을 갖고 있었다.

일부에서는 그것을 단순히 해결해야 할 과학적 문제로 생각한 반면, 좀 더 적극적인 성향의 사람들은 대서양 횡단의 안전을 확보하기 위해 이 가공할 괴물을 바다에서 완전히 없애야 한다고 생각했다. 특히 미국과 영국에는 여기에 동조하는 사람이 많았다.

여론이 정해지자 미국이 먼저 발 벗고 나섰다. 뉴욕에서는 일각고래를 사냥하기 위한 원정 준비가 진행되었다. 쾌속 순양함인 '에이브러햄 링컨호'가 언제라도 출항할 채비를 갖추었다. 패러것 함장은 어떤 무기든 마음대로 가져갈 수 있는 권한을 부여받고, '에이브러햄 링컨호'의 무장을 적극적으로 서둘렀다.

하지만 매사가 늘 그렇듯이, 일단 괴물을 사냥하기로 결정하고 나자 공교롭게도 괴물이 더 이상 나타나지 않게 되었다. 한 달 넘게 괴물은 전혀 소식이 없었다. 어떤 배도 괴물을 만나지 못했다. 일각고래는 자기를 없애려는 음모가 진행

되고 있음을 알아차린 것 같았다.

날로 초조감이 높아지고 있었다. 그런데 6월 3일, 괴물이 출현했다는 소식이 전해졌다. 샌프란시스코와 상하이를 잇는 태평양 항로를 항해하던 한 기선이 열흘 전에 북태평양에서 또다시 그 괴물을 보았다는 것이다.

이 소식은 엄청난 흥분을 불러일으켰다. 패러것 함장은 24시간 내에 출항하라는 명령을 받았다. 식량이 배에 실렸다. 선창에는 석탄이 넘쳐흘렀다. 승무원은 한 사람도 빠짐없이 소집령에 응했다. 이제는 보일러에 불을 지피고 닻을 올리기만 하면 되었다!

'에이브러햄 링컨호'가 뉴욕항의 브루클린 부두를 떠나기 세 시간 전에 나는 이런 편지를 받았다.

파리 자연사 박물관 교수
아로낙스 박사 귀하.
귀하께서 '에이브러햄 링컨호'의 원정에 참가하기를 원하신다면, 미국 정부는 기꺼이 귀하를 프랑스 대표로 원정대에 맞아들이고자 합니다. 패러것 함장은 귀하를 위해 선실을 준비해 놓고 있습니다.

해군장관
J.B. 호브슨

2장

모험을 찾아서

J.B. 호브슨의 편지가 도착하기 3초 전까지만 해도 나는 서북항로를 탐색하거나 일각고래를 사냥할 생각은 꿈에도 하지 않았다. 그런데 해군장관의 편지를 읽은 지 3초 뒤에는 그 괴물을 추적하여 세상에서 없애 버리는 것이야말로 나의 진정한 사명이며 내 생애의 유일한 목적임을 깨달았다.

나는 고된 여행에서 돌아온 지 얼마 안 되었기 때문에, 지친 몸은 휴식을 갈망하고 있었다. 하지만 이제는 아무것도 나를 막을 수 없었다. 나는 피곤도, 친구들도, 채집품도 다 잊어버렸다. 그리고 미국 정부의 제의를 두 번 생각할 필요도 없이 받아들였다.

"콩세유!" 나는 다급한 목소리로 외쳤다.

콩세유는 내가 여행을 다닐 때마다 데리고 다닌 하인이었다. 플랑드르(프랑스 북서쪽 끝에서 벨기에 서부에 이르는 지방) 출신인 이 정직하고 성실한 젊은이를 나는 무척 좋아했고, 그도 내호의에 보답해 주었다. 냉정하고 침착한 성격을 타고난 그는 질서정연함을 신조로 삼고, 무슨 일이든 열심히 진지하게 하는 성미였다. 웬만한 일에는 놀라지도 않고, 손재주가 뛰어나서 어떤 일을 시켜도 만족스럽게 해냈고, 남이 먼저 청하지 않으면 절대로 제 의견을 내세우지 않았다.

지난 10년 동안 콩세유는 내가 과학 연구를 위해 가는 곳이면 어디든 따라다녔다. 여행이 아무리 멀고 피곤해도 불평한마디 하지 않았다. 중국이나 콩고처럼 먼 나라로 여행을 떠날 때도 두말없이 가방을 꾸렸다. 콩세유는 서른 살이었고, 내 나이는 마흔 살이었다.

"콩세유!" 나는 떠날 준비를 하면서 다시 한번 콩세유를 불렀다.

이윽고 콩세유가 나타났다.

"주인님, 부르셨습니까?"

"그래. 떠날 준비를 해 주게. 두 시간 뒤에 떠날 거야."

"주인님 좋으실 대로." 콩세유는 침착하게 대답했다.

"잠시도 낭비할 시간이 없어. 여행용품과 코트, 셔츠, 양말을 아낌없이 그리고 되도록 많이 트렁크에 꽉꽉 채워 넣게. 빨리!"

"채집한 것들은요?"

"그건 나중에 처리할 거야."

"뭐라고요? 그 귀중한 것들을 다 놓고 가신단 말씀이세요?"

"호텔에 맡겨 둘 거야."

"그럼 우리는 파리로 돌아가는 게 아니군요?"

"물론 돌아가기는 돌아가지. 하지만 먼 길로 돌아서 갈 거야."

"어떤 우회로를 원하시는데요?"

"별 차이는 없어. 프랑스로 곧장 돌아가지 않는다는 것뿐이지. '에이브러햄 링컨호'를 타고 갈 거야."

"주인님 좋으실 대로." 콩세유는 침착하게 대답했다.

15분 뒤에 트렁크가 준비되었다. 콩세유는 순식간에 짐을 꾸린 것이다. 그래도 빼놓은 것은 하나도 없을 것이다. 이 젊은이는 조류나 포유류를 분류하듯 솜씨 좋게 셔츠와 코트를 분류했기 때문이다.

우리는 호텔 승강기를 타고 1층으로 내려와, 현관 밖에서 사륜마차를 탔다. 몇 분 뒤에 도착한 브루클린 부두에는 '에이브러햄 링컨호'가 쌍둥이 굴뚝으로 검은 연기를 토해 내고 있었다.

우리의 트렁크들은 당장 순양함 갑판으로 운반되었다. 나는 서둘러 배에 올라타고 패러컷 함장을 찾았다. 수병 하나가 나를 선미 갑판으로 데려갔다. 잘생긴 장교가 다가와 나에게 손을 내밀었다.

"피에르 아로낙스 박사님이시죠?"

"그렇습니다. 패러컷 함장님이신가요?"

"예, 반갑습니다, 박사님. 어서 오십시오."

나는 인사를 한 다음, 출항 준비로 바쁜 함장을 남겨둔 채 수병의 안내를 받아 나에게 배당된 선실로 갔다.

'에이브러햄 링컨호'는 이 새로운 임무에는 안성맞춤인 배였고, 장비도 완전히 갖추고 있었다. 숙박설비도 항해 능력 못지않게 뛰어났다. 내 선실은 고물 쪽에 있었고, 장교실과 이어져 있었다.

나는 짐 정리하는 일을 콩세유에게 맡기고, 닻 올리는 장면을 구경하러 갑판으로 돌아갔다.

패러컷 함장은 하루, 아니 한 시간도 낭비하고 싶어 하지 않았다. 괴물이 목격된 것으로 전해진 바다로 한시라도 빨리 달려가고 싶어서 안달이 나 있었다. 함장은 기관사를 불렀다.

"준비됐나?"

"예, 함장님."

"출항!" 패러컷 함장이 외쳤다.

브루클린 부두를 떠난 '에이브러햄 링컨호'는 허드슨 강변을 따라 뉴저지 해안을 지나고, 요새들 사이를 지나갔다. 요새들은 저마다 대포를 쏘아 우리의 출항을 환송해 주었다.

8시에 순양함은 북서쪽에 보이는 파이어섬의 불빛을 뒤로 하고 대서양의 검푸른 물결 위를 전속력으로 달리고 있었다.

패러것 함장은 그가 지휘하는 순양함에 걸맞게 훌륭한 해군 장교였다. 함장과 배는 일심동체였다. 그는 배의 영혼 자체였다. 그는 문제의 고래에 대해 털끝만 한 의심도 품지 않았다. 그는 이성이 아니라 신앙으로 그 고래의 존재를 믿고 있었으며, 그 괴물을 바다에서 없애 버리겠다고 맹세했다.

장교들도 함장과 같은 생각이었다. 승무원들은 하나같이 일각고래를 만나 작살을 박고 갑판 위로 끌어올려 난도질하고 싶은 열망에 온통 사로잡혀 있었다. 그들은 바다를 유심히 살폈다. 패러것 함장은 급사든 갑판원이든 항해사든 장교든 누구든 간에 고래를 처음 발견하는 사람에게는 2천 달러의 포상금을 주겠다고 말했다. 그러니 '에이브러햄 링컨호'에 타고 있는 승무원들은 너나없이 눈을 부릅뜨고 고래를 찾는 일에 열중했다.

나도 그들 못지않게 고래 찾기에 열중하여, 날마다 나에게 할당된 정찰 시간을 허비하지 않았다. 예외는 콩세유뿐이었다. 그는 우리가 열중해 있는 문제에 도통 무관심했고, 그래서 배를 휩쓸고 있는 열광에 찬물마저 끼얹고 있었다.

앞에서도 말했듯이 패러것 함장은 거대한 고래를 잡는 데 필요한 장비를 모두 갖추고 있었다. 어떤 포경선도 그렇게 완전한 장비를 갖출 수는 없었을 것이다. 손으로 던질 수 있는 작살에서부터 갈고리 달린 화살을 발사하는 나팔총과 터지는 탄약을 발사하는 산탄총에 이르기까지, 세상에 알려져 있는 무기란 무기는 죄다 갖추고 있었다. 앞갑판에는 포신이 굵고 구경이 좁은 최신형 대포가 장착되어 있었다.

따라서 '에이브러햄 링컨호'에는 온갖 무기가 갖추어져 있었다. 하지만 이보다 훨씬 훌륭한 무기가 있었으니, 그것은 바로 작살잡이의 명수 네드 랜드였다.

캐나다 출신인 네드는 믿을 수 없을 만큼 손재주가 뛰어나, 이 위험한 직업에서 그를 따라갈 사람은 아무도 없었다. 그는 마흔 살쯤 되어 보였는데, 180센티미터가 넘는 키와 건장한 체격에 음울하고 과묵한 성격이었다. 하지만 때로는 공격적으로 시비를 걸기도 했고, 누가 반박이라도 하면 몹시 화를 냈다. 그는 외모 때문에, 특히 얼굴 표정을 강조해 주는 강렬한 눈빛 때문에 사람들의 이목을 끌었다.

네드는 원래 프랑스인이어서, 나에게 얼마간의 호의를 보여준 것은 인정할 수밖에 없다. 내 국적이 그의 마음을 끌어당긴 모양이었다. 이 작살잡이의 가족은 퀘벡 출신이었고, 그 도시가 아직 프랑스 영토였을 때 이미 억세고 대담한 어부 가문이 되어 있었다.

네드는 차츰 잡담에 익숙해졌다. 나는 그가 북극해에서 겪은 모험담을 듣기를 좋아했다. 특히 그가 고래와 싸운 이야기를 할 때는 그 표현법이 타고난 시인처럼 시적 감흥마저 불러일으켰다. 나중에 우리는 둘도 없는 친구가 되었지만, '에이브러햄 링컨호'에서 바다 괴물이 일각고래라고 믿지 않는 사람은 오직 네드뿐이었다. 내가 그를 이 화제에 끌어들이려고 하면 그는 화제를 돌리기까지 했다.

뉴욕을 떠난 지 3주 뒤인 6월 25일의 아름다운 저녁, 순양함은 파타고니아(아르헨티나 남부 지역) 해안의 블랑코곶 부근을 지나고 있었다. 네드와 나는 뒷갑판에 앉아 파도를 바라보면서 이런저런 이야기를 나누고 있었다.

"자네는 무엇 때문에 우리가 쫓고 있는 고래의 존재를 그렇게 의심하는 건가? 무슨 특별한 이유라도 있나?"

네드는 나를 한참 바라보다가 버릇처럼 이마를 탁 때리고는 생각을 정리하듯 눈을 감고 마침내 입을 열었다.

"나는 고래를 수백 마리나 추적해서 작살을 꽂았고 수십 마리나 죽였지만, 고래가 아무리 힘이 세고 아무리 좋은 무기를 갖고 있어도 꼬리나 이빨로 기선의 철판을 꿰뚫을 수는 없었을 겁니다."

"하지만 고래 이빨이 배에 구멍을 뚫은 사건은 실제로 여러 번 일어났지 않은가?"

"그건 아마 목선이었겠죠. 구멍 뚫린 배를 직접 본 적은 없지만, 반대되는 증거가 나올 때까지는 참고래나 향유고래나 일각고래가 그런 짓을 해낼 수 있다고는 믿을 수 없습니다."

"하지만 내 말 좀 들어보게……."

"아니에요. 다른 얘기는 뭐든지 해도 좋지만, 그 얘기만은 그만둡시다. 아마 거대한 오징어나……."

"그건 고래보다 더욱 있을 수 없는 일이야. 오징어는 연체 동물에 불과해."

"그렇다면 박사님은 박물학자로서 거대한 고래가 존재한 다는 견해를 고수하시는 겁니까?"

"나는 참고래나 향유고래나 돌고래처럼 척추동물에 속하 고 엄청난 돌파력을 가진, 그리고 뿔 모양의 이빨을 갖춘 거 대하고 힘센 포유류가 존재한다고 믿고 있네."

"흐음." 작살잡이는 설득당하기 싫다는 투로 고개를 저 었다.

"생각해 보게. 그런 동물이 실제로 존재하고, 수 킬로미터 깊이의 심해에 살고 있다면, 엄청나게 힘센 몸뚱이를 가져야 할 거야."

"그런데 무엇 때문에 그렇게 힘센 몸뚱이가 필요하죠?"

"그렇게 깊은 바다에 살면서 수압을 견디려면 엄청나게 강 한 힘이 필요할 테니까."

"그래요?" 네드는 나를 바라보며 눈을 깜박거렸다.

"몸길이가 수백 미터나 되고 그에 걸맞은 몸통 둘레를 가 진 동물이 그렇게 깊은 바닷속에 살고 있다면, 몸뚱이의 표 면적은 수백만 제곱센티미터나 될 테고, 그 몸을 짓누르는 수압은 수십억 킬로그램이나 될 걸세. 그런 수압을 견디려면 골격이 얼마나 튼튼하고 몸의 저항력이 얼마나 강할지 상상해 보게."

"그런 수압을 견디려면 몸이 장갑함처럼 20센티미터 두께의 철판으로 되어 있어야 할 겁니다."

"그래. 그런 동물이 특급열차 같은 속도로 움직이면서 선체에 부딪치면 배가 어떤 피해를 입게 될지 상상해 보게."

"한 가지는 납득했습니다. 그런 동물이 바다 밑바닥에 살고 있다면, 박사님이 말씀하시는 정도로 힘이 셀 게 분명하다는 거죠."

"하지만 그런 동물이 존재하지 않는다면, '스코샤호'에 일어난 사건을 과연 어떻게 설명할 수 있겠나?"

"그 사건은 사실이 아닐 테니까요."

하지만 이 대답은 작살잡이 네드 랜드의 고집스러움을 말해 주었을 뿐이다.

'에이브러햄 링컨호'의 항해는 한동안 별다른 사건 없이 평온하게 계속되었다. 하지만 네드 랜드의 놀라운 솜씨를 입증하고 또 그가 얼마나 믿을 만한 사람인지를 보여주는 사건이 일어났다.

6월 30일, 순양함은 포클랜드 제도(남아메리카 대륙 남쪽에 있는 섬 무리) 앞바다에서 포경선 '먼로호'와 교신했는데, 포경선들은 일각고래를 한 마리도 보지 못했다고 말했다. 하지만 '먼로호' 선장은 네드 랜드가 '에이브러햄 링컨호'에 타고 있다는 것을 알고는, 고래 한 마리를 잡는 것을 도와 달라고 부탁했다. 패러것 함장은 네드가 '먼로호'에 타는 것을 허락했다. 네드는 몇 분 동안 고래를 추적한 뒤, 한 마리가 아니라 두 마리를 한꺼번에 잡았다. 네드가 던진 작살이 한 마리의 심장을 꿰뚫고 또 다른 고래에 맞았던 것이다.

7월 6일 오후 3시경, '에이브러햄 링컨호'는 남아메리카 대륙 남단에 있는 외딴 섬을 돌았는데, 네덜란드 선원들은 고향 마을의 이름을 따서 그 섬을 혼곶이라고 불렀다.

"빈틈없이 살펴!" 수병들은 서로에게 계속 외치고 있었다.

그들은 실로 놀랄 만큼 빈틈없이 바다를 살폈다. 눈이나 망원경을 단 1분도 쉬지 않았다. 2천 달러의 포상금을 받을 생각에 눈도, 망원경도 약간 어지러워진 것은 사실이다. 그들은 밤낮으로 쉬지 않고 바다를 살폈다.

고래가 변덕스럽게 수면 위로 검은 등을 들어 올리면, 나도 장교나 병사들과 똑같은 감정에 사로잡힐 때가 많았다. 그럴 때면 순양함의 갑판은 순식간에 사람들로 메워졌다. 갑판 승강구가 홱 올라오고, 장교와 병사들이 물밀듯 쏟아져 나왔다. 다들 숨을 헐떡이고 눈알을 굴리면서, 파도를 헤치고 나아가는 고래를 바라보곤 했다. 나도 눈알이 빠져서 눈이 멀 위험을 무릅쓰고 뚫어지게 바라보았다. 그러면 언제나 냉정한 콩세유는 침착하게 같은 말을 되풀이하곤 했다.

"눈을 너무 크게 뜨지 않으면 좀 더 잘 보실 수 있을 텐데요."

한동안 날씨가 아주 좋았다. 항해는 최상의 조건에서 이루어지고 있었다. 이맘때는 원래 폭풍의 계절이었다. 남반구의 7월은 유럽의 1월에 해당하기 때문이다. 하지만 바다는 계속 잔잔해서 멀리까지 볼 수 있었다.

네드는 여전히 의심을 버리지 않았다. 자기가 망을 볼 때를 빼고는 바다를 살피지 않는 척했다. 나는 그의 무관심을 수백 번이나 비난했다. 그러면 네드는 이렇게 대답하곤 했다.

"저곳엔 아무것도 없어요. 설령 있다 해도, 우리가 그걸 발견할 가능성이 얼마나 되겠습니까? 우리는 무턱대고 헤매고 있잖아요. 그 짐승이 정말로 존재한다면, 지금쯤은 수백 킬로미터 떨어진 곳으로 가 버렸을 겁니다!"

나는 대꾸할 말이 없었다. 확실히 우리는 어둠 속을 더듬고 있었다.

우리는 7월 20일에 서경 105도에서 남회귀선을 통과했고, 7월 27일에는 서경 110도에서 적도를 통과했다. '에이브러햄 링컨호'는 현재 위치를 측정한 뒤 좀 더 서쪽으로 방향을 돌려, 태평양 한복판으로 들어가고 있었다. 패러것 함장은 괴물이 좀 더 깊은 바다에 나타날 가능성이 크다고 생각했다.

아주 현명한 판단이었다.

　우리는 마침내 괴물이 마지막으로 장난을 친 현장에 도착했다. 가슴이 두근거렸다. 나뿐만 아니라 배에 타고 있는 모든 이들의 신경이 지나칠 정도로 흥분해 있었다. 아무도 먹지 않고, 아무도 자지 않았다. 하루에도 스무 번씩 망루에 올라앉은 수병의 착각이나 실수가 고통을 불러일으켰고, 하루에 스무 번씩 되풀이된 이 흥분과 낭패 때문에 우리는 온종일 과민 상태에 빠져 있었다. 과민증이 너무 심해져서 조만간 반동이 일어날 것만 같았다.

　우리는 일본 동해안과 미국 서해안 사이의 해역을 한 뼘도 남기지 않고 샅샅이 뒤졌다. 하지만 아무것도 없었다. 황량한 바다가 끝없이 펼쳐져 있을 뿐이었다. 거대한 일각고래나 물속에 잠긴 작은 섬, 난파선의 잔해, 떠다니는 암초는 흔적도 없었고, 조금이라도 초자연적인 것은 하나도 찾아볼 수 없었다.

　그때 반동이 일어났다. 우선 실망감이 찾아와 사람들 마음속으로 스며들어, 수치심과 분노가 3대 7로 뒤섞인 새로운 분위기가 생겨났다. 모두 바보가 된 기분을 느꼈고, 신기루에 감쪽같이 속았다는 생각에 더욱 화가 치밀었다. 그렇게 일어난 반동은, 마치 불길처럼, 보일러 화부들이 일하는 선창에서 장교들의 갑판 당직실로 올라갔다. 패러컷 함장이 보기 드물게 완고하고 끈덕진 사람이 아니었다면 순양함은 다시 남쪽으로 뱃머리를 돌렸을 것이다.

사실 이 헛된 수색을 더 이상 계속할 수는 없었다. '에이브러햄 링컨호'는 그동안 최선을 다했으니까 자신을 나무랄 이유는 전혀 없었다. 미국 해군에서 그들보다 더 강한 인내와 열의를 보여준 장병들은 아무도 없었고, 실패한 것은 누구의 탓도 아니었다. 이제 남은 길은 집으로 돌아가는 것뿐이었다.

이런 건의가 함장에게 전달되었다. 그러나 함장은 여전히 흔들리지 않았다. 수병들은 불만을 감추지 않았고 근무 상태는 엉망이 되었다. 실제로 선상 반란이 일어났다는 뜻은 아니지만, 패러것 함장은 한동안 참고 있다가 사흘만 기다려달라고 요구했다. 사흘이 지나도 괴물이 나타나지 않으면 조타수는 배의 방향을 돌리라는 명령을 받을 것이고, '에이브러햄 링컨호'는 대서양으로 가게 될 터였다.

이 약속이 이루어진 것은 11월 2일이었다. 처음 나타난 효과는, 의기소침했던 승무원들이 용기를 되찾은 것이었다. 그들은 다시 기운을 내어 열심히 바다를 살폈다. 추억이 담겨 있는 태평양을 마지막으로 한 번 더 보고 싶어 한 것이다. 순양함이 정지해 있는 동안 보트들이 사방으로 흩어져 주변 바다를 이 잡듯 뒤지기도 했다. 하지만 바닷속의 수수께끼는 전혀 밝혀내지 못한 채 11월 4일 저녁이 왔다.

이튿날 정오가 되면 유예 기간이 끝날 것이다.

순양함은 동경 136도 42분·북위 31도 15분 해상에 있었다. 어둠이 내리 덮이고 있었다. 방금 8시를 알리는 종이 울렸다. 두꺼운 구름장이 초승달을 가렸다.

나는 앞갑판에서 오른쪽 뱃전 너머로 몸을 내밀고 있었다. 콩세유는 내 옆에서 앞을 응시하고 있었다. 나는 콩세유를 지켜보면서, 이 성실한 젊은이가 주변 분위기에 조금이나마 영향을 받고 있는 것을 알아차렸다.

"콩세유, 지금이 2천 달러를 손에 넣을 수 있는 마지막 기회야."

"저는 그 돈을 기대한 적이 없습니다."

"자네 말이 맞아. 우리가 생각 없이 뛰어든 이 일은 결국 미친 짓이었어. 이 일에 뛰어들지 않았다면 벌써 여섯 달 전에 프랑스로 돌아갈 수 있었을 텐데 말이야."

"주인님의 작은 아파트로, 주인님의 박물관으로 돌아갈 수 있었겠지요. 저는 주인님의 화석을 다 분류했을 것이고, 식물원 안에 자리를 잡고는 호기심 많은 파리 사람들의 마음을 사로잡고 있을 겁니다."

"맞아. 사람들이 모두 우리를 비웃을 거야."

"맞습니다. 모두 주인님을 비웃을 겁니다. 그리고 이런 말씀을 드려도 괜찮을지……."

"괜찮아. 말해 봐."

"주인님은 비웃음을 받아 마땅합니다."

"정말이야!"

"주인님만큼 고명한 학자라면 절대로 남의 비웃음을……."

하지만 콩세유는 이 말을 끝맺지 못했다. 주위의 적막을 뚫고 커다란 목소리가 울려 퍼졌기 때문이다. 네드 랜드의 목소리였다.

"나타났다! 오른쪽 뱃전 너머에!"

3장

전속력으로 전진!

이 외침 소리를 듣고 모든 승무원이 작살잡이 쪽으로 달려
갔다. 배를 세우라는 명령이 떨어졌고, 이제 '에이브러햄 링
컨호'는 관성에 따라 물 위를 미끄러지고 있었다.

칠흑같이 어두웠다. 네드의 눈이 아무리 좋다 해도 이 어
둠 속에서 도대체 무엇을 보았는지, 그리고 어떻게 볼 수 있
었는지 궁금했다. 내 심장은 금방이라도 터질 것처럼 쿵쿵
뛰고 있었다.

하지만 네드의 눈은 틀림이 없었다. 곧이어 우리는 모두
네드가 가리키고 있는 물체를 알아보았다.

'에이브러햄 링컨호'에서 오른쪽으로 300미터쯤 떨어진
수면이 물밑에서 빛을 발하고 있는 것처럼 보였다. 착각일

리가 없었다. 그것은 결코 평범한 인광이 아니었기 때문이다. 괴물은 몇 길 물속에서 강렬한 빛을 내뿜고 있었다. 여러 선장의 보고서에 묘사된 것과 똑같았다. 이 환상적인 빛은 엄청나게 강력한 발광체에서 나오고 있는 것이 분명했다. 빛을 받아 환하게 빛나는 수면은 거대하고 길쭉한 타원형을 이루었고, 그 중심에는 강렬한 빛이 응축되어 활활 타오르는 것 같았지만, 중심에서 멀어질수록 빛은 차츰 희미해졌다.

"야광충 무리일 뿐이야!" 장교 하나가 소리쳤다.

"안 그래요." 나는 자신 있게 대답했다. "저길 보세요! 움직이고 있잖소. 앞으로, 뒤로…… 우리 쪽으로 곧장 다가오고 있어요!"

배에서 외침 소리가 일어났다.

"조용!" 패러것 함장이 소리쳤다. "키를 최대로! 엔진 후진!"

우리는 숨도 쉬지 못했다. 두려움보다는 놀라움 때문에 오금이 굳어버린 듯 아무 소리도 내지 못했다. 괴물은 아주 쉽게 우리를 따라잡았다. 괴물은 14노트로 달리고 있는 순양함을 한 바퀴 빙 돌아, 빛나는 먼지 같은 광선 속에 우리를 가두어 버렸다. 그러고는 특급열차의 기관차가 소용돌이치는 연기를 남기듯 인광 꼬리를 뒤에 길게 남기면서 3~4킬로미터쯤 멀어져 갔다. 그러다가 갑자기 어두운 수평선 끝에서 속력을 내어 놀라운 속도로 '에이브러햄 링컨호'를 향해 돌진해 오더니, 겨우 5~6미터 떨어진 곳에 갑자기 멈춰서 빛을 꺼 버렸다. 그러고는 반대쪽에 다시 나타났다. 그것은 괴물이 배를 빙 돌아서 갔거나 배 밑으로 지나갔다는 뜻이다. 괴물은 금방이라도 배에 충돌할 것 같았다. 충돌은 우리에게 치명타가 될 수도 있었다.

나는 순양함의 움직임에 어리둥절했다. 배는 계속 달아나기만 할 뿐 괴물을 공격할 생각은 하지 않았다. 괴물을 사냥하러 온 배가 오히려 괴물에게 쫓기고 있었다. 그날 밤에는 모든 승무원이 전투 위치를 지켰다. 아무도 잠자리에 들 생각을 하지 않았다.

그런데 자정 무렵 고래가 사라졌다. 아니, 거대한 반딧불이처럼 '꺼져 버렸다.' 괴물은 떠나 버렸을까? 이것은 기대할 일이 아니라 두려워해야 할 일이었다. 하지만 12시 53분에 귀가 먹먹해질 만큼 요란하게 쉿쉿거리는 소리가 들려왔다. 세찬 물줄기가 불규칙하게 뿜어져 나오는 소리 같았다.

패러것 함장과 네드와 나는 고물에 있었다. 우리는 캄캄한 어둠 속을 꼼꼼히 살폈다.

"네드 랜드." 함장이 말했다. "자네는 고래가 물 뿜는 소리를 자주 들었겠지?"

"그럼요."

"이 소리는 어떤가? 고래들이 분기공으로 물을 뿜을 때 내는 소리와 똑같나?"

45

"똑같긴 하지만 이 소리가 훨씬 큽니다."

오전 2시경, 빛이 다시 나타났다. '에이브러햄 링컨호'에서 8킬로미터나 떨어져 있었지만 빛은 여전히 밝았다. 거리가 멀고 바람 소리와 파도 소리가 시끄러운데도 괴물의 꼬리가 물을 내리치는 소리는 똑똑히 들을 수 있었고, 괴물의 거친 숨소리까지 들려왔다.

다들 동이 틀 때까지 전투 준비를 계속했다. 고래잡이 용구가 뱃전을 따라 즐비하게 배치되었다. 부함장은 작살을 1킬로미터 거리까지 쏘아 보낼 수 있는 나팔총과 아무리 힘센 동물에게도 치명적인 총탄을 발사할 수 있는 기다란 산탄총을 장전하라고 명령했다. 네드 랜드는 작살을 날카롭게 갈았을 뿐이다. 평범한 작살도 그의 손에 들어가면 무서운 무기가 되었다.

6시에 동이 트기 시작했다. 첫 햇살이 비치자마자 일각고래의 빛은 사라졌다. 7시에는 해가 완전히 떠올랐지만, 아무리 성능 좋은 망원경도 꿰뚫어볼 수 없을 만큼 짙은 안개가 끼어 가시거리가 크게 줄어들었다. 그래서 다들 실망하고 안달을 했다.

나는 뒷돛대로 올라갔다. 장교 몇 명이 벌써 돛대 꼭대기에 앉아 있었다.

8시에 안개가 수면 위를 무겁게 흐르기 시작하더니 짙은 소용돌이가 되어 흩어졌다. 안개가 걷히면서 수평선이 차츰 모습을 드러냈다.

갑자기 네드의 목소리가 어젯밤처럼 울려 퍼졌다.

"왼편 뒤쪽!"

모두 네드가 가리키는 쪽을 돌아보았다.

배에서 2킬로미터쯤 떨어진 곳에 기다랗고 검은 형체가 수면 위로 1미터쯤 올라와 있었다. 꼬리가 격렬하게 물을 내리쳐 세찬 소용돌이를 만들어 내고 있었다.

순양함은 고래 쪽으로 다가갔다. 나는 녀석을 자세히 관찰할 수 있었다. 몸통 둘레는 짐작하기 어려웠지만, 몸매는 보기 좋게 균형이 잡혀 있는 것처럼 보였다. 그 놀라운 괴물을 관찰하고 있을 때, 증기가 섞인 두 개의 물줄기가 분기공에서 뿜어져 나와 40미터 높이까지 솟구쳤다.

승무원들은 명령이 떨어지기만을 초조하게 기다리고 있었다. 함장은 그 괴물을 유심히 관찰하다가 기관장을 불렀다. 기관장은 쏜살같이 뛰어 올라왔다.

"증기 압력은 충분한가?"

"예, 함장님."

"좋아. 화력을 올려! 전속력으로 전진!"

승무원들은 만세삼창으로 이 명령을 환영했다. 드디어 싸울 때가 온 것이다.

'에이브러햄 링컨호'는 강력한 스크루에 밀려 고래 쪽으로 다가갔다. 고래는 순양함이 가까이 오도록 내버려 두었다가,

웬만큼 가까워지자 슬며시 이동하여 같은 거리를 유지했다. 하지만 굳이 물속으로 잠수하지는 않았다.

이런 추적이 45분 동안 계속되었지만 순양함은 고래와의 거리를 단 1미터도 좁히지 못했다.

패러것 함장은 화가 나서 무성한 턱수염을 잡아 비틀고 있었다.

"랜드!"

작살잡이가 다가왔다.

"보트를 내려야 한다고 생각하나?"

"아닙니다, 함장님. 놈은 자기가 원하지 않으면 우리가 따라잡게 내버려 두지 않을 테니까요."

"그럼 어떻게 해야 좋지?"

"최대 압력을 유지하세요. 허락만 하신다면 제가 뱃머리에서 대기하고 있다가, 사정거리 안으로 접근하면 작살을 쏘겠습니다."

"좋아!" 함장이 말하고는 기관장에게 지시했다. "속력을 더 높이게!"

네드가 위치를 잡았다. 보일러에는 석탄이 가득 넣어졌고, 스크루는 분당 43회전의 속력으로 돌아가고, 밸브를 지나는 수증기가 으르렁거렸다. 속도계로 재 보니 순양함의 속도는 18.5노트였다. 하지만 그 빌어먹을 고래도 역시 18.5노트의 속도로 움직이고 있었다.

한 시간 동안 순양함은 이 속도를 유지했지만, 고래와의
간격은 1미터도 좁혀지지 않았다. 미국 해군에서 가장 빠른
군함으로서는 치욕적인 일이었다. 깊은 분노가 승무원들을
사로잡았다. 그들은 괴물에게 욕설을 퍼부었지만 괴물은 대
꾸조차 해 주지 않았다. 패러것 함장은 이제 수염을 비트는
것이 아니라 잘근잘근 씹고 있었다.

기관장이 다시 불려 왔다.

"이게 최대 압력인가?"

"예, 함장님!"

"압력이 얼마나 되지?"

"6.5기압입니다."

"10기압으로 올려!"

이것은 그야말로 미국식 명령이었다.

"항해사, 속도가 얼마야?" 함장이 물었다.

"19.3노트입니다."

"화력을 더 올려!"

기관장은 명령에 따랐다. 증기압력계가 10기압을 가리켰
다. 하지만 일각고래도 똑같이 19.3노트의 속도로 움직이고
있었다. 정말 놀라운 추격전이었다!

아침 8시경에 잡힌 간격은 정오가 되어도 전혀 좁혀지지
않았다. 패러것 함장은 좀 더 직접적인 수단을 쓰기로 결정
했다.

앞갑판의 대포가 당장 장전되어 고래를 조준했다. 그리고 포탄을 발사했지만, 포탄은 1킬로미터도 떨어져 있지 않은 고래 위를 아슬아슬하게 스쳐 지나갔다.

"좀 더 잘 쏠 수 없나!" 함장이 소리쳤다. "저 빌어먹을 놈에게 포탄을 박아넣는 자에게는 5백 달러를 주겠다!"

반백의 턱수염을 기른 늙수그레한 포수가 앞으로 나섰다. 결연한 태도에 차분한 눈매를 가진 사람이었다. 그는 대포를 고래 쪽으로 돌리고 세심히 조준했다. 성원을 보내는 승무원들의 함성 속에서 요란한 포성이 울렸다.

포탄은 표적에 이르러 명중했지만, 각도가 약간 빗나가는 바람에 고래의 옆구리를 스치고는 3킬로미터 깊이의 물속으로 가라앉았다.

"제기랄!" 늙은 포수는 성난 듯이 소리쳤다. "저 빌어먹을 놈은 온몸이 15센티미터 두께의 철판으로 덮여 있어!"

다시 추적이 시작되었다. 아무리 대단한 놈이라도 고래는 증기기관보다 더 피로를 느끼기 쉬울 테고, 따라서 조만간 지칠 것이다. 그것이 우리의 유일한 희망이었다. 하지만 그런 행운은 일어나지 않았다. 몇 시간이 지나도 여전히 고래는 피로를 느끼는 낌새조차 보이지 않았다.

하지만 '에이브러햄 링컨호'가 지칠 줄 모르고 결연하게 싸웠다는 말은 덧붙여 두어야겠다. 그 불운한 11월 5일에 순양함이 달린 거리는 적어도 500킬로미터는 되었을 것이다.

하지만 결국 밤이 찾아와, 파도치는 바다를 어둠으로 감싸 버렸다.

나는 원정이 끝났다고, 이제는 두 번 다시 그 괴물을 보지 못할 거라고 생각했다. 하지만 내 예상은 빗나갔다.

밤 10시 50분, 바람 불어오는 쪽으로 5킬로미터쯤 떨어진 해상에 다시 전광이 나타났다. 그 빛은 어젯밤만큼 선명하고 밝았다.

일각고래는 꼼짝도 하지 않는 것 같았다. 낮에 몸을 너무 혹사하느라 피곤해서, 넘실대는 파도에 몸을 맡긴 채 잠을 자고 있는 것일까?

함장이 몇 가지 명령을 내렸다. 순양함은 적의 잠을 깨우지 않도록 천천히 그리고 조심스럽게 접근했다. 순양함은 고래 쪽으로 다가가 그리 멀지 않은 곳에서 엔진을 끄고, 달리던 여세로 조용히 전진했다. 우리는 감히 숨도 쉬지 못했다. 깊은 정적이 갑판을 뒤덮었다. 우리는 이제 빛의 중심에서 30미터밖에 떨어져 있지 않았다. 가까이 갈수록 눈부신 빛 때문에 앞이 보이지 않았다.

앞갑판 뱃전 너머로 몸을 내밀고 있던 나는 네드가 내 아래쪽에 있는 것을 보았다. 네드는 버팀줄을 왼손으로 움켜잡고, 오른손에는 무시무시한 작살을 꼬나쥐고 있었다. 움직이지 않는 괴물과 우리 사이의 거리는 6미터도 채 되지 않았다.

갑자기 네드의 팔이 힘차게 움직이더니, 작살이 앞으로 날아갔다. 작살이 표적에 꽂히는 순간 둔탁한 소리가 울려 퍼졌다. 작살이 단단한 물체에 닿은 듯한 소리였다.

전광이 갑자기 꺼졌다. 두 개의 거대한 물기둥이 순양함 갑판을 덮치더니, 앞뒤로 홍수처럼 흐르면서 승무원들을 쓰러뜨리고 돛대의 밧줄을 끊어 버렸다.

엄청난 충격이었다. 나는 뱃전 난간을 붙잡을 새도 없이 그 너머 바다로 내동댕이쳐졌다.

4장

철판으로 된 고래

이 뜻밖의 추락에 나는 깜짝 놀랐지만, 그래도 감각 기능은 잃지 않았다.

처음에 나는 약 5미터 깊이까지 가라앉았다. 그래도 수영에 어느 정도 능숙했기 때문에 이렇게 물속에 처박혀도 공포심은 일어나지 않았다. 두 번 힘차게 물을 걷어차자 나는 다시 수면으로 올라왔다.

내 첫 번째 관심사는 순양함의 위치를 확인하는 일이었다. 바다는 칠흑같이 어두웠다. 검은 물체가 동쪽으로 사라지는 게 보였다. 거리가 멀어서 배의 위치를 나타내는 불빛이 희미해 보였다. 그것은 '에이브러햄 링컨호'였다. 나는 버려진 기분을 느꼈다.

"사람 살려! 사람 살려!"

나는 순양함 쪽을 향해 필사적으로 헤엄을 치면서 소리쳤다. 물에 젖은 옷이 달라붙어 몸을 제대로 움직일 수 없었다. 나는 점점 가라앉고 있었다.

"사람 살려!"

내가 마지막으로 외친 소리였다. 입 안이 물로 가득 찼다. 나는 깊은 바닷속으로 가라앉으면서 필사적으로 팔다리를 허우적거렸다.

그때 갑자기 억센 손이 내 옷을 움켜잡았다. 내 몸이 수면으로 끌려 올라가는 게 느껴졌다.

"주인님, 제 어깨에 기대세요. 그러면 저도 좀 더 쉽게 헤엄칠 수 있을 텐데요."

콩세유였다.

"고래와 충돌했을 때 자네도 나처럼 바다로 떨어진 모양이군?"

"아뇨. 저는 주인님을 모시는 하인 아닙니까. 그래서 주인님을 따라온 겁니다."

"그럼 순양함은?"

"그 배는 기대하지 않는 게 좋을 것 같습니다."

"무슨 소리야?"

"제가 배에서 뛰어내릴 때, 조타수가 '스크루와 키가 부서졌다!'고 외치는 소리를 들었거든요"

"그럼 우린 끝장이야!"

"아마 그럴 겁니다. 하지만 아직은 몇 시간 여유가 있습니다. 몇 시간이면 아주 많은 일을 해낼 수도 있지요."

콩세유의 냉정하고 침착한 태도가 나에게 새로운 힘을 주었다. 나는 좀 더 힘차게 헤엄을 쳤다. 하지만 상황은 여전히 위급했다. '에이브러햄 링컨호' 사람들은 우리가 실종된 것을 모를 수도 있다. 설령 알아차렸다 해도, 키와 스크루가 파손된 상태로는 바람을 거슬러 우리에게 돌아올 수 없을 것이다. 따라서 우리가 기대를 걸 수 있는 것은 보트뿐이었다.

되도록 오랫동안 보트를 기다리려면 둘 다 기진맥진하지 않도록 힘을 나누어야 한다고 판단했다. 그래서 우리는 이렇게 하기로 했다. 한 사람이 다리를 쭉 뻗은 채 물 위에 누우면, 다른 사람이 헤엄을 치면서 그 사람을 밀고 간다. 예인선 역할을 10분씩 번갈아 맡으면 몇 시간은 헤엄칠 수 있을 것이다. 어쩌면 동이 틀 때까지 버틸 수 있을지도 모른다.

순양함과 고래의 충돌은 밤 11시경에 일어났다. 그래서 나는 해가 뜰 때까지 여덟 시간만 헤엄을 치면 된다고 생각했다. 둘이 교대로 헤엄을 친다면 충분히 해낼 수 있는 일이었다. 다행히 바다가 잔잔해서 우리를 별로 지치게 하지 않았다.

밤 1시경, 나는 갑자기 심한 피로를 느꼈다. 다리에 쥐가 나서 뻣뻣해졌다. 어쩔 수 없이 콩세유가 나를 떠받쳐야 했다. 이윽고 콩세유가 가엾게도 헐떡거리기 시작했다. 그는 숨이 차서 가쁜 숨을 몰아쉬고 있었다.

"나를 놔두고 혼자 가게!"

"주인님을 버리고 가라고요? 주인님이 물에 빠져 죽느니, 제가 먼저 죽겠습니다."

바로 그때 달이, 바람에 밀려 동쪽으로 흘러가던 구름장을 뚫고 얼굴을 내밀었다. 나는 다시 머리를 들어 수평선을 이리저리 둘러보다가 마침내 순양함을 찾아냈다. 8킬로미터쯤 떨어져 있는 배는 간신히 알아볼 수 있는 검은 점으로 보였다. 그런데 보트는 한 척도 보이지 않았다.

나는 소리를 지르려고 했지만 목소리가 나오지 않았다. 그래서 대신 콩세유가 외쳤다.

"사람 살려! 사람 살려!"

우리는 잠시 헤엄을 멈추고 귀를 기울였다. 뭔가 윙윙거리는 소리가 났다. 혈압 때문에 충혈된 내 귀의 울림일까? 아니면 콩세유의 외침에 대한 응답일까?

"저 소리, 자네도 들었나?"

"예, 들었습니다."

그러고는 또 한 번 허공을 향해 "사람 살려!" 하고 필사적인 외침을 내질렀다.

그러자 이번에도 소리가 들렸다. 그건 분명히 콩세유의 외침에 응답하는 사람의 목소리였다.

콩세유는 나를 다시 앞으로 밀고 가면서, 이따금 고개를 들어 소리를 질렀다. 그러면 거기에 응답하는 목소리가 들렸는데, 목소리는 점점 가까워지고 있었다. 이제는 나도 그 목소리를 들을 수 있었다. 내 체력은 이미 한계에 이르러, 손가락도 이제는 말을 듣지 않았다. 경련을 일으키며 벌어진 입은 소금물로 가득 차 있었다. 팔다리가 얼어붙고 있었다. 나는 마지막으로 고개를 들었다가 물속으로 가라앉았다.

그 순간, 단단한 물체에 부딪혔다. 나는 거기에 매달렸다. 이어서 누군가가 나를 잡고 다시 수면 위로 끌어올리는 것을 느꼈다. 나는 허탈 상태에 빠져 정신을 잃었다.

누군가가 내 몸을 위아래로 움직이며 문질러 준 덕분에 금세 정신이 든 모양이다. 나는 눈을 가늘게 떴다.

"아, 콩세유."

"예, 접니다."

그 순간, 수평선 위로 가라앉는 마지막 달빛 속에서 나는 콩세유의 얼굴이 아닌 또 다른 얼굴을 보았다. 나는 그 얼굴을 당장 알아보았다.

"네드!"

"예, 박사님. 상금 사냥꾼 네드입니다!"

"그럼 자네도 순양함이 고래와 충돌했을 때 바다로 내던져진 모양이군?"

"예. 하지만 저는 박사님이나 콩세유보다 운이 좋아서, 물에 빠지자마자 떠다니는 섬에 올라탈 수 있었지요."

"섬이라니?"

"좀 더 정확히 말하면, 우리가 쫓고 있던 일각고래……."

"무슨 소린지 모르겠군. 자세히 좀 설명해 주게."

"내가 던진 작살이 왜 고래 가죽에 꽂히지 않았는지, 작살이 왜 무뎌졌는지를 금방 알아차렸지요."

"왜지? 왜 그랬지?"

"그건 이 고래가 철판으로 되어 있기 때문입니다."

네드의 마지막 말은 내 마음에 커다란 변화를 일으켰다. 나는 우리가 피난처로 삼은, 물에 반쯤 가라앉은 물체 꼭대기로 내 몸을 끌어올렸다. 그리고 그것을 발로 걷어찼다. 확실히 단단했다. 해양 포유류의 몸을 이루고 있는 유연한 물질과는 전혀 달리, 무엇으로도 꿰뚫을 수 없는 단단한 물질이었다.

내가 서 있는 거무튀튀한 표면은 매끄럽고 광택이 났다. 그리고 겹쳐 있는 부분은 전혀 없었다. 두드리면 금속 같은 소리가 났고, 못을 박아 연결한 금속판으로 이루어져 있는 것처럼 보였다.

더 이상은 의심할 여지가 없었다. 우리는 잠수함의 등 위에 앉아 있었던 것이다. 그리고 내가 판단할 수 있는 한, 그 잠수함은 거대한 물고기 모양을 하고 있었다. 그것이 네드의 의견이었고, 콩세유와 나도 거기에 동의할 수밖에 없었다.

"배가 움직이지는 않던가?"

"파도에 흔들리기는 했지만, 움직이지는 않았습니다."

"우리는 이 배가 아주 빠르게 움직일 수 있다는 것을 알고 있어. 그만한 속도를 내려면 엔진이 필요하고, 엔진을 작동하려면 전문 기술자가 필요해. 그럼 우리는 구조되었다고 생각해도 되겠군."

그 순간, 내 말을 증명이라도 하듯 그 이상한 선체의 고물 쪽에서 요란한 소리가 났다. 분명히 스크루가 돌아가는 소리였다. 이어서 움직이기 시작했다. 우리는 물 위로 1미터가량 나와 있는 꼭대기 부분을 간신히 움켜잡았다. 다행히 속도는 별로 빠르지 않았다.

"물속으로 들어가지만 않으면 걱정 없는데……." 네드가 중얼거렸다. "하지만 물속에 잠수하기로 결정하면 우리 목숨은 서 푼어치도 안 될 거예요!"

그렇게 되면 서 푼은커녕 한 푼어치도 안 될 것이다. 어쨌거나 우리의 안부는 오로지 잠수함을 운전하고 있는 조타수의 변덕에 달려 있었다. 그들이 잠수하기로 결정하면 우리는 끝장이었다. 하지만 잠수하지만 않으면 그들과 접촉할 수 있을 거라고 나는 확신했다. 그들이 자체적으로 공기를 만들지 않는 한, 이따금 수면 위로 올라와 신선한 공기를 보충할 필요가 있었다. 따라서 잠수함 내부를 바깥 공기와 접촉시키기위한 구멍이 필요할 터였다.

순양함에 구조될지 모른다는 희망은 완전히 사라졌다. 우리는 서쪽으로 실려 가고 있었다. 속도는 짐작건대 비교적 느린 12노트 정도였다.

새벽 4시경, 속도가 갑자기 빨라졌다. 파도가 우리를 마구 덮쳤기 때문에, 현기증 나는 속도에 대처하기가 어려웠다. 다행히 네드가 철갑 위쪽에 박혀 있는 커다란 고리를 발견했다. 우리는 그것을 단단히 움켜잡았다.

기나긴 밤이 드디어 끝났다. 햇빛이 나타났다. 아침 안개가 우리를 겹겹이 둘러쌌지만, 그것도 이내 산산이 흩어졌다. 선체의 윗부분은 수평면을 이루고 있었다. 그 부분을 주의 깊게 조사하려는 순간, 나는 배가 서서히 가라앉고 있는 것을 알아차렸다.

"이봐! 이봐!" 네드가 선체를 발로 쿵쿵 구르면서 소리를 질렀다. "문 열어! 이 불한당 놈들아!"

그러자 배 안에서 빗장을 여는 소리가 들리더니, 철판 하나가 위로 올라오고 한 사내가 나타났다. 그는 묘한 소리를 지르고는 순식간에 사라졌다.

잠시 후 대여섯 명의 건장한 사내가 무표정한 얼굴로 소리 없이 나타나 우리를 그 무시무시한 기계 속으로 끌고 내려갔다.

납치는 난폭하게, 게다가 재빠르게 이루어졌다. 우리는 주위를 둘러볼 겨를도 없었다.

해치(갑판에 설치한 출입구)가 닫히자마자 나는 캄캄한 어둠 속에 갇혔다. 밝은 곳에서 갑자기 들어왔기 때문에 아무것도 볼 수가 없었다. 나는 맨발이 철제 층층대에 닿는 것을 느꼈다. 네드 랜드와 콩세유가 놈들에게 단단히 붙잡힌 채 나를 따라왔다. 층계를 다 내려가자 문이 열렸고, 우리가 들어가자마자 쾅 소리를 내면서 다시 닫혔다.

그곳에 있는 것은 우리뿐이었다. 어디인지는 짐작조차 할 수 없었다. 모든 것이 새까맸다. 아무리 캄캄한 밤에도 희미한 빛이 조금은 어른거리게 마련인데, 이곳은 너무 새까매서 몇 분이 지나도 그런 빛조차 전혀 볼 수 없었다.

나는 두 손을 내밀고 앞으로 나아갔다. 다섯 걸음 만에 철판으로 된 벽에 이르렀다. 나는 돌아서다가 나무 탁자에 부딪혔다. 탁자 주위에는 등받이 없는 의자가 몇 개 놓여 있었다. 벽에는 아무 장식도 없었고, 문이나 창문도 전혀 없는 것 같았다.

나와 반대 방향으로 돌고 있던 콩세유가 나와 부딪혔다. 우리는 감방 한복판으로 돌아왔다. 방은 길이 6미터에 너비 3미터쯤 되어 보였다. 천장은 아주 높아서, 키가 큰 네드조차 어느 정도인지 알아낼 수가 없었다.

한동안은 아무 변화도 없었지만, 30분쯤 뒤에 우리 눈이 갑자기 눈부신 빛에 노출되었다. 강렬한 빛이 별안간 감방을 가득 채우는 바람에, 처음에는 견디기가 어려울 정도였다.

그 빛이 하얗고 강렬한 것을 보고 나는 그 빛이 잠수함 주위에 엄청난 인광을 만들어낸 그 전광이라는 것을 알아차렸다. 나는 본능적으로 눈을 감을 수밖에 없었지만, 잠시 후에 다시 눈을 떠 보니 그 빛은 천장에 박혀 있는 반구형의 불투명 유리에서 나오고 있었다.

실내가 갑자기 밝아진 덕분에 우리는 방을 자세히 살펴볼 수 있었다. 방에는 탁자와 의자 다섯 개 말고는 아무것도 없었다. 출입문은 보이지 않았고, 아무 소리도 들리지 않는 것으로 보아 밀봉하듯 빈틈없이 닫혀 있는 게 분명했다. 그러나 불이 켜진 것은 그럴 이유가 있기 때문일 것이다. 그래서 나는 이 배의 승무원이 이제 곧 나타날 거라고 생각했다.

내 예상은 틀리지 않았다. 빗장을 벗기는 소리가 나더니, 문이 열리고 두 남자가 들어왔다. 한 사람은 작달막하지만 우람한 체격이었다. 딱 바라진 어깨, 굵은 팔다리, 숱 많은 머리털로 덮인 얼굴, 짙은 콧수염, 빈틈없이 날카로운 눈매…… 온몸이 프로방스(프랑스 남부 지방) 사람 특유의 활력으로 충만해 있었다.

또 한 사람은 생김새만 보고도 그의 특징을 당장 알아차릴 수 있었다. 자신감과 침착성, 정력과 용기 외에, 그는 또한 자부심이 강한 사람이었다. 게다가 몸놀림과 얼굴 표정이 한결같은 것으로 보아 그는 분명 진솔하고 너그러운 사람이었다.

나이는 서른다섯 살로 보이기도 하고 쉰 살로 보이기도 했다. 어느 쪽에 더 가까운지는 알 수 없었다. 그는 키가 컸고, 넓은 이마와 우뚝한 코, 윤곽이 또렷한 입술, 깨끗하고 고른 치아를 갖고 있었다. 손은 길고 가늘어서, 고결하고 열정적인 영혼에게 어울리는 손이었다. 그는 분명 내가 이제까지 만난 남자들 가운데 가장 훌륭한 인물이었다.

두 남자는 해달 모피로 만든 모자를 쓰고, 물개 가죽으로 만든 장화를 신고, 몸에 달라붙지 않아서 자유롭게 움직일 수 있는 특수한 옷감으로 만든 옷을 입고 있었다.

키가 큰 쪽—이 배의 우두머리가 분명해 보였다—은 우리를 유심히 바라볼 뿐, 아무 말도 하지 않았다. 그러다가 옆의 동료를 돌아보며, 내가 알아들을 수 없는 말로 대화를 나누었다.

키가 작은 쪽은 고갯짓으로 대답했고, 전혀 이해할 수 없는 말을 두세 마디 덧붙였다. 그러고는 눈빛으로 나에게 무언가를 묻고 있는 것 같았다.

나는 프랑스어로 당신 말을 전혀 모르겠다고 대답했지만, 그는 내 말을 알아듣지 못하는 것 같았다. 그래도 나는 우리가 겪은 모험을 털어놓기 시작했다. 아무리 사소한 것도 빼먹지 않고 자세히 설명했다. 나는 우선 우리의 이름과 신분을 밝혔다. 나는 아로낙스 박사, 콩세유는 내 하인, 그리고 네드는 작살잡이라고 정식으로 소개했다.

차분하고 온화한 눈을 가진 남자는 공손할 만큼 조용히, 그리고 놀랄 만큼 정신을 집중하여 내 말에 귀를 기울였다. 하지만 그의 얼굴에는 내 이야기를 알아들은 징후가 전혀 나타나지 않았다.

영어를 써 보는 방법이 아직 남아 있었다. 세계 공용어라고 할 수 있는 영어를 사용하면 말이 통할지도 모른다.

"네드, 이번엔 자네 차례야." 나는 작살잡이에게 말했다.

네드는 내가 방금 전에 한 이야기를 그대로 되풀이했다. 그는 타고난 성격대로 열심히 이야기했다. 게다가 그는 갇혀 있는 것을 불평하고, 무고한 사람을 가두어 놓는 것은 인권 유린이라면서, 도대체 무슨 법률에 따라 우리를 이런 식으로 억류해 두는 거냐고 따지고, '인신보호법'까지 들먹이며 나중에 고발하겠다고 으르댔다. 네드는 두 팔을 휘두르며 격렬한 몸짓을 하고, 소리를 지르고, 마지막에는 표현력이 풍부한 무언극으로 배가 고파 죽겠다는 뜻을 전달했다.

우리는 허기를 거의 잊고 있었지만, 배가 고파 죽을 지경인 것은 사실이었다.

네드는 상대가 이번에도 전혀 알아듣지 못하는 것처럼 보였기 때문에 깜짝 놀랐다. 우리를 찾아온 두 손님은 얼굴 근육 하나 까딱하지 않았다. 어떻게 하면 좋을지 몰라서 쩔쩔매고 있을 때, 콩세유가 나섰다.

"주인님이 허락하신다면, 제가 독일어로 이야기를 해 보겠습니다."

콩세유는 플랑드르 출신이어서 독일어도 할 줄 알았다. 그는 우리의 모험담을 세 번째로 침착하게 늘어놓았다. 하지만 그의 뛰어난 악센트와 우아한 표현에도 불구하고, 독일어 역시 프랑스어나 영어와 마찬가지로 성공하지 못했다.

마침내 나는 마지막 수단으로, 어릴 적에 학교에서 배운 라틴어 지식을 총동원하여 이야기하기 시작했다. 하지만 결과는 마찬가지였다.

마지막 시도마저 실패로 끝나자 두 사내는 알아들을 수 없는 언어로 몇 마디 나눈 다음, 세계 어디에서나 통하는 미소 한 번 던지지 않은 채 물러가 버렸다. 문이 다시 닫혔다.

"이건 치욕이야!" 네드가 스무 번째로 분통을 터뜨렸다. "우리는 그 악당들한테 프랑스어로, 영어로, 독일어로, 라틴어로 이야기했어. 그랬으면 한 마디 정도는 대꾸해 주는 게 예의잖아!"

"진정하게, 네드." 나는 불같이 화를 내는 작살잡이를 달랬다. "절망하면 안 돼. 그래도 아까보다는 상황이 나아졌잖나. 이 배의 선장과 승무원들을 판단하기는 아직 일러."

"나는 벌써 판단을 내렸습니다." 네드가 반박했다. "놈들은 불한당이에요."

"좋아. 그런데 어느 나라 출신이지?"

"악당들의 나라겠죠."

"이보게 네드, 우리가 알 수 있는 건 영국인도 아니고, 프랑스인도 아니고, 독일인도 아니라는 것뿐일세. 하지만 풍기는 분위기가 어딘지 모르게 남쪽 사람 같아. 하지만 외모만 보고는 스페인 사람인지, 터키 사람인지, 아랍 사람인지, 인도 사람인지 판단할 수가 없네. 게다가 언어는 도무지 이해할 수가 없어."

"세계 언어를 전부 다 알지 못하면 불리하군요." 콩세유가 말했다. "세계 공용어가 없으니까 불편해요."

그때 문이 열리고 급사가 들어왔다. 급사는 우리가 입을 옷을 가져왔다. 무슨 옷감으로 만든 것인지는 알 수 없지만, 뱃사람들이 입는 저고리와 바지였다. 나는 재빨리 옷을 갈아입었고, 콩세유와 네드도 나를 본받았다.

우리가 옷을 입는 동안 급사는 탁자에 삼인분의 식사를 차려 놓았다.

우리는 식탁에 자리를 잡았다. 차려진 음식 속에서 나는 맛있게 조리된 다양한 생선을 알아보았다. 하지만 몇 가지 요리는 재료가 무엇인지 판단할 수 없었다. 동물성인지 식물성인지도 분간할 수 없었다. 식기 세트는 우아하고 고상했다. 포크와 나이프·스푼·접시를 비롯한 모든 식기에는 '움직임 속의 움직임'이라는 라틴어 구절로 둘러싸인 'N'이라는 글자가 새겨져 있었다. 그것을 베끼면 다음과 같다.

네드와 콩세유는 생각을 하느라 시간을 낭비하지 않고 당장 먹기 시작했다. 나도 얼른 그들을 본받았다. 식욕이 채워지자 잠이 쏟아졌다. 죽음과 싸우면서 긴 밤을 보낸 뒤의 자연스러운 반응이었다.

"아아, 한숨 잘 수 있다면……." 콩세유가 말했다.

"나는 벌써 곯아떨어졌어." 네드가 말했다.

콩세유와 네드는 깔개 위에 드러누워 깊이 잠들어 버렸다.

하지만 나는 쏟아지는 잠에 호락호락 굴복하지 않았다. 너무나 많은 생각이 머릿속에서 우글거렸고, 답할 수 없는 수많은 의문이 마음을 짓눌렀고, 너무나 많은 영상이 눈앞에 어른거려 눈을 완전히 감을 수가 없었다.

도대체 우리가 있는 곳은 어디일까? 우리를 데려가고 있는 이 야릇한 힘은 무엇일까? 나는 잠수함이 깊은 심해로 내려가고 있는 듯한 기분을 느끼며 깊은 잠 속으로 서서히 빠져들었다.

5장

네모 선장

얼마나 오래 잤는지는 모르나, 오래 잔 것만은 분명하다. 피로가 완전히 가시고 상쾌한 기분으로 깨어났기 때문이다. 내가 맨 먼저 깨어났다. 콩세유와 네드는 아직도 생명이 없는 덩어리처럼 방구석에 길게 드러누워 있었다.

나는 딱딱한 잠자리에서 일어나자마자 머리가 맑아지고 활력이 솟아나는 것을 느꼈다. 나는 방을 주의 깊게 조사하기 시작했다.

방의 내부 배치는 달라진 게 하나도 없었다. 감옥은 여전히 감옥이었고, 포로는 여전히 포로였다. 하지만 우리가 자고 있는 사이에 식탁이 깨끗이 치워져 있었다.

머리는 맑았지만 가슴은 무거운 것에 짓눌린 듯 답답했기 때문에, 기약 없는 포로 생활이 더욱 불쾌하게 느껴졌다. 가슴이 답답해서 숨을 쉬기가 어려웠다. 감방은 널찍했지만, 그 안에 있는 산소를 거의 다 소비해 버린 모양이었다. 따라서 우리 감방은 공기를 빨리 갈아 넣을 필요가 있었다. 우리 방만이 아니라 잠수함 전체가 공기를 갈 필요가 있을 것이다.

이것이 내 마음을 괴롭힌 의문이었다. 이 잠수함에서는 환기 문제를 어떻게 처리하고 있을까? 공기를 화학적으로 만들고 있을까? 고압 탱크에 공기를 저장해 두고 있을까? 아니면 고래처럼 수면으로 떠올라 24시간 동안 사용할 공기를 다시 채우는 방법을 쓰고 있을까? 어떤 방법을 사용하든, 되도록 빨리 그 방법을 쓰는 것이 현명할 것 같았다.

벌써 나는 감방에 얼마 남지 않은 산소를 마시기 위해 숨을 가쁘게 몰아쉬어야 했다. 그런데 그때 갑자기 소금기 가득한 맑은 공기가 허파로 들어왔다. 그 공기를 들이마시자 당장 기운이 나고 기분이 상쾌해졌다. 그것은 아이오딘이 듬뿍 들어 있는 진짜 바닷바람이었다. 나는 입을 크게 벌리고 신선한 산소를 허파에 가득 채웠다. 동시에 나는 배가 앞뒤로 또는 좌우로 흔들리는 것을 알아차렸다. 이 금속 괴물은 고래들과 똑같이 숨을 쉬기 위해 방금 수면으로 떠오른 것이 분명했다. 이 배의 환기 방법은 이제 분명해졌다.

내가 여기까지 관찰했을 때, 네드와 콩세유가 상쾌한 공기를 마시고 거의 동시에 깨어났다. 그들은 눈을 비비고 기지 개를 켠 다음 벌떡 일어섰다.

"주인님은 편히 주무셨는지요?" 콩세유가 여느 때처럼 공 손하게 물었다.

"아주 잘 잤어. 네드, 자네도 잘 잤나?"

"푹 잤습니다. 하지만 이게 사실일까요? 바닷바람을 들이 마시고 있는 듯한 기분이 드는데요."

뱃사람이 잘못 생각할 리가 없다. 나는 그가 자는 동안에 일어난 일을 말해 주었다.

"그러니까, 이른바 일각고래가 '에이브러햄 링컨호' 가까 이 있을 때 우리가 들은 그 으르렁대는 소리는 그 때문이었 군요?"

"그래. 그건 괴물이 숨 쉬는 소리였어."

"지금이 몇 시인지 모르겠는데, 혹시 저녁 먹을 시간이 아 닐까요?"

"저녁? 저녁보다는 아침 먹을 시간일 가능성이 더 커. 여 기 들어온 지 하루가 지난 건 분명하니까."

"그럼 우리가 스물네 시간 동안 잠을 잤다는 말씀인가요?" 콩세유가 말했다.

"그래."

"어쨌든 배가 고파 죽을 지경입니다. 저녁이든 아침이든, 음식은 도대체 어디 있는 거야?" 네드가 말했다.

"우리도 이젠 이 배의 규칙에 따라야 해. 아무래도 우리의 배꼽시계가 주방장의 시계보다 빨리 가는 모양이군."

"그렇다면 우리의 배꼽시계를 제대로 다시 맞춰야겠군요." 콩세유가 침착하게 말했다.

"자네다운 말이군, 콩세유." 성마른 네드가 대꾸했다. "자네는 걱정하지도 안달복달하지도 않고 늘 침착해. 자네는 무언가를 받기도 전에 고맙다는 말부터 할 사람이고, 배고프다고 불평할 바에는 차라리 굶어 죽을 사람이야."

"그래서 어쩌자는 건데?" 콩세유가 되물었다.

"불평을 하자는 거야! 불평하는 것만으로도 조금은 도움이 될 거라고. 그 해적 놈들! 내가 얌전히 갇혀 있을 거라고 생각한다면 놈들은 큰 실수를 저지르고 있는 거야. 박사님, 솔직히 말씀해 보세요. 박사님은 우리가 이 쇠우리에 오랫동안 갇혀 있을 거라고 생각하세요?"

"솔직히 말하면 나도 모르겠네."

"박사님은 어떻게 생각하는지, 그걸 묻고 있는 겁니다."

"나는 이렇게 생각하네. 우리가 우연히 중대한 비밀을 알게 됐다고. 따라서 그 비밀을 지키는 게 이 잠수함 사람들에게 이익이 된다면, 그리고 그 이익이 세 사람의 목숨보다 더 중요하다면, 우리는 큰 위험에 빠져 있는 거라고. 하지만 그렇지 않다면, 우리를 삼킨 이 괴물은 기회가 오자마자 우리를 인간 세상으로 되돌려보내 주겠지. 그러니 상황을 좀 더 지켜보고, 거기에 따라서 결정을 내리도록 하세. 아무 일도 하지 말고 기다려 보자는 얘기야. 사실 할 일도 없지만."

"천만에요." 고집스런 작살잡이가 대꾸했다. "우리는 무언가를 해야 합니다."

"그게 뭔데?"

"탈출하는 겁니다!"

"감옥에서 탈출하는 것은 육지에서도 어렵지만, 잠수함 감옥에서 빠져나가는 건 아예 불가능할 것 같은데?"

네드는 눈에 띄게 당황했지만, 잠시 생각한 다음 입을 열었다.

"감옥에서 도망칠 수 없을 때는 어떻게 해야 하는지, 박사님은 모르시죠?"

"어떻게 하는데?"

"아주 간단합니다. 간수와 보초를 모조리 처치하는 겁니다!"

"말도 안 돼!"

"왜요? 적당한 기회가 올지도 모릅니다. 그 기회를 잡지 말라는 법은 없지요."

"무슨 일이 일어나는지 좀 두고 보세. 하지만 그때까지는 화가 나더라도 꾹 참아 주면 좋겠네. 너무 짜증만 내지 말고 순순히 받아들이겠다고 약속하게."

"좋습니다. 약속하죠." 네드는 시큰둥하게 대답했다.

"분명히 약속했네, 네드."

우리의 대화는 여기서 끝났다. 이어서 우리는 각자 상념에 잠겼다. 잠수함이 이렇게 순조롭게 움직이려면 승무원도 많이 있어야 할 것이고, 싸움이 벌어지면 우리가 질 것은 뻔했다. 게다가 그들과 싸우려면 자유롭게 행동할 필요가 있었지만, 우리는 지금 감방에 꼼짝없이 갇혀 있는 상태였다.

게다가 네드는 사태를 생각할수록 점점 우울해지고 있었다. 네드가 목구멍 속에서 욕설을 으르렁거리는 소리가 들렸다. 그의 몸놀림이 또다시 험악해지는 것도 눈에 띄었다. 네드는 벌떡 일어나, 우리에 갇힌 짐승처럼 방안을 돌아다니며 벽을 주먹으로 때리고 발로 걷어차곤 했다. 시간이 갈수록 허기가 우리를 괴롭히기 시작했다. 하지만 이번에는 급사가 나타나지 않았다.

두 시간 동안 네드의 분노는 점점 격렬해졌다. 그는 소리를 지르고 비명을 질렀지만, 아무 소용이 없었다. 배 안에서는 아무 소리도 들리지 않았다. 죽음 같은 정적이 무시무시하게 느껴졌다.

이 감방에 격리되어 버림받은 상태가 얼마나 오래 계속될지, 감히 짐작도 가지 않았다. 선장과 만났을 때 품었던 희망은 점점 사라져 갔다. 그의 친절한 표정, 너그러운 관상, 고상한 행동도 내 마음에서 모두 사라졌다. 그 수수께끼 같은 인물은 본질적으로 무자비하고 잔인한 인간일 것이라는 생각이 들었다.

그때 문득 한 생각이 떠올랐다. 그는 우리를 이 밀폐된 감방에 가두어 둔 채, 극도의 굶주림에 시달린 사람들을 덮치는 그 무서운 유혹에 우리를 내던진 것은 아닐까? 상상력이 발동하자 미칠 듯한 공포가 나를 사로잡기 시작했다.

그때 밖에서 무슨 소리가 들리더니, 금속판을 밟는 발소리가 울려 퍼졌다. 빗장이 벗겨지고 문이 열리고 다시 급사가 나타났다.

네드는 내가 미처 말릴 새도 없이 그 불운한 사내에게 덤벼들어 바닥에 쓰러뜨리고는 목을 움켜잡았다. 콩세유는 반쯤 질식한 급사의 목에서 네드의 손을 떼어내려 애쓰고 있었다. 나도 달려가서 급사를 도우려고 했다. 하지만 그 순간 어디선가 들려온 말소리를 듣고 그 자리에 못박혀 버렸다. 그 말은 분명 프랑스어였다.

"진정하세요, 랜드 씨. 그리고 아로낙스 박사, 내 말 좀 들어 보세요!"

목소리의 주인공은 이 배의 선장이었다.

네드는 벌떡 일어났다. 하마터면 목졸려 죽을 뻔한 급사는 선장의 명령에 따라 비틀거리며 밖으로 나갔다.

선장은 팔짱을 낀 채 탁자 옆에 기대서서 우리를 가만히 바라보았다. 잠시 침묵이 흘렀다. 이윽고 선장이 차분하고 또렷한 음성으로 입을 열었다.

"나는 프랑스어도, 영어도, 독일어도, 라틴어도, 똑같이 잘할 수 있습니다. 여러분이 네 언어로 말한 내용은 모든 점에서 일치했고, 그래서 나는 여러분의 정체에 대해 확신을 가질 수 있었지요. 이제 나는 여러분이 누구인지 알고 있습니다. 파리 자연사 박물관 교수이며 과학적 임무를 띠고 미국에 파견된 피에르 아로낙스 박사, 박사의 하인인 콩세유, 미국 해군의 순양함 '에이브러햄 링컨호'에 타고 있었던 캐나다 태생의 작살잡이 네드라는 것을 말입니다."

그는 외국 말투가 전혀 없는 완벽한 프랑스어를 유창하게 구사했다. 어휘 선택도 적절했고, 발음도 놀랄 만큼 유창했다. 그런데도 나는 그가 프랑스인이 아니라는 느낌을 받았다.

선장이 말을 이었다.

"여러분은 내가 다시 찾아올 때까지 시간이 너무 오래 걸린다고 생각했을 겁니다. 그건 여러분의 신원을 확인한 뒤 여러분을 어떻게 처리해야 할지 진지하게 생각하고 싶었기 때문입니다. 불운한 사정 때문에 여러분은 인간 사회와 인연을 끊은 사람과 마주치게 되었습니다. 여러분은 내 생활을 방해했……."

"그건 본의가 아니었소." 내가 말했다.

"그래요?" 선장이 목청을 높였다. "'에이브러햄 링컨호'가 나를 찾으려고 바다를 샅샅이 뒤진 것도 본의가 아니었나요? 당신이 그 배에 탄 것도 본의가 아니었나요? 당신들이 쏜 포탄이 내 배를 스치고 지나간 것도 본의가 아니었나요? 여기 있는 랜드 씨가 작살로 나를 공격한 것도 본의가 아니었나요?"

나는 이 말 속에 숨어 있는 분노를 느꼈다. 하지만 나에게는 그런 비난에 대해 자연스럽게 해명할 수 있는 답변이 준비되어 있었다.

"당신은 유럽과 미국에서 당신에 대해 어떤 논의가 이루어졌는지 모르고 있군요. 당신이 잠수함으로 선박을 공격하여 일으킨 여러 차례의 사고가 두 대륙에서 여론을 들끓게 한 것도 모르고 있어요. '에이브러햄 링컨호' 승무원들은 거대하고 강력한 바다 괴물을 추적하고 있는 줄 알았고, 무슨 수를 써서라도 그 괴물을 소탕할 필요가 있다고 생각했다는 걸 아셔야 합니다."

선장의 입술에 희미한 미소가 떠올랐다.

"아로낙스 박사, 당신은 그 순양함이 잠수함을 추적해서 공격한 게 아니라 괴물을 쫓고 있었다고, 정말로 그렇게 단언할 수 있습니까?"

이 질문에 나는 좀 당황했다.

"그러니까……" 선장이 말을 이었다. "내가 당신들을 환대해야 할 의무는 전혀 없습니다. 나는 바닷속으로 잠수하여, 당신들이 세상에 존재했다는 것을 잊어버릴 수도 있었을 거예요. 나한테 그럴 권리가 없나요?"

"그건 야만인의 권리겠지요. 문명인의 권리는 아닙니다."

그러자 선장이 날카로운 목소리로 대꾸했다.

"아로낙스 박사, 나는 당신이 말하는 의미의 문명인은 아닙니다! 나는 사회와 인연을 끊었어요. 그 이유를 평가할 권리는 오직 나만이 갖고 있습니다. 그래서 나는 사회의 규칙에 따르지 않습니다. 내 앞에서 다시는 사회의 규칙을 들먹이지 마시오!"

선장은 분명하게 또박또박 말했다. 눈에서는 분노와 경멸의 불꽃이 번득였다. 나는 이 남자의 무서운 과거를 언뜻 본 것 같았다. 그는 인간의 법 테두리를 벗어났을 뿐만 아니라, 어떤 것에도 속박되지 않은 독립적인 존재가 되었다. 그는 가장 엄밀한 의미에서의 자유인이었다.

오랜 침묵이 흐른 뒤, 선장이 다시 입을 열었다.

"운명이 당신들을 여기로 보냈으니, 이 배에 남아도 좋습니다. 여러분은 자유롭게 행동할 수 있습니다. 다만 한 가지 조건이 있는데, 그 조건을 받아들이겠다고 약속만 하면 됩니다."

"그 조건이란 게 적어도 명예를 소중히 여기는 사람이 받아들일 수 있는 것이겠지요?"

"물론입니다. 내 조건은 이렇습니다. 예기치 않은 상황이 벌어지면 어쩔 수 없이 당신들을 몇 시간, 경우에 따라서는 며칠 동안 선실에 가두어 둘 수도 있다는 것. 그런 경우에는 명령에 순순히 따라 주시기 바랍니다. 그렇게만 해 주면 당신들을 책임지겠습니다. 절대 폐는 끼치지 않겠습니다. 어떻습니까? 이 조건을 받아들이시겠습니까?"

"좋습니다. 하지만 한 가지 물어봐도 될까요?"

"말씀해 보세요."

"우리가 배에서 자유롭게 행동할 수 있다고 하셨는데, 그 자유가 무슨 뜻인지 묻고 싶군요."

"배 안을 왔다 갔다 하고, 특별한 경우를 제외하고는 여기서 일어나는 모든 일을 조사하고 관찰할 자유를 말합니다. 요컨대 나와 내 동료들이 누리고 있는 것과 똑같은 자유지요."

"죄수들한테도 감옥 안을 돌아다닐 자유는 주어집니다. 그 정도 자유로는 만족할 수 없습니다."

"어쨌든 그걸로 만족해야 할 겁니다."

"그럼 우리는 이제 두 번 다시 친구도 친척도 고향도 볼 수 없다는 겁니까?"

"그렇습니다."

"말도 안 돼!" 네드가 소리쳤다. "나는 탈출을 시도하지 않겠다고는 절대 약속하지 않겠소."

"당신 약속은 필요 없어요, 랜드 씨." 선장이 말했다.

"선장." 나는 나도 모르게 흥분하여 대답했다. "당신은 우리 처지를 이용하고 있어요. 이건 너무 잔인합니다."

"잔인하기는커녕 자비로운 겁니다. 당신들은 말하자면 전투에서 사로잡힌 포로들이에요. 게다가 내 존재의 비밀까지 알게 되었으니, 이제 와서 당신들을 육지로 돌려보내 줄 것 같소? 천만에! 당신들을 붙잡아 두는 것은 당신들이 아니라 나를 보호하기 위해서요."

선장의 말에는 굳은 결의가 담겨 있었다. 무슨 말을 해도 그 결심을 뒤집을 수는 없을 것이다.

"그러니까…… 죽느냐 사느냐, 둘 중 하나를 택하라는 거군요?"

"그렇습니다. 자, 그럼 내가 할 말을 마저 끝내겠소. 아로낙스 박사, 나는 당신을 잘 알고 있어요. 내가 애독하는 책들 중에는 당신이 심해에 관해서 쓴 책도 있는데, 나는 그 책을 자주 읽었지요. 당신은 내 배에서 보낸 시간을 절대로 후회하지 않을 겁니다. 나는 해저 세계 일주를 새롭게 시작하려는 참인데, 이번이 마지막 여행이 될지도 몰라요. 지금까지 여러 번 답사했던 곳을 다시 찾아갈 작정인데, 당신은 내 연구 동료가 되는 겁니다."

"좋습니다. 당신이 인간 사회와 인연을 끊었다 해도, 인간다운 감정까지 다 버렸다고는 생각지 않습니다. 어쨌든 우리는 당신에게 구조된 처지이니, 이 은혜는 평생 잊지 않을 겁니다."

나는 협정이 맺어졌다는 표시로 선장이 악수를 청할 줄 알았다. 그러나 선장은 손을 내밀지 않았다. 나는 그가 물러가려는 기색을 보이는 순간 얼른 말했다.

"마지막으로 한 가지만 더……."

"뭡니까, 박사?"

"당신을 뭐라고 불러야 합니까?"

"그냥 '네모'(라틴어로 '아무도 아니다'라는 뜻) 선장이라고 부르세요. 나한테 당신들은 단지 '노틸러스'(그리스어로 '뱃사람'이라는 뜻) 호의 승객일 뿐입니다."

네모 선장이 소리를 지르자 급사가 나타났다. 선장은 어느 나라 말인지 알 수 없는 외국어로 지시를 내렸다. 그러고는 네드와 콩세유를 돌아보며 말했다.

"선실에 식사가 준비되어 있을 테니, 이 사람을 따라가세요."

콩세유와 네드는 서른 시간이 넘게 갇혀 있던 감방을 마침내 떠났다.

"아로낙스 박사, 우리 점심도 준비되어 있는데 내가 안내하지요."

"좋습니다."

나는 네모 선장을 따라갔다. 바로 문밖에 전등이 켜진 복도가 있었다. 일반 선박의 통로와 비슷했다. 10미터쯤 걸어가자 눈앞에서 또 다른 문이 열렸다.

나는 식당으로 들어갔다. 장식도 가구도 소박한 방이었다. 참나무로 만든 찬장이 방 양쪽에 세워져 있었고, 가장자리가 물결 모양으로 조각된 찬장 선반 위에는 아름다운 도자기와 귀중한 유리그릇들이 반짝이고 있었다. 접시들은 천장에서 내려오는 빛을 받아 은은하게 빛나고 있었다.

식사는 온갖 해산물 요리로 이루어져 있었다. 하지만 몇 가지는 재료가 어디서 난 것인지, 동물성인지 식물성인지도 짐작이 가지 않았다. 음식이 맛있다는 것은 인정할 수밖에 없었다.

"이 요리들은 대부분 처음 보는 음식일 겁니다. 하지만 안심하고 드셔도 됩니다. 맛있고 영양도 풍부하지요. 나는 오래전에 뭍에서 나는 음식을 포기했지만, 그래도 건강은 전혀 나빠지지 않았어요. 승무원들도 나와 똑같은 음식을 먹지만, 모두 건강합니다."

"그럼 이 음식은 모두 해산물이겠군요?"

"그렇습니다. 바다는 우리에게 필요한 것을 모두 공급해 주지요. 나는 심해 한복판으로 나가서, 바다 숲에 살고 있는 사냥감을 추적합니다. 내 가축들은 드넓은 바다 목장에서 안심하고 풀을 뜯지요. 그곳에 나만의 농장을 가지고 있답니다."

나는 놀란 눈으로 네모 선장을 바라보며 말했다.

"바닷속이니까 물고기야 잡히겠지만, 아무리 적은 양이라

해도 어떻게 육고기가 식탁에 오를 수 있는지, 이해할 수가 없군요."

"하지만 나는 뭍에 사는 동물의 고기는 절대로 요리에 쓰지 않는데요."

"그럼 이건 뭐죠?" 나는 부드러운 쇠고기 몇 조각이 남아 있는 접시를 가리켰다.

"아하, 그걸 쇠고기라고 생각하셨나 본데, 거북이 고기일 뿐입니다. 이것도 당신은 돼지고기 스튜로 생각하겠지만, 사실은 돌고래 간입니다. 이건 해삼으로 만든 잼, 그리고 이건 고래 젖에다 해초에서 얻은 설탕을 넣어서 만든 크림입니다. 세상에서 제일 맛있는 과일 못지않게 향긋한 이 말미잘 잼을 권해 드리고 싶군요."

나는 식도락보다 호기심 때문에 네모 선장이 권하는 음식들을 맛보았다. 그러는 동안 네모 선장은 흥미로운 이야기로 내 마음을 끌었다.

"아로낙스 박사, 이 거대하고 무진장한 바다 목장은 나한테 먹을 것만이 아니라 입을 것도 줍니다. 당신이 입고 있는 옷감은 조개의 일종인 쌍각류의 족사(가는 실 모양의 분비물로, 바위에 달라붙는 작용을 한다)로 짠 겁니다. 당신 선실의 화장대 위에 놓여 있는 향수는 해초를 증류해서 만든 거예요. 펜은 고래 뼈로 만들었고, 잉크는 오징어 먹물로 만든 겁니다. 세상 만물이 언젠가는 바다로 돌아가듯, 내가 사용하는 것은 모두 바다에서 나옵니다!"

"바다를 사랑하시나 보군요, 선장."

"사랑하고 말고요! 바다는 지구의 10분의 7을 덮고 있지요. 바다의 숨결은 건강하고 순수합니다. 바다는 드넓은 황무지이나, 여기서 인간은 결코 혼자가 아닙니다. 사방에서 고동치는 생명을 느낄 수 있으니까요. 어느 시인이 말했듯이 바다는 살아 있는 무한입니다. 지구는 바다에서 시작되었고, 결국 바다로 끝날지도 몰라요. 그리고 바다에는 완벽한 평화가 있습니다. 바다는 폭군의 것이 아닙니다. 지상에서는 인간들이 서로 싸우고 온갖 잔학행위를 저지르고 있지만, 수면에서 10미터만 내려가면 그들의 힘은 사라지고, 그들의 영향력은 사그라들고, 그들의 권위는 자취를 감춥니다. 바다의 품에 안겨서 살아 보세요! 오직 바다에서만 인간은 완전한 독립을 누릴 수 있습니다! 이곳에서 나는 어떤 지배자도 인정하지 않습니다! 여기서는 누구나 자유롭습니다!"

네모 선장은 열변을 쏟아내다가 갑자기 입을 다물었다. 네모 선장은 흥분한 듯 잠시 방안을 오락가락했다. 이윽고 흥분을 가라앉히고 평소의 냉정한 표정으로 돌아와 나를 돌아보았다.

"아로낙스 박사, '노틸러스'를 견학하시고 싶다면 안내해 드리지요."

6장

놀라운 잠수함 '노틸러스호'

방 뒤에 있는 문이 양쪽으로 열렸다. 그곳에는 내가 방금 나온 방과 똑같은 크기의 방이 있었다.

그 방은 선장의 서재였다. 책꽂이에는 똑같은 모양으로 제본된 책들이 빽빽이 꽂혀 있었다. 책꽂이는 벽을 따라 네모꼴로 놓여 있고, 그 밑에 갈색 가죽을 씌운 소파가 곡선을 그리고 있었다. 방 한복판에 놓인 테이블은 상당히 오래된 신문과 잡지들로 뒤덮여 있었다. 둥근 천장에 박힌 네 개의 젖빛 유리 전구에서 쏟아지는 불빛이 실내에 넘쳐 흘렀다.

나는 소파에 기대앉은 선장에게 말했다.

"이렇게 훌륭한 서재가 당신과 함께 깊은 바닷속을 여행한다고 생각하니, 정말 놀랍습니다."

"아마 파리 박물관에 있는 당신의 연구실도 이만큼 조용하고 평화로운가요?"

"천만에요. 게다가 내 연구실에 있는 장서는 여기에 비하면 빈약하기 짝이 없습니다. 이곳에는 책이 6천 내지 7천 권쯤……."

"1만 2천 권입니다. 이 책들이 아직도 나와 육지를 연결해 주는 끈이지요. '노틸러스호'가 처음 물속으로 잠수하던 날, 나에게 세계는 끝난 것이나 마찬가지였지요. 그날 이후로는 책이든 잡지든 신문이든, 인간 사회와 관련된 기록은 접한 적이 없으니까요. 이 책들은 마음대로 읽고 이용하셔도 좋습니다."

나는 네모 선장에게 고맙다고 말하고 책꽂이로 다가갔다. 온갖 언어로 쓰인 과학과 철학과 문학 서적은 많았지만, 경제를 다룬 책은 한 권도 찾아볼 수 없었다. 이 배에서는 경제에 관한 책이 완전히 금지된 것 같았다.

"이 서재를 마음대로 이용할 수 있게 해 주셔서 정말 고맙습니다. 이곳은 정말 학문의 보고로군요. 잘 이용하겠습니다."

"이 방은 서재일 뿐만 아니라 끽연실이기도 합니다."

"끽연실요? 배 안에서 담배를 피운단 말입니까?"

"자, 이 시가를 피워 보세요."

나는 선장이 내민 시가를 받아서, 청동 받침대에 놓여 있는 라이터로 불을 붙였다.

"훌륭하군요. 하지만 이건 담배가 아닌데요."

"맞습니다. 사실은 니코틴이 듬뿍 들어 있는 해초의 일종
이지요."

네모 선장은 우리가 서재에 들어올 때 이용한 출입문 맞은
편에 있는 문을 열었다. 나는 그 문을 지나 휘황하게 불이 켜
진 넓은 객실로 들어갔다.

그곳은 길이가 10미터, 너비가 6미터, 높이가 5미터쯤 되
고, 네 귀퉁이를 잘라낸 직사각형의 방이었다. 아라베스크
무늬로 장식된 천장에서 밝으면서도 부드러운 빛이 내려와,
이 박물관에 모여 있는 온갖 귀중품을 비추고 있었다. 이곳
은 명실상부한 박물관이었다.

수수한 무늬의 태피스트리로 덮여 있는 벽에는 똑같은 모
양의 액자에 든 거장들의 작품이 30점가량 걸려 있고, 그 사
이사이에는 눈부시게 빛나는 투구와 갑옷 따위가 걸려 있
었다.

"엄청난 컬렉션이군요. 당신을 예술가로 인정해도 될
까요?"

"기껏해야 아마추어에 지나지 않습니다. 나도 한때는 인간
의 손으로 창조된 뛰어난 작품들을 즐겨 모았지요. 하지만
이 예술품들은 이제 내게는 죽은 거나 다름없는 이 세상의
마지막 추억일 뿐입니다."

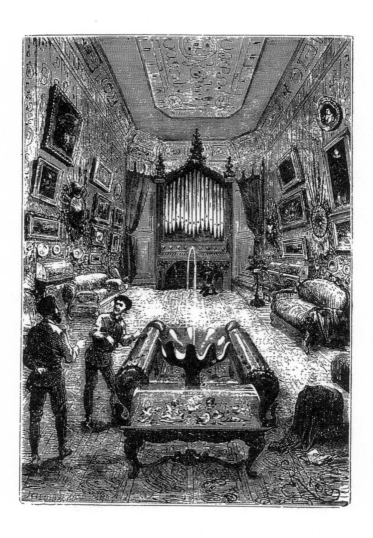

예술품들과 나란히 자연계의 진귀한 것들이 중요한 자리를 차지하고 있었다. 그것은 주로 해조류와 조개류 따위의 바다 생물이었고, 분명 네모 선장이 직접 채집한 것들이었다. 객실 한복판에는 분수가 있었고, 그 주위에는 멋진 진열장이 있었다. 그 안에는 귀중한 해산물 표본들이 분류되어 이름표가 붙어 있었다.

별도로 구획된 칸에는 아름다운 진주가 불빛 속에 장식되어 있었다. 홍해의 키조개에서 채취한 분홍색 진주, 전복에서 채취한 초록색 진주, 노란색 진주, 파란색 진주, 흑진주도 있었다.

이 컬렉션의 가치를 평가하는 것은 사실상 불가능했다. 네모 선장은 이런 표본들을 손에 넣기 위해 어마어마한 돈을 썼을 것이다. 그가 도대체 무슨 돈으로 수집가의 욕망을 달랠 수 있었는지 궁금했다. 내가 이런 생각을 하고 있을 때 네모 선장이 말을 걸었다.

"조개들을 조사하고 계시는군요. 그건 정말로 과학자의 흥미를 끌 만합니다. 하지만 나는 그것들을 내 손으로 직접 채집했기 때문에 더욱 매력을 느낍니다. 지구상에 내가 탐색하지 않은 바다는 하나도 없어요."

"이 보물들을 당신이 손수 모았다고요? 대담하십니다. 유럽의 어떤 박물관도 이만한 해양 생물 컬렉션은 갖고 있지 않습니다."

"아로낙스 박사, 아까도 말했듯이 당신은 자유롭게, 어디든 마음대로 가셔도 좋습니다."

"뭐라고 감사드려야 할지 모르겠군요."

"우선 당신을 위해 마련한 선실에 가봅시다. 이 배에서 어떤 생활을 하게 될지 알아 둘 필요가 있으니까요."

나는 네모 선장을 따라 방구석에 있는 문을 지나 복도로 나갔다. 내가 안내된 방은 선실이 아니라 침대와 화장대와 몇 가지 가구를 갖춘 우아한 침실이었다.

"내 침실은 바로 옆방입니다." 선장은 문을 열면서 말했다. "내 침실은 우리가 방금 나온 그 객실로 통해 있습니다."

나는 선장의 방으로 들어갔다. 수도승의 오두막처럼 검소한 방이었다. 가구라고는 작은 쇠침대와 작업대, 그리고 세면대와 변기가 전부였다. 간접 조명이 방을 밝히고 있었다.

네모 선장이 의자를 가리켰다.

"자, 앉으세요."

그러고는 침실 벽에 걸린 기구들을 가리키면서 말했다.

"아로낙스 박사, 저건 '노틸러스호'의 운항에 필요한 기구들입니다. 온도계는 '노틸러스호' 내부의 온도를 알려 주고, 기압계는 대기의 압력을 측정하여 날씨 변화를 예보해 주고, 습도계는 공기 중에 있는 습기의 양을 알려 줍니다. 나침반은 항로를 나타내고, 육분의는 태양의 고도로 현재의 위도와 경도를 알려 주지요. 그리고 끝으로 주야간 겸용 망원경은

'노틸러스호'가 수면에 떠 있을 때 수평선을 살피는 데 사용하지요."

"이것들은 일반적으로 쓰이는 항해 장비니까 그 정도는 나도 알고 있습니다. 하지만 다른 기구들은 '노틸러스호'에만 특별히 설치되어 있는 것 같군요. 문자반에 바늘이 움직이고 있는 저 기구는 압력계가 아닌가요?"

"맞습니다. 그건 바깥의 물과 연결되어 있어서 수압을 알려 줍니다. 그걸 보면 '노틸러스호'가 현재 어느 정도의 깊이에 있는지를 알 수 있지요."

"그리고 저건 측심기인가요?"

"온도를 이용한 측심기인데, 물의 깊이에 따라 달라지는 온도를 나타내지요."

네모 선장은 잠시 말을 끊었다가 다시 이었다.

"이 배에는 강력하고 민감하고 쓰기 편한, 게다가 온갖 종류의 일에 적합한 원동력이 있습니다. 말하자면 이 배를 지배하는 최고 권력 같은 존재지요. 그것은 열과 빛을 공급해 주는, 내 기계들의 영혼이라고 할 수 있는데, 그 원동력은 바로 전기입니다."

"전기라고요?" 나는 놀라서 소리쳤다.

"그렇습니다, 박사."

"정말 놀랍군요. 한 가지만 묻겠는데, 육지와는 완전히 관계를 끊었다면서 원료는 어떻게 보충합니까?"

"물론 해저에는 금속이 무진장 매장되어 있어서 얼마든지 채굴할 수 있습니다만, 나는 바다 자체에서 전기를 생산하는 방법을 찾아냈지요."

"바다에서?"

"바닷물에서 나트륨을 추출하는 겁니다."

"하기야 나트륨은 바다에서 얼마든지 얻을 수 있겠지요. 하지만 나트륨으로 전지를 만들려면 많은 에너지가 필요할 텐데, 그건 어떻게 조달하십니까?"

"석탄을 태울 때 나오는 열을 이용합니다."

"석탄이라고요? 그럼, 해저 탄광을 채굴할 수 있다는 얘긴가요?"

"나중에 작업하는 광경을 보게 될 겁니다. 나는 모든 것을 바다에서 얻고 있지요. 바다는 전기를 생산하고, 전기는 '노틸러스호'에 열과 빛과 동력을 줍니다. 한마디로 말해서 생명을 주는 것이죠."

"하지만 숨 쉬는 공기는 주지 않겠죠?"

"공기도 필요한 만큼 만들 수 있겠지만, 내가 원할 때마다 수면으로 올라가면 되니까 굳이 만들 필요는 없을 겁니다."

"정말 놀라울 뿐입니다, 선장. 당신은 전기의 진정한 동력을 발견하셨군요. 언젠가는 사람들도 그것을 발견하겠지만……."

"글쎄요. 사람들이 과연 그것을 발견할지는 모르겠습니

다." 네모 선장은 냉담하게 말했다. "그거야 어쨌든, 이 시계를 보세요. 이건 전기 시계인데, 지금은 오전 열 시입니다."

"그렇군요."

"우리 눈앞에 있는 저 문자반은 이 배의 속도를 알려 줍니다."

"정말 놀랍군요."

"아직 끝나지 않았습니다, 아로낙스 박사." 네모 선장은 일어나면서 말했다. "나를 따라오세요. '노틸러스호'의 뒷부분으로 가봅시다."

여기서 이 잠수함 앞부분의 구조에 대해 설명하자면 이렇다. 5미터 길이의 식당은 칸막이벽을 사이에 두고 서재와 이어져 있다. 서재의 길이도 역시 5미터다. 10미터 길이의 객실은 역시 칸막이벽을 사이에 두고 선장의 침실과 이어져 있다. 침실의 길이는 5미터, 그 옆에 있는 내 침실의 길이는 2.5미터. 끝으로 7.5미터 길이의 공기탱크가 이물까지 뻗어 있다. 따라서 앞부분의 전체 길이는 약 35미터다. 칸막이벽에 달려 있는 문은 고무로 완전히 밀폐되어 있어서, '노틸러스호'의 선체에 구멍이 나서 물이 새더라도 배 안에 있는 사람들은 절대 안전하다.

나는 네모 선장을 따라 뱃전으로 나 있는 통로를 지나서 배의 중앙에 이르렀다. 이곳에는 두 개의 칸막이벽 사이에 수직갱처럼 위아래로 뚫린 공간이 있었다. 그리고 벽에 단단히 붙어 있는 철제 층층대가 꼭대기까지 뻗어 있었다.

나는 그 층층대가 무엇에 쓰는 거냐고 물어보았다.

"보트로 올라가는 사다리입니다."

"아니, 보트가 있습니까?" 나는 놀라서 물었다.

"그럼요. 가볍고, 절대로 물에 가라앉지 않는 훌륭한 보트지요. 산책이나 낚시를 할 때 사용합니다."

상갑판으로 통하는 수직갱을 지나자 2미터 길이의 선실이 있고, 거기에서 콩세유와 네드가 열심히 음식을 먹고 있었다. 곧이어 문 하나가 열리고, 거대한 식료품 창고 사이에 자리 잡고 있는 길이 3미터의 주방이 나타났다.

주방 다음에는 5미터 길이의 승무원실이 있었다. 하지만 그 방은 문이 닫혀 있어서 내부는 볼 수 없었다. 맨 끝에는 네 번째 칸막이벽으로 승무원실과 갈라진 기관실이 있었다. 기관실은 불이 환하게 켜져 있었고, 길이는 20미터가 넘었다. 기관실은 두 부분으로 나뉘어 있었는데, 첫 번째 부분에는 발전설비가 있었고, 두 번째 부분에는 동력을 스크루로 전달하는 기계장치가 놓여 있었다.

나는 기관실에 들어선 순간부터 그 방에 가득 차 있는 독특한 냄새에 놀랐다.

네모 선장은 내 반응을 당장 알아차렸다.

"나트륨을 쓰기 때문에 가스가 좀 나오지만, 그저 조금 불편할 뿐입니다. 어쨌든 우리는 아침마다 수면 위로 올라가서 환기를 시키니까요."

"네모 선장, 심해에서는 물의 저항이 점점 높아져서 수백 기압에 이를 텐데, 그렇게 깊은 곳에는 어떻게 내려갑니까? 그리고 어떻게 다시 수면으로 올라옵니까? 한곳에 머무르려면 어떻게 합니까?"

"자 우리, 객실로 갑시다. 거기가 우리의 진짜 연구실이지요. 거기 가면 '노틸러스호'에 대해서 당신이 알고 싶은 것은 전부 다 알 수 있을 겁니다."

7장

"신이여, 우리를 지켜 주소서!"

잠시 뒤에 우리는 객실 소파에 앉아서 시가를 피우고 있었다. 선장은 '노틸러스호'의 평면도와 단면도와 투시도가 담겨 있는 청사진을 보여 주면서 설명하기 시작했다.

"이 배의 각종 크기는 이렇습니다. 배는 양쪽 끝이 원뿔형으로 되어 있는 길쭉한 원통형인데, 원통의 전체 길이는 정확히 70미터, 폭은 가장 넓은 곳이 8미터입니다. 따라서 고속 기선처럼 폭과 길이의 비율이 정확히 1 대 10이 아니라, 길이가 충분히 길고 고물의 폭이 충분히 넓어서, 아무 방해도 받지 않고 쉽게 물을 가를 수 있지요.

이 배를 잠수함으로 설계할 때 나는 10분의 1만 수면 위로 나오고 나머지가 물속에 잠겨 있는 상태에서 평형을 이루게

하고 싶었어요. 또한 '노틸러스호'는 이중 선체로 되어 있습니다. 안쪽 선체와 바깥쪽 선체로 말입니다. 하지만 이들 두 선체는 T자 모양의 강철로 이어져 있어서 아주 튼튼합니다. 게다가 재료를 완벽하게 조립해서 하나의 덩어리처럼 일체화된 구조 덕분에 아무리 거친 바다에서도 끄떡없지요. 그리고 물탱크는 아래쪽 뱃전에 설치되어 있는데, 뚜껑을 열면 탱크가 가득 채워지고 배는 수면 아래로 가라앉습니다."

"그렇다면 '노틸러스호' 전체를 물로 가득 채우지 않는 한, 어떻게 깊은 바다 밑바닥까지 내려갈 수 있는지 이해할 수가 없군요."

"이 배에는 100톤짜리 용량의 보조 탱크가 여러 개 있습니다. 그래서 상당히 깊은 곳까지 내려갈 수 있지요. 수면으로 떠올라 머물고 싶으면 보조 탱크에서 물을 빼내기만 하면 됩니다. '노틸러스호'가 다시 물 밖으로 전체의 10분의 1만 내놓게 하고 싶으면 모든 물탱크를 비우면 되지요."

"배의 무게를 줄여서 다시 수면으로 돌아가기 위해 보조 탱크를 비우고 싶으면, 100기압의 압력을 이겨낼 수 있는 강력한 펌프가 필요할 텐데, 그렇게 강력한 힘을 어떻게……."

"그런 힘은 오직 전기만이 낼 수 있습니다." 네모 선장이 내 말을 가로막았다. "어쨌든 보조 탱크는 1,500미터에서 2,000미터 깊이까지 내려갈 때에만 엔진을 아끼기 위해서 사용합니다."

"그런데 조타수는 어떻게 물속에서 당신이 원하는 항로를 따라가죠?"

"조타수는 '노틸러스호' 선체 상부에 돌출해 있는 밀폐된 방에 자리를 잡고 있습니다. 그 방에는 렌즈 모양의 유리창이 달려 있지요."

"유리가 그렇게 강한 압력을 견딜 수 있습니까?"

"그럼요. 내가 사용하는 유리는 중심 두께가 일반 유리보다 30배 두꺼운 21센티미터나 됩니다."

"알겠습니다. 하지만 밖을 볼 수 있으려면 어둠을 몰아내는 빛이 있어야 하는데, 캄캄한 바다 한복판에서 어떻게……."

"조타실 뒤에 강력한 전기 반사경이 있습니다. 거기서 나오는 광선은 1킬로미터 앞에 있는 바다도 비출 수 있지요."

"대단하군요. 정말 대단해요! 그런데 말이 나온 김에 묻겠는데, 세상을 떠들썩하게 만든 '노틸러스호'와 '스코샤호'의 충돌이 사고였는지 어떤지 말씀해 주실 수 있겠습니까?"

"아, 그건 순전한 사고였습니다. 그때 나는 수심 2미터 깊이에서 항해하고 있었는데, 갑자기 그 배와 부딪힌 겁니다. 어쨌든 그 배가 심각한 손상을 입지는 않은 것 같더군요."

"그렇습니다. 하지만 '에이브러햄 링컨호'와 만났을 때는……."

"미국 해군의 가장 우수한 배가 그렇게 된 것은 유감이지만, 나는 공격을 받고 있었기 때문에 방어할 수밖에 없었어요."

"네모 선장, '노틸러스호'는 정말 굉장한 배군요!"

"그렇습니다." 네모 선장은 자랑스럽게 대답했다. "나는 이 녀석을 내 몸처럼 사랑합니다. '노틸러스호'를 타고 있으면 아무리 깊은 바닷속에 있어도 무섭다는 느낌이 들지 않아요. 이 배의 이중 선체는 더없이 튼튼하니까 어떤 경우에도 안전을 보장할 수 있지요. 돛이 없으니 강풍에 날아갈 위험도 없고, 보일러가 없으니 폭발할 염려도 없고, 이 배는 나무가 아니라 금속으로 되어 있으니까 불이 날 위험도 없고, 전기로 동력을 얻으니까 석탄이 떨어질 염려도 없고, 이렇게 깊은 바닷속을 항해하는 배는 이 배뿐이니까 충돌사고를 걱정할 필요도 없고, 수면에서 몇 미터만 내려가면 고요하니까 폭풍을 견뎌야 할 필요도 없습니다! 그렇습니다, 박사. 이 배는 정말로 최고입니다!"

네모 선장의 열변은 내 마음을 사로잡고도 남았다. 불타는 눈빛과 열정적인 몸짓은 선장을 딴사람처럼 보이게 했다. 그는 이 배를, 마치 아버지가 자식을 사랑하듯 그렇게 사랑하고 있었다!

"그런데 궁금한 것은, 이렇게 훌륭한 배를 어떻게 몰래 만들 수 있었지요?"

"나는 이 배의 부품들을 세계 각지의 제조업체에 각기 다른 이름으로 설계도를 보내서 제작을 주문했지요. 그렇게 만들어진 다음 운송회사를 거쳐 나한테 보내졌습니다."

"하지만 부품들이 만들어지고 나면 조립하고 조정해야 하지 않습니까?"

"나는 바다 한복판에 있는 작은 무인도에 공장을 세웠습니다. 거기서 내가 가르치고 훈련시킨 동료들과 함께 '노틸러스호'를 완성했지요. 작업이 끝난 뒤에는 불을 질러, 그 섬에 우리가 있었다는 흔적을 모조리 없애 버렸습니다. 할 수만 있었다면 그 섬을 폭파해서 날려 버렸을 겁니다."

이런 식으로 거침없이 말하는 인물을 나는 뚫어지게 바라보았다.

"아로낙스 박사……" 하고 네모 선장이 나를 불렀다. "원하신다면 정확한 현재 위치를 측정해서 항해의 출발점을 정합시다. 지금이 정오 15분 전이군요. 수면으로 돌아가겠습니다."

선장은 벨을 세 번 울렸다. 펌프가 물탱크에서 물을 빼내기 시작했다. 압력계 바늘이 변화하는 압력과 '노틸러스호'의 상승을 알려 주다가 멈추었다.

"도착했습니다." 선장이 말했다.

나는 중앙 층층대로 걸어갔다. 철제 계단을 올라가 열린 해치를 통해 갑판 위로 나왔다. 상갑판은 수면 위로 1미터 정도밖에 올라와 있지 않았다. '노틸러스호'의 이물과 고물은 방추 모양을 하고 있어서, 전체적으로 길쭉한 시가와 비슷했다. 선체의 철판들은 거대한 육상 파충류의 몸을 덮고 있는 비늘처럼 약간씩 겹쳐져 있었다. 가장 성능 좋은 망원경으로 관찰한 사람들조차 이 배를 해양 동물로 착각한 이유가 바로 그것이었다.

바다는 아름답고 하늘은 맑았다. 안개가 걷혀서, 끝없이 이어져 있는 수평선을 한눈에 바라볼 수 있었다. 아무것도 보이지 않았다. 암초도, 작은 섬도 보이지 않았다. '에이브러햄 링컨호'는 사라지고 없었다. 그야말로 망망대해였다!

네모 선장은 위도와 경도를 계산하기 위해 육분의로 태양의 고도를 재려는 참이었다. 그는 태양이 움직여 육분의에 그려져 있는 수평선 끝에 닿기를 기다리고 있었다. 육분의를 지켜보는 동안 그는 근육 하나 움직이지 않았다.

"아로낙스 박사, 우리는 현재 동경 137도 15분·북위 30도 7분, 일본 연안에서 약 500킬로미터 떨어진 곳에 있습니다. 오늘은 11월 8일, 정오, 우리의 해저 탐사 여행은 지금 이 순간 시작됩니다."

"신이여, 우리를 지켜 주소서!"

"아로낙스 박사, 당신은 마음대로 연구해도 좋습니다. 나는 수심 50미터에서 동북동쪽으로 진로를 잡았습니다. 여기 해도가 있으니까 진로를 더듬어 보시죠. 객실은 마음대로 사용하셔도 됩니다. 자 그럼, 나는 이만 물러가겠습니다."

혼자 남은 나는 깊은 상념에 잠겼다. 네모 선장은 어디에도 속하지 않은 자유인이라고 자랑했는데, 그의 국적을 알아낼 수 있을까? 그가 인류에 대해 품고 있는 증오심, 무서운 복수를 추구하고 있을지도 모르는 그 증오심을 심어 준 사람은 누구일까? 그는 인정받지 못한 과학자일까? 콩세유의 표현을 빌리면 '상처받은' 천재일까? 아니면 정치 혁명으로 인생을 망친 인물일까? 아직은 알 수 없었다.

나는 꼬박 한 시간 동안 내 마음을 사로잡는 수수께끼를 파헤치려고 애쓰면서 이런 생각에 잠겨 있었다. 내가 해류에 실려 가는 듯한 기분을 느끼고 있을 때, 네드와 콩세유가 객실 문간에 나타났다. 선량한 두 동료는 눈앞에 진열되어 있는 놀라운 물건들을 보고는 석상이 된 듯 멍하니 서 있었다.

"여기가 어디지? 박물관인가?" 네드가 소리치고 있었다.

"어서들 오게." 나는 그들에게 들어오라고 손짓하면서 말했다. "여긴 박물관이 아니라, 해수면보다 50미터 밑에 있는 '노틸러스호'라네."

나는 내가 알고 있는 것, 아니 오히려 내가 모르는 것을 모두 그에게 말해 주고, 지금까지 무엇을 보고 들었느냐고 그에게 물어보았다.

"아무것도 보지 못했고, 아무 소리도 듣지 못했습니다! 승무원도 아직 보지 못했는걸요. 그런데 이 배에는 승무원이 얼마나 될까요? 열 명? 스무 명? 쉰 명? 아니면 백 명?"

"그건 나도 몰라. 어쨌든 '노틸러스호'를 탈취한다느니, 여기서 탈출한다느니 하는 생각은 당분간 접어 두게. 이 배는 현대 산업의 걸작이야. 이 배를 보지 못했다면 두고두고 후회할 뻔했어. 그러니 제발 진정하고, 주위에서 일어나는 일을 관찰하려고 애써 보게."

"관찰이라고요?" 네드가 소리쳤다. "도대체 뭐가 보여야 관찰을 하죠!"

네드가 말한 순간, 갑자기 방이 캄캄해졌다. 그야말로 칠흑처럼 어두워졌다. 천장의 불이 너무 빨리 꺼져서, 그 갑작스러운 변화에 눈이 아플 정도였다.

우리는 꼼짝도 않고 말없이 서 있었다. 무언가가 미끄러지는 소리가 들렸다. '노틸러스호'의 옆면을 이루는 철판이 열리거나 닫히는 듯한 소리였다.

"이제 끝장이야!" 네드가 말했다.

하지만 그 순간 갑자기 객실 양쪽에서 빛이 나타났다. 타원형 구멍을 통해 빛이 들어오고 있었다. 이제 전깃불이 바깥의 물을 환히 비추었다. 크리스털 유리 두 장이 우리와 바다 사이를 가로막고 있었다.

'노틸러스호'에서 반경 2킬로미터 안에 있는 바다가 환히 바라보였다. 무슨 말로도 표현하기 힘들 만큼 멋진 광경이었다. 객실이 어두워서 바깥 불빛이 더욱 환해 보였다. 우리는 크리스털 유리가 거대한 수족관의 유리라도 되는 것처럼 그 유리 너머에 펼쳐지는 광경을 바라보았다.

'노틸러스호'는 움직이지 않는 듯이 보였다. 눈의 기준점이 전혀 없었기 때문이다. 하지만 이따금 뱃머리에 부딪혀 갈라진 물살이 엄청난 속도로 눈앞을 지나가곤 했다.

우리는 경탄에 빠진 채 유리창 앞에 멍하니 서 있었다. 너무나 놀라운 광경에 모두 넋을 잃었다. 아무도 침묵을 깨려고 하지 않았다. 이윽고 콩세유가 말했다.

"네드, 자네는 보고 싶어 했지? 이제 우리는 볼 수 있어!"

"놀랍군. 정말 놀라워!" 네드는 완전히 넋을 잃고, 분노나 탈출 계획도 까맣게 잊어버렸다.

두 시간 동안 온갖 해양 동물이 '노틸러스호'를 호위했다. 절정에 이른 우리의 경탄은 여전히 식을 줄 몰랐다. 모두 감탄사를 연발했다. 나는 물고기들의 화려한 색깔과 아름다운 형태에 황홀해졌다.

그때 갑자기 객실에 불이 켜졌다. 금속판도 다시 닫혔다. 멋진 광경도 사라졌다. 시계가 오후 5시를 가리키고 있었다. 네드와 콩세유는 그들의 선실로 돌아갔다. 나도 내 방으로 돌아갔다. 벌써 식사가 준비되어 있었다.

저녁에는 책을 읽고 글을 쓰고 생각을 하면서 보냈다. 이윽고 눈이 감겼기 때문에, 나는 침대에 편안히 드러누워 깊은 잠 속으로 빠져들었다.

8장

해저 평원

이튿날인 11월 9일, 나는 열두 시간의 긴 잠에서 깨어나, 옷을 입고 객실로 갔다. 객실에는 아무도 없었다. 나는 진열장에 있는 귀중한 조개류를 연구하는 데 몰두했다. 꼬박 하루가 지나도록 네모 선장은 모습을 보이지 않았다. 객실 금속판도 열리지 않았다.

'노틸러스호'의 진로는 여전히 동북동쪽이었고, 속도는 12노트, 수심은 50~60미터를 유지하고 있었다.

이튿날인 11월 10일도 전날과 마찬가지였다. 나는 버림받은 듯한 고독감에 사로잡혔다. 승무원들도 전혀 모습을 보이지 않았다. 네드와 콩세유는 거의 온종일 나와 함께 지냈다. 콩세유도 지적했듯이, 어쨌든 우리는 완전한 자유를 누렸다.

음식은 맛있고 푸짐했다.

11월 11일 새벽, 신선한 공기가 '노틸러스호' 안을 흐르고 있었기 때문에, 나는 배가 산소를 보충하려고 다시 수면 위로 올라간 것을 알았다.

나는 중앙 층층대 쪽으로 가서 상갑판으로 올라갔다.

아침 6시였다. 하늘은 온통 구름으로 뒤덮여 우중충했고, 바다도 잿빛이었지만 잔잔했다. 안개가 햇빛을 받아 조금씩 걷히고 있었다. 해가 동쪽 수평선 위로 떠올랐다. 바다는 태양 아래에서 꽃불처럼 타올랐다.

나는 유쾌한 해돋이에 감탄하고 있었다. 기운이 절로 솟아났다. 바로 그때 누군가가 상갑판으로 올라오는 소리가 들렸다. 나는 네모 선장에게 인사할 준비를 하고 있었지만, 나타난 것은 선장이 아니라 그의 부관이었다. 그는 망원경을 눈에 대고 수평선을 유심히 살폈다. 그런 다음 해치로 걸어가서 다음과 같은 문장을 말했다.

"나우트론 레스포크 로르니 비르치."

무슨 뜻인지는 알 수 없었다.

이 말을 한 뒤, 부관은 다시 아래로 내려갔다. 나는 '노틸러스호'가 다시 수중 항해를 시작하려는 모양이라고 짐작했다.

이런 상태로 닷새가 지났다. 상황은 전혀 달라지지 않았다. 아침마다 나는 상갑판으로 올라갔고, 부관이 올라와서 똑같은 말을 했다. 네모 선장은 여전히 나타나지 않았다.

11월 16일, 네드와 콩세유와 함께 내 방으로 돌아와 보니 탁자 위에 편지가 놓여 있었다. 나는 서둘러 편지를 뜯었다. 편지는 다음과 같은 내용이었다.

아로낙스 박사 귀하

내일 아침 크레스포섬에 있는 숲에서 벌어질 사냥 파티에 귀하를 초대합니다. 아무쪼록 참석해 주기 바라며, 귀하의 동료들도 동행할 수 있으면 기쁘겠습니다.

1867년 11월 16일
네모 선장

"사냥이라고?" 네드가 소리쳤다.

"크레스포섬의 숲에서!" 콩세유가 덧붙였다.

"그럼 육지에 올라가는 거잖아요?" 네드가 물었다.

"분명히 그렇게 쓰여 있는 것 같은데." 나는 편지를 다시 읽으면서 말했다.

"그럼 초대를 받아들여야죠." 네드가 말했다. "일단 육지에 올라가면, 기회를 봐서 탈출할 수도 있을 겁니다. 어쨌든 신선한 사슴고기를 몇 덩이 먹을 수 있다면, 그것만으로도 싫다고 하지 않겠습니다."

이튿날인 11월 17일 아침에 눈을 떠 보니, '노틸러스호'가 움직임을 멈추고 서 있었다. 나는 얼른 옷을 입고 객실로 갔다. 네모 선장이 거기에 있었다.

"당신은 육지와 인연을 끊었다고 했는데, 크레스포섬에 숲이 있다는 건 어찌된 일입니까?"

"그 숲은 육지에 있는 숲이 아니라 해저에 있는 숲입니다."

"해저에?" 나는 소리쳤다.

"그렇습니다, 아로낙스 박사."

"그런데 거기에 데려가겠다는 겁니까?"

"그렇습니다."

나는 네모 선장을 바라보았다. 내 얼굴에는 아마 달가워하지 않는 표정이 떠올라 있었을 것이다.

'이 사람은 머리가 돌았어.' 나는 속으로 생각하고 있었다. '발작을 일으킨 게 분명해. 그 발작이 지난 일주일 동안 계속되었고, 아직도 계속되고 있는 거야. 정말 안됐군! 미치광이보다는 그냥 별난 괴짜였을 때가 더 좋았는데!'

이런 생각이 내 얼굴에 드러나 있었을 테지만, 네모 선장은 그냥 자기를 따라오라고 말했을 뿐이다.

우리는 식당에 도착했다. 벌써 아침 식사가 차려져 있었다.

"아로낙스 박사, 나는 숲속 산책을 약속했지만, 당신을 레스토랑에 데려가겠다고는 하지 않았습니다. 그러니까 점심은 아마 상당히 늦어질 겁니다. 그 점을 고려해서 아침을 든든히 먹어 두세요."

나는 양껏 먹었다. 식사는 다양한 생선과 해삼에 해초를 곁들인 것이었다.

네모 선장은 말없이 먹기만 했다. 그러다가 말을 꺼냈다.

"내가 크레스포 숲에 함께 가자고 제의하자, 당신은 내가 모순된 말을 하고 있다고 생각했지요. 그 숲이 해저 숲이라고 말해 주자 당신은 내가 미쳤다고 생각했어요."

"하지만 선장, 분명히 말하지만……."

"내 말을 들어 보세요. 듣고 나면 나를 미쳤다고 비난해야 할지, 아니면 일관성이 없다고 비난해야 할지 알게 될 겁니다."

"좋습니다. 말씀 계속하세요."

"당신도 잘 알고 있듯이, 물속에서 일하는 사람은 방수복을 입고, 펌프와 밸브를 통해 바깥 공기를 받아들이는 금속 헬멧을 머리에 씁니다."

"잠수복 말씀이군요."

"그렇습니다. 하지만 그런 상태에서 인간은 결코 자유롭지 못합니다. 공기 주입 펌프에 고무관으로 묶여 있는 것은 쇠사슬로 육지에 묶여 있는 거나 마찬가지예요. 그런 식으로 '노틸러스호'에 묶여 있다면, 그렇게 멀리까지 갈 수는 없을 겁니다."

"어떻게 그 제약에서 벗어날 수 있죠?"

"그래서 공기탱크를 개발했지요. 50기압의 압력으로 공기를 채워 넣은 철판 탱크인데, 이 탱크를 배낭처럼 가죽끈으로 등에 고정시키는 겁니다. 이 탱크는 아홉 시간 내지 열 시간 동안 숨쉴 수 있는 공기를 공급할 수 있지요."

식사가 끝나자 나는 식탁에서 일어나면서 말했다.

"좋습니다. 당신이 어딜 가든 따라가겠습니다."

네모 선장은 나를 '노틸러스호'의 고물로 데려갔다. 네드와 콩세유의 선실을 지날 때 나는 그들을 불렀다. 그들은 당장 나와서 우리와 합류했다.

우리는 기관실 근처에 있는 작은 방으로 들어갔다. 이 방은 '노틸러스호'의 무기고 겸 탈의실이었다. 수십 벌의 잠수복이 벽에 걸린 채 해저 산책을 나갈 사람들을 기다리고 있었다.

네드는 그것을 보고 눈에 띄게 망설였다.

"네드, 크레스포섬의 숲은 사실은 수중 숲이라네!" 내가 말했다.

"그래요?" 작살잡이는 실망하여 소리쳤다. "저 괴상망측한 옷을 입으실 건가요?"

"물론이지."

"하지만 나는 억지로 입히지 않는 한 절대로 입지 않을 겁니다."

"아무도 강요하지는 않습니다." 네모 선장이 말했다.

"콩세유, 자네도 위험을 무릅쓸 작정인가?" 네드가 물었다.

"나는 주인님이 가시는 곳이면 어디든 따라간다네."

선장이 신호를 보내자 승무원 두 명이 들어와서 우리가 무거운 방수복을 입는 것을 도와주었다. 방수복은 이음매가 없는 고무로 만들어져 있고, 상당한 수압을 견딜 수 있도록 되어 있었다. 탄력이 있으면서도 튼튼한 갑옷 같았다. 상의와 바지가 한 벌을 이루고 있었다. 바지 끝에는 밑창에 납을 넣은 두꺼운 장화가 달려 있었다. 상의의 소매 끝에는 손을 자유롭게 움직일 수 있을 만큼 부드러운 장갑이 달려 있었다.

"네모 선장, 시험 발사를 해 보고 싶은데요. 하지만 어떻게 바다 밑바닥으로 내려갈 겁니까?"

"'노틸러스호'는 이미 밑바닥에 내려와 있습니다. 이곳은 수심이 10미터지요. 배에서 나가기만 하면 됩니다."

네모 선장은 머리를 공 모양의 헬멧 속으로 집어넣었다. 헬멧에는 두꺼운 유리로 덮인 구멍이 세 개 뚫려 있어서, 헬멧 안에서 고개를 돌리기만 하면 어느 쪽이든 볼 수 있었다. 공기탱크를 등에 짊어지고 램프를 허리띠에 차고 총을 들자 떠날 준비가 끝났다. 하지만 솔직히 말하면 무거운 옷 속에 갇힌 데다 납으로 된 장화 밑창이 너무 무거워서, 내 힘으로는 한 발짝도 떼어 놓기 힘들었을 것이다.

그러나 선장은 이런 어려움을 내다보고 있었다. 내 몸이 탈의실 옆의 작은 방으로 떠밀려 들어가는 것을 느낄 수 있

었기 때문이다. 다른 사람들도 비슷하게 운반되어 나를 따라
왔다. 우리 뒤에서 밀폐문이 닫히는 소리가 들리고, 캄캄한
어둠이 우리를 에워쌌다.

잠시 후 쉿쉿거리는 요란한 소리가 들렸다. 차가운 감각이
발에서 가슴 쪽으로 올라오기 시작했다. 배 안에 장치된 마
개를 열어서 바닷물을 안으로 들인 모양이었다. 이제 바닷물
은 작은 방을 가득 채우고 있었다. 그러자 '노틸러스호' 뱃전
에 나 있는 두 번째 문이 열렸다. 희미한 빛이 안으로 들어왔
다. 잠시 후 우리 발은 바다 밑바닥을 밟고 있었다.

네모 선장이 앞장서서 걸었다. 그의 부하는 몇 걸음 뒤에
서 우리를 따라오고 있었다. 콩세유와 나는 금속 껍데기를
통해 말을 나눌 수 있기라도 한 것처럼 바싹 붙어 있었다. 옷
과 신발과 공기탱크의 무게는 더 이상 느낄 수 없었고, 두꺼
운 헬멧의 무게도 느낄 수 없었다. 나는 이제 내 힘으로 움
직일 수 없는 물체가 아니라, 완전히 자유롭게 움직일 수 있
었다.

햇빛의 침투력은 놀라울 정도였다. 수면보다 10미터나 밑
에 있는 바닥을 환히 비추고 있었기 때문이다. 햇빛은 물을
쉽게 통과했지만, 햇빛의 색깔은 분산되었다. 100미터쯤 떨
어져 있는 물체까지 또렷이 볼 수 있었다.

우리는 끝없이 넓어 보이는 모래벌판 위를 걷고 있었다.
나는 두 손으로 물의 커튼을 젖히며 나아갔다. 내가 지나가

면 커튼은 금세 닫혔다. 내가 남긴 발자국은 물의 압력으로 순식간에 지워졌다.

오전 10시였다. 햇빛은 비스듬히 해수면에 부딪혀, 프리즘을 통과한 것처럼 굴절하여 분해되었다. 꽃과 바위, 작은 식물, 조가비, 말미잘에 떨어진 햇빛은 그것들의 가장자리를 일곱 가지 색깔로 물들였다. 온갖 색조가 어우러진 이 놀라운 광경을 보자 콩세유도 나처럼 걸음을 멈추었다. 바닥에는 말미잘과 극피동물이 잔뜩 널려 있었다.

우리가 '노틸러스호'를 떠난 지 한 시간 반이 지났다. 정오가 가까워져 있었다. 나는 햇빛이 더 이상 굴절하지 않고 수직으로 내리꽂히는 것을 보고 정오가 된 것을 알아차렸다. 우리는 규칙적으로 걸음을 내딛고 있었다. 바닥을 밟을 때마다 발소리가 놀랄 만큼 크게 울려 퍼졌다. 물은 공기보다 네 배나 빨리 소리를 전달하기 때문이다.

이때 바닥이 아래쪽으로 가파르게 기울어졌다. 햇빛은 전혀 굴절하지 않고 한 가지 색깔이 되었다. 우리는 수심 100미터 깊이에 이르렀고, 이제 10기압의 수압을 받고 있었다. 하지만 나는 잠수복 덕분에 압력을 전혀 느끼지 못했다. 손가락이 조금 뻣뻣해졌을 뿐이지만, 이 불편도 곧 사라졌다. 익숙지 않은 방수복을 입고 두 시간 동안이나 걸었으니 피곤할 만도 한데, 피로감도 전혀 없었다. 물의 부력 덕분에 나는 놀랄 만큼 쉽게 움직이고 있었다.

100미터 깊이에서도 나는 희미하게나마 여전히 햇빛을 볼 수 있었다. 강렬한 햇빛은 이제 낮이 밤으로 바뀔 때의 불그레한 어스름으로 변해 있었다. 하지만 그래도 길은 충분히 찾을 수 있을 만큼 밝아서, 아직은 램프를 켤 필요가 없었다.

바로 그때 네모 선장이 걸음을 멈추었다. 그는 내가 따라잡기를 기다렸다가, 그리 멀지 않은 곳에 어둠을 배경으로 어렴풋이 떠오른 검은 형체를 가리켰다.

'저게 크레스포섬의 숲인 모양이군' 하고 나는 생각했다.

숲은 나무처럼 거대한 식물로 이루어져 있었다. 그 거대한 식물 밑으로 들어가자마자 기묘한 가지의 형태가 눈을 사로잡았다. 그렇게 놀라운 형태를 본 것은 난생처음이었다.

바닥을 뒤덮고 있는 풀도, 관목의 무성한 가지도, 어느 것 하나 바닥을 기거나 아래로 늘어져 있지 않았다. 수평으로 뻗은 것도 없었다. 모두가 하나같이 수면을 향해 올라가고 있었다. 가느다란 꽃실도, 아무리 얇은 풀잎도, 강철 줄기처럼 똑바로 곧게 서 있었다. 식물들은 움직이지 않았지만, 내가 손으로 움직이면 당장 원래 위치로 돌아갔다. 이곳은 수직이 지배하는 영토였다.

온대의 나무만큼 크고 다양한 관목들 사이나 그 축축한 그늘에는 살아 있는 꽃을 가진 진짜 덤불이 자라고 있었다. 식충류로 이루어진 산울타리 위에서 복잡한 줄무늬가 얼기설기 새겨진 뇌산호가 활짝 꽃을 피우고 있었다.

1시쯤 네모 선장이 정지 신호를 보냈다. 나무 그늘 밑에 드러누웠을 때 나는 무척 기뻤다. 네 시간 넘게 걸었는데도 배가 고프지 않은 것이 놀라웠다. 내 위장이 무엇 때문에 허기를 느끼지 않았는지는 나도 모르겠다. 하지만 식욕이 없는 것과는 반대로 자고 싶은 욕망은 억누를 수가 없었다.

　얼마나 오래 잤는지는 모르지만, 다시 깨어나 보니 어느새 해가 수평선 쪽으로 기울어지고 있었다. 네모 선장은 벌써 일어나 있었다. 나는 기지개를 켜려다가 뜻밖의 광경을 보고 벌떡 일어났다.

　겨우 몇 걸음 떨어진 곳에서 키가 1미터나 되는 무시무시한 거미게가 금방이라도 덤벼들 태세를 갖추고 교활한 눈빛으로 나를 노려보고 있었다. 내 잠수복은 거미게한테 물려도 끄떡하지 않을 만큼 두꺼웠지만, 그래도 나는 겁에 질려 부들부들 떨지 않을 수 없었다. 바로 그때 콩세유와 '노틸러스호' 선원이 깨어났다. 네모 선장이 부하에게 그 기괴한 갑각류를 가리키자, 부하는 개머리판으로 단박에 거미게를 때려눕혔다.

　바닥은 여전히 내리막이었다. 기울기가 점점 가팔라지면서 우리를 더 깊은 심해로 데려갔다. 수심이 150미터쯤 되는 곳에서 깎아지른 절벽 사이에 끼여 있는 좁은 골짜기에 도착한 것은 3시경이었다. 훌륭한 장비 덕분에 우리는, 그때까지 인간이 잠수할 수 있는 한계로 여겨졌던 깊이를 무려 90

미터나 돌파했다.

손으로 더듬으며 앞으로 나아가고 있는데, 갑자기 눈부시게 하얀 빛이 보였다. 네모 선장이 램프를 켠 것이다. 그의 부하도 램프를 켰다. 콩세유와 나도 그들을 본받았다. 나는 나사를 돌려 코일과 유리 나사선을 접속시켰다. 네 개의 불빛은 사방 25미터의 바다를 환히 비추었다.

네모 선장은 어두운 숲속으로 계속 뚫고 들어갔다. 관목은 점점 드물어지고 있었다.

4시쯤 우리의 멋진 해저 탐험이 마침내 끝났다. 어마어마하게 높은 암벽이 앞을 가로막고 우뚝 솟아 있었다. 이것은 크레스포섬의 해안이었다. 다시 말하면 육지였다.

선장이 갑자기 걸음을 멈추었다. 그의 신호를 받고 우리도 멈춰 섰다. 네모 선장의 영토는 여기서 끝난 것이다. 선장은 자신의 영토를 떠나고 싶어 하지 않았다. 그 경계선 너머에는 네모 선장이 다시는 발을 들여놓으려 하지 않는 육지가 놓여 있었다.

우리는 발길을 돌렸다. 네모 선장이 또다시 앞장서서 작은 원정대를 이끌었다. '노틸러스호'로 돌아가는 길은 아까 왔던 길과는 다른 것 같았다.

수심 10미터 깊이에서 우리는 온갖 종류의 물고기 떼 사이를 지나갔다. 그것들은 하늘을 나는 새보다 더 수가 많고 더 활기찼지만, 총을 쏠 만한 사냥감은 아직 우리 눈앞에 나타나지 않았다.

그때 갑자기 선장이 총을 들어 관목 사이에서 움직이는 물체를 겨누는 것이 보였다. 총알이 발사되었다. 희미하게 쉿쉿거리는 소리가 들리더니, 몇 걸음 떨어진 곳에 동물 하나가 떨어졌다.

그것은 커다란 해달이었다. 네발짐승 중에서 오로지 바다에서만 사는 유일한 동물이다. 선장의 부하가 다가와서 해달을 어깨에 둘러멨다. 우리는 다시 출발했다.

한 시간 동안 모래벌판이 우리 앞에 펼쳐졌다. 모래벌판은 수면에서 2미터도 안 되는 곳까지 올라갈 때도 많았다. 그러면 나는 수면에 거꾸로 비친 우리의 영상을 또렷이 볼 수 있었다.

내가 멋진 사격 솜씨를 목격한 것은 바로 그때였다. 커다란 새 한 마리가 날개를 활짝 펴고 우리 쪽으로 내려오고 있었다. 물속에서도 새의 모습을 또렷이 볼 수 있었다. 네모 선장의 부하가 총을 겨누고 있다가, 새가 수면에서 겨우 몇 미터 떨어진 곳까지 내려왔을 때 총을 쏘았다. 그것은 바닷새 중에서도 가장 멋진 알바트로스였다.

우리는 두 시간 동안 모래벌판과 해초 초원을 걸었다. 바로 그때 1킬로미터쯤 떨어진 곳에서 희미한 불빛이 보였다. '노틸러스호'의 탐조등이었다.

나는 스무 걸음쯤 뒤처져 있었는데, 갑자기 네모 선장이 내 쪽으로 돌아오는 것이 보였다. 그는 힘센 손으로 나를 떠밀어 넘어뜨렸고, 그의 부하도 콩세유에게 똑같은 짓을 했다. 처음에는 그들이 왜 다짜고짜 우리를 공격하는지 알 수가 없었지만, 선장이 내 옆에 엎드려 꼼짝하지 않는 것을 보고 안심했다.

나는 해초 덤불 속에 쓰러져 있다가 살짝 고개를 들어 보았다. 거대한 형체가 인광을 내면서 요란하게 지나가는 것이 보였다. 혈관 속에서 피가 얼어붙었다! 가공할 상어들이 우리를 노리고 있었던 것이다. 그것은 청새리상어 한 쌍이었다. 쇠처럼 단단한 아가리로 사람 하나를 통째로 씹어 으깰 수 있는 괴물!

다행히 그 탐욕스러운 짐승은 눈이 나쁘다. 그들은 갈색 꼬리로 우리를 스치면서도 우리를 알아차리지 못하고 지나갔다. 밀림 한복판에서 호랑이를 만난 것보다 더 위험한 만남이지만, 우리는 기적처럼 그 위험에서 벗어났다. 그리고 30분 뒤에는 탐조등의 안내를 받아 '노틸러스호'에 도착했다.

9장

태평양 바닷속

이튿날인 11월 18일 아침, 상갑판으로 올라가서 보니, 때마침 '노틸러스호'의 부관이 아침마다 외치는 그 말을 하고 있었다. 그 문장은 바다 상태에 관한 것일지도 모른다는 생각이 문득 떠올랐다. 어쩌면 그 문장은 '아무것도 보이지 않는다'는 뜻이 아닐까.

실제로 바다는 텅 비어 있었다. 수평선에 돛대 하나 보이지 않았다. 크레스포섬의 고지대도 밤새 사라져 버렸다. 바다는 파란빛만 빼고는 프리즘의 모든 빛깔을 흡수하고, 파란빛을 사방으로 반사하여 아름다운 쪽빛을 띠었다. 긴 무지개가 너울거리는 물결 위에 규칙적으로 나타났다.

그 멋진 풍경에 감탄하고 있을 때 네모 선장이 나타났다.

그는 일련의 천체 관측을 시작하더니, 그 일이 끝나자 탐조 등을 둘러싸고 있는 테두리에 기대어 먼 바다를 물끄러미 바라보았다.

그러는 동안 20명쯤 되는 선원들이 상갑판으로 올라왔다. 모두 건장하고 힘센 사내들이었다. 그들은 밤새 쳐둔 그물을 끌어 올리러 온 것이다. 그들의 국적은 다양해 보였지만, 모두 유럽인의 전형적인 특징을 지니고 있었다.

그물이 배 위로 인양되었다. 주머니 모양의 그물은 바다에 떠 있는 활대 때문에 반쯤 열려 있었고, 바닥 그물에는 사슬이 꿰어져 있었다. 쇠틀로 주머니를 끌고 다니면, 주머니는 바다 밑바닥을 쓸면서 해산물을 긁어모은다.

그물에 걸린 고기는 어림잡아 500킬로그램쯤 되어 보였다. 이 다양한 해산물은 당장 저장실로 보내져, 일부는 싱싱한 채로 요리되고 나머지는 보존되었다.

어로 작업이 끝나고 공기가 새로 보충되자 나는 '노틸러스호'가 다시 해저 여행을 계속할 거라고 생각했다. 네모 선장이 나를 돌아보며 불쑥 말을 걸었다.

"이 바다를 보세요, 박사. 바다야말로 진정한 생명을 갖고 있지 않습니까? 화를 내기도 하고 때로는 부드러워지는 순간도 있지 않습니까? 어제는 바다도 우리처럼 잠들었지만, 평화로운 밤을 보내고 이제 다시 깨어나고 있군요!"

안녕하냐는 말도, 잘 잤느냐는 말도 없었다! 선장은 다시 말을 이었다.

"다시금 하루가 시작되려 하고 있습니다! 바다는 맥박이 뛰고, 동맥이 있고, 발작을 일으킵니다. 바다에서도 실제로 동물의 혈액 순환과 똑같은 순환이 일어난다는 사실을 깨달을 필요가 있습니다."

선장은 한마디 할 때마다 오랫동안 뜸을 들이면서, 주로 자신에게 말하고 있었다. 말하자면 나를 상대로 혼잣말을 하고 있었다.

"그렇습니다. 바다는 실제로 순환하고 있습니다. 나는 수면의 물이 바닥으로 내려왔다가 다시 위로 올라가는 것도 발견할 수 있었어요. 그것이야말로 바다의 호흡입니다."

네모 선장은 말을 끊고 벌떡 일어나 상갑판을 가로질러 몇 걸음 걸어가다가 나에게 돌아왔다. 그러고는 다시 말을 이었다.

"바다에서는 육지보다 더 격렬하고 더 활발하게 무한한 생명이 곳곳에서 번창하고 있습니다. 인간에게는 바다가 죽음의 세계지만, 수많은 동물들에게는 생명의 세계인 것입니다. 그리고 나한테도!"

이런 식으로 열변을 토하는 네모 선장은 완전히 딴사람이 되어 있었다. 그는 내 마음에 이상한 감동을 불러일으켰다.

"이곳에는 진정한 생명이 있습니다! 나는 바다에 도시를 세우는 것도 상상할 수 있습니다. '노틸러스호'처럼 아침마다 숨을 쉬기 위해 수면으로 올라오는 해저 주택들이 모여 있는 곳, 자유로운 도시, 독립된 도시들! 하지만 또 모르지요. 어떤 폭군이……."

네모 선장은 격렬한 몸짓으로 말을 끝냈다. 그러고는 해치 쪽으로 가서 층층대를 내려갔다. 나도 그를 따라 객실로 들어갔다. 당장 스크루가 돌아가기 시작했고, 속도계는 곧 20노트를 가리켰다.

그 후 며칠이 지나고 몇 주가 지나는 동안 네모 선장은 나를 거의 찾아오지 않았다. 나는 어쩌다 한 번씩 그를 보았을 뿐이다. 부관은 정기적으로 우리의 위치를 확인하고 있었다. 나는 해도에 표시된 현재 위치를 보고 '노틸러스호'의 진로를 정확히 알 수 있었다.

'노틸러스호'의 진행 방향은 대체로 남동쪽이었고, 수심 100미터 내지 150미터 깊이에 계속 머물러 있었다. 온도계는 섭씨 4.25도를 가리켰다. 이 깊이에서는 어느 위도에서나 온도가 일정한 것 같았다.

11월 26일 오전 3시, '노틸러스호'는 서경 172도 지점에서 북회귀선을 통과했다. 27일에는 그 유명한 쿡 선장(영국의 탐험 항해가)이 1779년 2월 14일 죽음을 맞은 하와이 제도 근처를 통과했다. 이때 우리는 출발점에서 4,860해리 떨어진 곳에 있었다.

'노틸러스호'는 여전히 남동쪽으로 달리고 있었다. 12월 1

일 서경 142도 지점에서 적도를 통과했고, 계속해서 빠른 속도로 항해한 뒤 4일에는 마르키즈 제도가 보이는 곳에 이르렀다. '노틸러스호'는 프랑스의 보호를 받고 있는 이 매력적인 섬들을 떠난 뒤, 12월 4일부터 10일까지 약 3,000킬로미터를 항해했다. 이 항해에서 우리는 엄청나게 큰 무리를 지은 참오징어 떼를 만났다.

'노틸러스호'가 야행성인 이 연체동물 군단을 만난 것은 12월 8일부터 9일에 걸친 밤이었다. 참오징어는 수백만 마리나 되었다. 그들은 청어와 정어리를 따라 온대에서 더 따뜻한 해역으로 이주하고 있었다. 우리는 객실 유리창을 통해 그들이 물고기나 다른 연체동물을 쫓아다니고, 기관차 구실을 하는 튜브를 이용하여 뒤쪽으로 놀랄 만큼 빨리 헤엄치는 것을 지켜보았다. '노틸러스호'는 속도가 빨랐지만, 몇 시간 동안이나 이 거대한 오징어 무리에 한데 섞여 항해했다.

12월 10일, 나는 객실에서 책을 읽고 있었다. 콩세유가 내 독서를 방해했다.

"잠깐만 이리 와 주시겠습니까?" 여느 때와는 다른 말투였다.

"왜 그래, 콩세유?"

"주인님이 보셔야 할 게 있어서요."

나는 일어나서 유리창 쪽으로 몸을 기울이고 밖을 내다보았다. 환한 불빛 속에 검은빛을 띤 거대한 물체가 물속에 가만히 떠 있었다. 나는 그 거대한 고래의 정체를 확인하려고 애쓰면서 유심히 관찰했다. 하지만 그때 문득 어떤 생각이 머리를 스쳤다.

"배다!" 나는 소리쳤다.

"맞습니다." 네드가 대답했다. "난파선이 가라앉은 거예요!"

네드의 말이 옳았다. 그것은 끊어진 밧줄이 아직도 매달려 있는 난파선이었다. 선체 상태가 좋아 보였으니까, 난파한 지 몇 시간밖에 지나지 않았을 것이다. 배는 아직도 왼쪽으로 기울어져 있었다. 물속에 가라앉은 이 배의 잔해는 처참한 광경이었다.

하지만 갑판의 광경은 그보다 훨씬 비참했다. 갑판에는 아직도 몇 구의 시체가 밧줄로 꽁꽁 묶인 채 누워 있었다. 갑판에 있는 사람은 네 명이었는데, 모두 남자였고, 그중 하나는 아직도 키를 잡고 있었다. 그들의 모습은 보기만 해도 끔찍했다. 몸을 휘감고 있는 밧줄에서 벗어나려고 안간힘을 다하다가 죽어간 것이다.

우리는 최후의 순간에 찍은 사진처럼 조난 현장이 생생하게 담겨 있는 이 난파선을 보고 심장만 격렬하게 고동칠 뿐, 아무 말도 나오지 않았다. 게다가 벌써 거대한 상어들이 사람 고기의 유혹에 이끌려 눈을 번득이며 다가오고 있는 게 보였다.

12월 15일, 우리는 매력적인 소시에테 제도 서해안을 지나 갔다. 태평양의 여왕인 타히티섬이 있는 제도다. 아침에 나는 바람 불어가는 쪽으로 몇 킬로미터 떨어져 있는 이 섬의 높은 봉우리를 보았다. 바다는 '노틸러스호'의 식탁을 풍성하게 해 주었다. 고등어·가다랑어·다랑어 같은 맛있는 물고기와 뱀장어의 일종인 곰치도 식탁에 올랐다.

12월 25일, 크리스마스였다. '노틸러스호'는 솔로몬 제도 근처를 지나고 있었다. 나는 지난 일주일 동안 네모 선장을 보지 못했다. 그런데 12월 27일 아침에 네모 선장이 객실로 들어왔다. 그는 나에게 다가오더니 해도 위의 한 점을 손가락으로 짚으면서 불쑥 말했다.

"바니코로."

바니코로는 라페루즈(프랑스의 탐험가)의 배가 조난한 작은 섬 무리의 이름이었다. 1785년 라페루즈는 루이 16세의 명을 받고 세계 일주 항해를 떠났다. 그의 탐험대는 정찰함 '아스트롤라베호'를 타고 떠났지만, 다시는 돌아오지 않았다.

"이 배가 지금 바니코로로 가고 있는 겁니까?"

"벌써 도착했습니다."

나는 앞장서서 상갑판으로 올라가, 탐욕스러운 눈길로 수평선을 살폈다.

북동쪽에 크기가 서로 다른 두 개의 화산섬이 나타났다. 둘레가 60킬로미터쯤 되는 산호초가 섬을 둘러싸고 있었다.

'노틸러스호'가 섬 바깥쪽을 고리처럼 둘러싸고 있는 암초 사이의 좁은 수로를 통과하자, 암초에 부딪혀 부서지는 파도에서 벗어났다. 맹그로브(열대나 아열대의 해안이나 하구에 생겨난 숲)의 초록빛 그늘 아래에서 우리가 다가가는 것을 보고 깜짝 놀라는 원주민들이 보였다. 물속에 거의 잠긴 채 전진하는 검고 길쭉한 형체는 그들의 마음에 공포심을 불러일으킬 만했다.

네모 선장은 객실로 따라오라는 손짓을 했다. '노틸러스호'는 물속으로 몇 미터 가라앉았고, 금속판이 열렸다.

나는 유리창으로 달려가 원생동물과 해면동물과 강장동물에 뒤덮인 산호 덩어리를 바라보았다. 그 사이로 인양 갈고리가 끌어 올리지 못한 난파선의 일부가 보였다. 내가 그 가슴 아픈 잔해를 바라보고 있을 때 네모 선장이 엄숙한 목소리로 말했다.

"이것은 내가 조난 현장에서 발견한 겁니다."

네모 선장은 소금물 때문에 완전히 부식해 버린 양철 상자 하나를 보여 주었다. 그가 상자를 열자, 누렇게 바랬지만 아직 글씨를 읽을 수 있는 서류 뭉치가 나타났다. 그것은 프랑스 해군장관이 라페루즈 선장에게 보낸 명령서였고, 여백에 루이 16세의 서명이 남아 있었다!

"뱃사람에게는 얼마나 멋진 죽음입니까!" 네모 선장이 말했다. "산호 무덤은 평화로운 안식처가 되어 줍니다. 하느님이 나와 동료들에게도 그런 안식처를 주신다면 얼마나 좋겠습니까!"

12월 27일 밤부터 28일 새벽 사이에 '노틸러스호'는 놀랄 만큼 빠른 속도로 바니코로 해안을 떠났다. 배는 남서쪽으로 방향을 잡아, 뉴기니섬의 남동쪽 끝까지 3,000킬로미터를 사흘 만에 달렸다.

1868년 1월 1일 이른 아침, 콩세유가 상갑판에 있는 나에게 다가왔다.

"주인님, 새해 복 많이 받으세요."

"고맙네. 그런데 지금 우리가 놓여 있는 상황에서 '복 받은 새해'가 무슨 뜻이지? 포로 생활이 올해는 끝날 거라는 뜻인가? 아니면 올해도 이 기묘한 항해가 계속될 거라는 뜻인가?"

"글쎄요. 솔직히 말씀드리면 뭐라고 대답해야 할지 잘 모르겠지만, 어쨌든 평생 두 번 다시 이런 기회는 얻지 못할 겁니다."

"그건 그래."

"그래서 우리가 모든 것을 볼 수 있는 해가 '복 받은 새해'일 거라고 저는 믿습니다."

1월 2일, 우리는 일본 근해를 떠난 뒤 5,300해리를 항해했다. '노틸러스호' 앞에는 오스트레일리아 북동 해안의 위험한 산호해가 펼쳐져 있었다. '노틸러스호'는 1770년 6월 10일

쿡 선장의 배가 침몰할 뻔했던 그 위험한 암초와 몇 킬로미터 간격을 유지하고 있었다.

나는 거친 파도가 우레 같은 소리를 내며 부딪치는 이 1,500킬로미터 길이의 대보초에 꼭 한번 가보고 싶었다. 하지만 바로 그때 '노틸러스호'의 경사판이 기울면서 우리를 심해로 데려갔기 때문에 그 높은 산호 장벽을 더 이상 볼 수 없게 되었다.

산호해를 통과한 지 이틀 뒤인 1월 4일, 뉴기니 해안이 보였다. 이때 네모 선장이 토러스 해협을 지나 인도양으로 들어갈 작정이라고 말했다.

토러스 해협이 위험하게 여겨지는 이유는 곳곳에 암초가 많기 때문이기도 하지만, 해협 연안의 야만적인 원주민 때문이기도 하다. 토러스 해협은 오스트레일리아와 뉴기니섬을 갈라놓고 있는 해협이다.

'노틸러스호'는 지구에서 가장 위험한 해협, 세상에서 가장 용감하고 대담한 선장들도 감히 들어가려 하지 않는 해협의 입구로 다가가고 있었다. 바다의 어떤 위험에도 굴복하지 않는 '노틸러스호'는 이제 산호초와 맞서려 하고 있었다.

'노틸러스호'는 해수면에 뜬 채 적당한 속도로 전진했다. 스크루는 고래의 꼬리처럼 천천히 파도를 때렸다. 나와 두 동료는 이 상황을 이용하여 아직 아무도 없는 상갑판에 자리를 잡았다. 우리 앞에는 조타실이 솟아 있고, 네모 선장은 조타실에서 직접 키를 운전하고 있었을 것이다.

'노틸러스호' 주변 바다는 격렬하게 들끓고 있었다. 남동쪽에서 북서쪽으로 2.5노트의 속력으로 흐르는 해류는 곳곳에 삐죽삐죽 튀어나와 있는 산호초에 부딪혀 부서지고 있었다.

"지독한 바다로군요!" 네드가 말했다.

"정말이야. '노틸러스호' 같은 배가 다니기에는 전혀 적합하지 않은 바다일세."

"그래도 저 미친 선장은 아주 자신만만한 모양입니다. 살짝 스치기만 해도 배를 산산조각으로 부숴 버릴 산호 무리가 여기저기 널려 있는데도 말입니다."

상황은 정말로 위험했지만, '노틸러스호'는 마법이라도 부리는 것처럼 무시무시한 암초 사이를 미끄러지듯 빠져나갔다. 미치광이라고 해도 될 만큼 무모한 네모 선장은 또다시 서쪽으로 방향을 돌려 게보로아르섬 쪽으로 나아갔다.

오후 3시였다. 바다는 차츰 잔잔해지고 있었다. 만조가 가까워진 것이다. '노틸러스호'는 3킬로미터도 채 안 되는 거리를 두고 해안선을 따라 나아갔다.

그때 나는 갑자기 충격을 받고 넘어졌다. '노틸러스호'가 암초에 부딪힌 것이다. 배는 왼쪽으로 약간 기울어진 채 꼼짝도 하지 않았다.

일어나 보니 네모 선장과 부관이 상갑판에 나와 있었다.

그들은 배의 위치를 조사하고, 알아들을 수 없는 언어로 몇 마디를 주고받았다.

우리는 간만의 차이가 그리 크지 않은 바다에서 만조 때 좌초한 것이다. 배가 워낙 튼튼했기 때문에 선체는 전혀 손상되지 않았지만, 가라앉을 수도 없고 구멍을 낼 수도 없다면 언제까지나 암초 위에서 오도가도 못하게 될 위험이 컸다. 그렇게 되면 네모 선장의 잠수함은 끝장이었다.

이런 생각이 내 마음을 스치고 있을 때, 네모 선장이 여느 때처럼 냉정하고 침착하게 다가왔다. 심란하거나 곤혹스러운 기색은 전혀 없었다.

"사고인가요?" 내가 물었다.

"아니, 사소한 문제가 생겼을 뿐입니다."

"하지만 그 사소한 문제 때문에 당신은 달아났던 육지에서 또다시 살 수밖에 없겠군요."

네모 선장은 아주 묘한 표정으로 나를 바라보고는 고개를 저었다. 이 몸짓은 무슨 일이 있어도 두 번 다시 육지에는 발을 들여놓지 않겠다는 그의 의지를 분명히 말해 주었다.

"아로낙스 박사, '노틸러스호'는 결코 끝장나지 않았어요. 이 배는 앞으로도 당신을 바다의 경이 속으로 데려갈 겁니다. 우리 항해는 이제 막 시작되었을 뿐이에요."

"'노틸러스호'는 만조 때 좌초했습니다. 태평양은 간만의 차이가 그리 크지 않아요. '노틸러스호'를 가볍게 하는 것은 불가능해 보이는데, 그렇다면 어떻게 암초에서 벗어날 수 있을지 모르겠군요."

"당신 말마따나 태평양은 간만의 차이가 크지 않습니다. 오늘은 1월 4일이니까, 나흘만 지나면 보름달이 뜰 겁니다. 내가 달에 바라는 것은 수위를 충분히 올려 달라는 것뿐이에요."

이렇게 말하고는 부관을 데리고 배 안으로 돌아갔다. 배는 더 이상 움직이지 않았다.

선장이 떠나자 네드가 다가와서 물었다.

"선장이 뭐라던가요?"

"1월 8일에 만조가 될 때까지 조용히 기다린다는군. 그때가 되면 달님이 친절하게도 우리를 암초에서 띄워 올려 줄 모양이야."

"박사님, 이 쇳덩어리는 이제 두 번 다시 물속이나 물 위를 항해하지 못할 겁니다. 이 배는 이제 고철 덩어리에 불과해요. 그러니 네모 선장과도 작별할 때가 온 것 같습니다."

"네드, 나는 자네와는 달리 이 씩씩한 '노틸러스호'에 대한 희망을 아직 버리지 않았다네. 나흘만 지나면 태평양의 조수가 어떤 일을 할 수 있는지 알게 되겠지. '노틸러스호'가 암초에서 벗어나지 못하면 사태가 아주 심각해지겠지만, 탈출이라는 극단적인 조치는 그때 가서 생각해도 늦지 않을 걸세."

"하지만 적어도 저 땅에 상륙해 볼 수는 있잖습니까? 저건 섬이에요. 섬에는 나무가 있고, 나무 밑에는 육지동물이 있고, 육지동물은 살코기를 갖고 있습니다. 그걸 잡아서 큼지막한 덩어리를 씹고 싶은 마음이 간절합니다."

"그건 네드 말이 옳아요." 콩세유가 말했다. "주인님이 네모 선장한테 우리를 해안으로 데려다 달라고 부탁해 주실 수 없을까요?"

"부탁해 볼 수는 있지만, 선장은 거절할 거야."

그러나 놀랍게도 네모 선장은 우리의 상륙을 허락했다. 게다가 배로 돌아오겠다는 약속도 받지 않고 당장 흔쾌히 허락했다. 하지만 뉴기니섬을 거쳐 탈출하는 것은 무척 위험했을 테고, 네드가 탈출을 시도한다 해도 나는 말렸을 것이다. 원주민의 손아귀에 들어가는 것보다는 차라리 '노틸러스호'에 포로로 잡혀 있는 편이 훨씬 나았기 때문이다.

10장

지상에서 보낸 며칠

이튿날인 1월 5일, 선원들이 보트를 상갑판에서 꺼내 바다에 띄웠다.

아침 8시, 우리는 라이플총과 도끼로 무장하고 '노틸러스호'를 떠났다. 바다는 잔잔했다. 육지에서 산들바람이 불어오고 있었다. 콩세유와 나는 힘차게 노를 저었고, 네드는 암초들 사이의 좁은 수로로 보트를 몰았다. 보트는 다루기 쉬웠고 속도도 빨랐다.

네드는 기쁨을 참지 못했다.

"우리는 고기를 먹게 될 거야. 어떤 고기냐? 사냥해서 잡은 진짜 짐승 고기지! 신선한 고기를 이글이글 타오르는 숯불에 구우면 별미일 거야."

"말만 들어도 군침이 도는군." 콩세유가 맞장구를 쳤다.

"아직은 몰라." 내가 말했다. "숲에 사냥감이 있는지, 그 사냥감이 사냥꾼을 사냥할 만큼 덩치 큰 맹수는 아닌지, 우선 그것부터 알아내야 해."

"그런 걱정은 마시고 노나 열심히 저으세요, 박사님. 25분만 있으면 맛있는 요리를 대접할 테니까."

8시 반에 보트는 게보로아르섬 주변의 산호초를 무사히 통과하여 해변의 모래밭에 조용히 상륙했다.

땅을 다시 밟는 것은 나에게 큰 감동을 주었다. 네드는 땅을 제 것으로 삼으려는 듯 발로 쿵쿵 굴러 보았다.

지면은 거의 돌산호로 이루어져 있었지만, 바싹 마른 강바닥에 화강암 부스러기가 흩어져 있는 것은 이 섬이 원시시대에 형성되었다는 증거였다. 키가 50미터에 이르는 거목들이 마치 화환처럼 걸려 있는 덩굴식물을 통해 서로 연결되어 있었다. 나무들 사이에 매달려 산들바람에 흔들리는 덩굴식물은 천연의 그물침대였다.

네드는 뉴기니의 멋진 식물 표본에는 눈길조차 주지 않고, 먹을거리를 찾는다는 즐겁고 진지한 일에 열중하고 있었다. 그는 야자나무를 발견하고는 코코넛을 몇 개 떨어뜨려 깨뜨렸다. 우리는 코코넛 과즙을 마시고 과육을 먹었다. '노틸러스호'에서 늘상 먹는 음식과는 비교도 안 될 만큼 맛있었다.

"아, 맛있다!" 네드가 말했다.

"꿀맛인데!" 콩세유가 맞장구쳤다.

네드가 나를 보면서 말을 이었다.

"코코넛을 보트에 가득 싣고 돌아가도 네모 선장이 반대할 리는 없을 것 같은데요?"

"글쎄. 코코넛도 좋지만, 그걸로 보트를 채우기 전에 이 섬에 또 다른 식량은 없는지 먼저 확인하는 게 좋을 것 같아. 싱싱한 채소가 있으면 '노틸러스호' 주방에서도 대환영일 거야."

"주인님 말씀이 옳아요." 콩세유가 말했다.

우리는 어두운 숲속으로 들어가기 시작했다. 그리고 두 시간 동안 사방으로 숲을 가로질렀다.

채소를 찾는 일에서는 아주 운이 좋았다. 열대지방의 가장 유용한 산물 가운데 하나가 배에 부족한 귀중한 식량을 제공해 주었다.

그것은 바로 빵나무였다. 빵나무는 줄기가 곧다는 점에서 다른 나무와 다르다. 빵나무 줄기는 12미터까지 자라는 경우도 있다. 빵나무는 밀이 없는 지역에 자연이 베풀어 준 귀중한 식물이고, 힘들게 재배하지 않아도 1년에 여덟 달 동안 열매가 열린다.

네드는 이 과일을 잘 알고 있었다. 전에 열대지방을 항해할 때 먹어 본 적이 있었고, 먹을 수 있는 부분을 조리하는 법도 알고 있었다.

"박사님, 이걸 맛보지 않으면 죽어 버릴 것 같습니다."

"어서 실컷 맛보게나. 우리는 여러 가지를 시험해 보려고 여기 왔으니까, 자네 마음대로 해도 좋아."

"오래 걸리진 않을 겁니다."

네드는 볼록렌즈를 이용하여 삭정이에 불을 붙였다. 삭정이는 금세 탁탁 소리를 내며 타오르기 시작했다. 그동안 콩세유와 나는 빵나무에서 가장 잘 익은 열매를 땄다. 열매 속에는 씨가 전혀 없었다. 네드는 그것을 두껍게 잘라 뜨거운 모닥불 위에 올려놓으면서 같은 말을 되풀이했다.

"이게 얼마나 맛있는지 이제 곧 알게 될 거야!"

잠시 후, 불에 닿은 쪽이 새까매졌다. 속살은 물기가 적은 밀가루 반죽이나 말랑말랑한 빵 같았다. 맛이 아주 좋았다는 것은 인정할 수밖에 없다. 나는 정말 맛있게 먹었다.

빵 수확이 끝나자, 우리는 이 지상의 식사를 완벽하게 마무리해 줄 과일이나 채소를 찾아 떠났다.

우리의 탐색은 헛되지 않았다. 정오 무렵까지 바나나를 잔뜩 모았기 때문이다. 우리는 바나나 외에도 강한 냄새가 나는 두리안, 달콤한 망고, 커다란 파인애플을 땄다.

그러나 네드는 앞장서서 숲속을 헤치고 나아갔다.

"네드, 이제 필요한 건 다 구하지 않았어?" 콩세유가 말했다.

"사실 말해서 이 과일만으로는 한 끼 식사가 안 돼. 과일은 마지막에 디저트로 먹는 거잖아. 수프와 고기는 어떡하지?"

"그래도 너무 멀리 가면 안 되니까, 이제 그만 보트로 돌아가자고."

"벌써?"

"어두워지기 전에 돌아가야 해." 내가 말했다.

"그런데 지금 몇 시쯤 됐을까?" 네드가 물었다.

"적어도 두 시는 되었을 거야." 콩세유가 대답했다.

"육지에서는 시간이 쏜살같이 지나가는군!" 네드는 아쉬운 듯 한숨을 쉬면서 말했다.

보트로 돌아왔을 때쯤에는 모두 식량을 잔뜩 짊어지고 있었다. 그래도 네드는 만족하지 않았지만, 행운은 그의 편이었다. 보트에 올라타려는 순간, 야자나무의 일종인 높이 10미터가량의 나무 몇 그루가 그의 눈에 잡힌 것이다. 그것은 야생 사고야자였다.

네드는 도끼를 힘차게 휘둘러 사고야자 두세 그루를 순식간에 넘어뜨렸다. 그러고는 나무줄기에서 껍질을 벗겨내자 그물처럼 얽혀 있는 섬유 조직이 나타났는데, 그것은 끈적끈적한 가루 같은 것으로 한데 엉겨붙어 있었다. 그 가루가 바로 뉴기니 사람들의 주요 식량인 사고 녹말이었다.

네드는 마치 땔나무를 만들려는 것처럼 한동안 나무줄기를 장작처럼 쪼개고 있었다. 거기에서 가루를 내어, 그것을 헝겊으로 걸러서 섬유질을 제거하고 햇볕에 말린 다음 틀에 넣어 굳히는 일은 뒤로 미루었다.

우리는 5시가 되어서야 전리품을 가득 싣고 해안을 떠나, 30분 뒤에 '노틸러스호'로 다가갔다. 아무도 나타나지 않았다. 나는 식량을 배에 실어 놓고 내 방으로 내려갔다. 저녁 식사가 차려져 있었다. 나는 식사를 하고 잠자리에 들었다.

이튿날인 1월 6일, 배에서는 아무 변화도 일어나지 않았다. 아무 소리도 들리지 않고, 사람이 있는 기척도 전혀 없었다. 보트는 우리가 어제 놓아둔 대로 배 옆에 방치되어 있었다. 우리는 다시 게보로아르섬에 가 보기로 했다.

우리는 동이 틀 무렵 이미 바다에 나가 있었다. 섬 쪽으로 흐르는 조류 덕분에 아주 빨리 도착할 수 있었다. 우리는 해안을 따라 서쪽으로 가다가 개울을 몇 개 건넌 다음, 비옥한 평원을 지나, 새들이 노래하고 날아다니는 작은 숲 언저리에 이르렀다.

"새밖에 없는데." 콩세유가 말했다.

"하지만 먹을 수 있는 새도 있어." 네드가 대꾸했다.

숲을 빠져나오자 덤불로 뒤덮인 평야가 나타났다. 나는 곧 당당한 몸집을 가진 새들이 날아오르는 것을 보았다. 파도 같은 날갯짓, 하늘에서 그리는 우아한 곡선, 무지갯빛 색깔은 보는 사람의 눈을 매혹시켰다. 나는 그 새들을 쉽게 알아볼 수 있었다.

"극락조다!"

"꿩의 일종인가요?" 네드가 물었다.

"그렇진 않아. 하지만 저 매력적인 열대산 새 한 마리를 손에 넣고 싶군. 어떤가, 네드? 솜씨 한번 발휘해 봐."

"한번 해 보죠. 나는 총보다 작살 솜씨가 훨씬 좋지만요."

11시쯤 우리는 섬 한복판의 산기슭에 이르렀지만, 그때까지 아무것도 잡지 못했다. 배가 고파 죽을 지경이었다. 우리는 날짐승이든 들짐승이든 짐승을 사냥해서 끼니를 때울 작정이었는데, 기대가 빗나갔다. 하지만 재수 좋게도 콩세유가 돌멩이 하나로 새 두 마리를 잡았다. 흰비둘기와 숲비둘기 한 마리씩이었다. 우리는 재빨리 깃털을 뽑고 꼬챙이에 꿰어 이글거리는 모닥불에 구웠다. 이 진기한 날짐승이 구워지는 동안 네드는 빵나무를 요리했다. 그런 다음 비둘기 두 마리를 뼈만 남기고 깨끗이 먹어 치웠다. 정말 맛이 있었다.

"버섯을 먹여 키운 닭고기 같은데요." 콩세유가 말했다.

"그런데 네드, 또 뭐가 필요하지?" 내가 물었다.

"네발짐승이 필요합니다. 이런 비둘기 따위는 맛보기에 불과해요. 갈비에 살코기가 듬뿍 붙은 네발짐승을 잡을 때까지는 절대 만족하지 않을 겁니다."

"나도 그래. 극락조를 잡을 때까지는."

"그럼 계속합시다." 콩세유가 말했다.

한 시간쯤 걷자 사고야자 숲이 나타났다. 독 없는 뱀 몇 마리가 허둥지둥 달아났다. 극락조들은 우리가 다가가면 재빨리 도망쳤다. 그래서 극락조 잡는 것을 거의 포기하려는데, 앞서가던 콩세유가 갑자기 허리를 굽히더니 환성을 지르며 멋진 극락조 한 마리를 들고 나에게 돌아왔다.

"정말 놀라운 솜씨야. 극락조를 산 채로 잡다니. 게다가 맨손으로!"

"이놈을 자세히 조사해 보시면 제 공이 별것 아니라는 것을 아실 겁니다."

"그게 무슨 소리야?"

"이놈은 지금 엉망으로 취해 있으니까요."

"취했다고?"

"예. 땅바닥에 떨어진 육두구를 먹다가 취해서 비틀거리고 있었어요. 그때 제가 잡은 거죠."

콩세유의 말이 옳았다. 극락조는 과즙을 마시고 취해서 완전히 무력해져 있었다. 날지도 못했고, 걸을 수도 없는 지경이었다.

그 새는 뉴기니와 이웃 섬들에서 관찰된 여덟 종의 극락조 가운데 가장 아름답고 가장 희귀한 종인 초록 극락조였다. 몸길이는 30센티미터 정도였고, 몸은 온갖 색깔이 모여 있는 총천연색이었다. 꼬리 위에는 솜털로 덮인 돌기가 두 개 솟아 있었는데, 거기에 달린 깃털이야말로 원주민들이 '태양새'라는 시적인 이름으로 부른 이 새의 특징이었다.

극락조를 잡아서 내 소망은 이루어졌지만, 사냥꾼의 욕망은 채워지지 않았다. 다행히 2시쯤 네드가 멧돼지를 한 마리 잡았다. 네드는 가죽을 벗기고 조심스럽게 내장을 빼낸 다음, 저녁에 구워 먹을 살코기를 대여섯 토막으로 잘랐다. 이어서 다시 사냥이 시작되었고, 네드와 콩세유가 곧 수훈을 세웠다.

두 친구는 덤불을 두드려 캥거루 떼를 몰아냈다. 캥거루들은 경쾌한 다리로 깡충깡충 뛰어 달아났다. 하지만 전속력으로 날아간 총알을 피할 수 있을 만큼 빨리 달아나지는 못했다.

사냥꾼의 광기에 사로잡히기 시작한 네드가 소리쳤다.

"아아, 박사님! 얼마나 멋진 사냥감입니까. 기름에 볶아서 물을 조금 넣고 뭉근한 불에 졸이면 맛이 그만이죠. 이걸 배에 가져가면 식탁이 한결 풍성해질 텐데."

수다를 떠는 데 많은 시간을 보내지 않았다면 네드는 캥거루 무리를 모조리 학살했을 것이다. 하지만 그는 그 매력적인 유대류를 열두 마리 잡는 것으로 만족했다.

우리는 저녁 6시에 해변으로 돌아갔다. 보트는 해안에 그대로 놓여 있었다. '노틸러스호'는 3킬로미터쯤 떨어진 파도 사이에 기다란 암초처럼 떠 있었다.

네드는 당장 저녁 준비에 착수했다. 모닥불에 구운 멧돼지 고기의 구수한 냄새가 곧 주위에 퍼지기 시작했다. 저녁 식사는 아주 맛있었다. 숲비둘기 두 마리가 우리의 진수성찬을 더욱 빛내 주었다. 빵나무 열매와 망고 몇 개, 파인애플 대여섯 개, 잘 익은 코코넛 과즙을 먹고 마시자, 세상에 부러울 것이 없었다.

"오늘 밤은 배로 돌아가지 말고 여기서 지내는 게 어떨까요?" 콩세유가 말했다.

"오늘 밤만이 아니라, 영원히 돌아가지 않는 건 어때?" 네드가 받았다.

바로 그 순간, 돌멩이 하나가 우리 발치에 떨어져 네드의 말을 가로막았다.

11장

네모 선장의 벼락

우리는 벌떡 일어나 총을 집어 들고, 어떤 공격도 물리칠 태세를 갖추었다.

"원숭이야?" 네드가 소리쳤다.

"아니, 야만인들이야." 콩세유가 대답했다.

"보트로 가세!" 나는 바다 쪽으로 가면서 말했다.

정말로 후퇴할 필요가 있었다. 활과 새총으로 무장한 스무 명 남짓한 원주민이 덤불 가장자리에 나타나, 오른쪽으로 백 걸음도 떨어지지 않은 곳에서 수평선을 가로막고 있었기 때문이다.

우리 보트는 20미터쯤 떨어진 해안에 있었다. 원주민들은, 달려오지는 않았지만 아주 공격적인 몸짓을 하면서 다가왔다. 돌멩이와 화살이 빗발치듯 쏟아졌다. 네드는 애써 잡은 식량을 포기하고 싶지 않아서, 위험이 바싹 다가왔는데도 한 손으로 돼지를 집어 들고 다른 손으로는 캥거루를 집어 든 뒤에야 쏜살같이 모닥불 옆을 떠났다.

몇 분 뒤에 우리는 해안에 도착했다. 식량과 총을 보트에 던져 넣고, 보트를 바다 쪽으로 밀어내고, 두 개의 노를 젓기 시작할 때까지는 몇 초밖에 걸리지 않았다. 우리가 300미터도 채 가기 전에 백 명의 원주민이 고함을 지르고 위협적인 몸짓을 하면서 허리까지 올라오는 물속으로 뛰어들어 왔다.

20분 뒤에 우리는 '노틸러스호'에 올랐다. 해치는 열려 있었다. 우리는 보트를 매어 놓고 안으로 들어갔다.

객실로 내려가자 음악이 연주되고 있었다. 네모 선장이 오르간 앞에 앉아서 음악 삼매경에 빠져 있었다.

"선장!"

그러나 선장은 듣지 못했다.

나는 선장을 건드리면서 다시 한번 불렀다.

"이봐요, 선장!"

네모 선장은 그제야 흠칫 놀라면서 나를 돌아보았다.

"아아, 박사님이시군요. 사냥은 어땠습니까? 흥미로운 식물 표본이라도 채집하셨나요?"

"예. 하지만 불행히도 두발짐승 무리까지 데려왔지 뭡니까. 놈들이 너무 가까이 다가와서 좀 걱정이 되는군요."

"두발짐승이라면, 어떤?"

"야만인 말입니다."

"야만인?" 네모 선장은 빈정거리는 투로 대꾸했다. "이 지구의 육지에 발을 들여놓았는데 야만인을 발견한 게 놀랍습니까? 야만인이 없는 육지가 세상에 어디 있습니까? 당신이 야만인이라고 부르는 그 사람들이 다른 야만인보다 더 야만적이던가요?"

"하지만……."

"몇 명이나 보셨습니까?"

"적어도 백 명."

"아로낙스 박사." 네모 선장은 다시 건반에 손을 올려놓으면서 말했다. "뉴기니의 원주민이 모두 해변에 모여 있다 해도 '노틸러스호'는 그들의 공격을 두려워할 필요가 전혀 없습니다."

이어서 선장의 손가락이 오르간 위를 달리기 시작했다.

상갑판으로 돌아와 보니 어느새 어둠이 깔려 있었다. 이 위도에서는 해가 빨리 져서 해질녘의 어스름이 없기 때문이다. 게보로아르섬은 이제 어렴풋이 보이고 있었다. 하지만 해변에서 타오르는 불은 원주민들이 아직 떠나기로 결정하지 않았음을 보여 주었다.

밤은 무사히 지나갔다. 원주민들은 후미에 좌초해 있는 괴물을 보기만 해도 겁에 질린 모양이었다.

1월 7일 아침 6시, 나는 다시 상갑판으로 올라갔다. 어둠이 걷히고 있었다. 사라지는 안개 속에서 해변이 드러나고, 이어서 섬의 산꼭대기가 모습을 드러냈다.

원주민들은 아직도 거기에 있었다. 수는 어제보다 더 늘어나, 500명 정도 되어 보였다. 일부는 썰물로 물이 빠진 틈을 이용하여 '노틸러스호'와 아주 가까운 산호초까지 다가와 있었다. 나는 그들을 쉽게 분간할 수 있었다. 그들은 운동선수처럼 건장한 체격에 넓은 이마와 커다란 코, 하얀 이를 가지고 있었다. 귓불에는 구멍을 뚫고, 짐승 뼈를 구슬처럼 꿰어 만든 귀고리를 매달아 길게 잡아 늘였다. 그들은 거의 알몸이었다. 허리에서 무릎까지 치마를 두른 여자도 몇 명 눈에 띄었다. 치마는 풀을 엮어서 만든 것이었다. 거의 다 활과 화살과 방패로 무장하고, 어깨에는 조약돌이 담긴 망태기를 둘러메고 있었다. 그들은 새총으로 그 돌멩이를 정확하게 날려 보낼 수 있다.

원주민들은 밀물이 들어올 때까지 줄곧 '노틸러스호' 근처를 돌아다녔지만, 큰 소란을 일으키지는 않았다. 나는 그들이 '아사이'라는 말을 자주 되풀이하는 것을 들었는데, 그 말을 할 때의 몸짓을 보고 나는 그 말뜻을 이해했다. 그들은 해안으로 오라고 나를 초대하고 있었다. 하지만 그 초대는 사양하는 편이 낫다고 생각했다.

원주민들은 오전 11시쯤 산호초 꼭대기가 밀물에 잠기기 시작하자 해안으로 돌아갔다. 하지만 나는 해변에 훨씬 많은 원주민이 모여드는 것을 볼 수 있었다.

달리 할 일이 없었기 때문에 나는 바다 밑바닥을 뒤져 보기로 마음먹었다. 수많은 조개류와 식충류와 해초류가 보였기 때문이다. 우리는 두어 시간 동안 열심히 바다를 뒤졌지만, 희귀한 표본은 전혀 찾지 못했다. 하지만 이제는 글렀구나 하고 기대감을 버린 순간, 경이로운 표본 하나가 눈에 띄었다. 나는 재빨리 집어 들었다.

"콩세유, 이 조개 좀 봐."

"그건 단순한 대추고둥일 뿐인데요."

"그래. 하지만 이 대추고둥은 왼쪽으로 돌고 있어."

"설마! 그럴 리가요."

"정말이야. 이건 좌회전 조개야!"

"좌회전 조개요?"

"이 나선을 봐!"

"아아, 정말⋯⋯" 콩세유는 떨리는 손으로 귀중한 조개를 받아들면서 말했다. "이런 흥분을 느껴보기는 난생처음입니다."

흥분할 이유는 충분했다. 박물학자들이 지적했듯이, 우회전이 자연의 법칙이다. 행성과 그 위성들은 오른쪽으로 움직이고 회전한다. 인간은 왼손보다 오른손을 더 많이 쓰고, 따라서 인간의 도구와 기계, 자물쇠, 시계태엽은 모두 오른쪽으로 사용하도록 만들어져 있다. 조개도 마찬가지여서, 모두 우회전이고 예외는 거의 없다.

콩세유와 나는 이 보물을 감상하는 데 열중했다. 내가 그 것을 박물관에 기증하겠다고 속으로 다짐한 순간, 원주민이 쏜 돌멩이가 안타깝게도 콩세유가 들고 있던 그 보물을 깨 뜨려 버렸다.

내 입에서는 절망의 비명이 터져 나왔다. 콩세유는 재빨리 총을 집어 들고, 10미터쯤 떨어진 곳에서 새총을 들고 있는 원주민을 겨누었다. 나는 콩세유를 말리려고 했지만, 총알은 이미 발사되어 원주민이 부적으로 팔에 차고 있던 팔찌를 부숴 버렸다.

지난 몇 분 사이에 우리도 모르게 상황이 달라져 버린 것 이었다. 20여 척의 카누가 순식간에 '노틸러스호'를 에워쌌 다. 통나무를 파내서 만든 카누는 길고 폭이 좁고 무척 빨랐 다. 카누에는 노련한 노잡이들이 타고 있었다. 나는 그들이 다가오는 것을 보고 불안에 사로잡혔다.

갑자기 카누들이 '노틸러스호'에 바싹 다가오더니, 구름 같은 화살이 쏟아졌다.

"맙소사. 화살이 빗발치는군요." 콩세유가 말했다. "어쩌면 독화살일지도 몰라요!"

"선장한테 가서 알리는 게 좋겠어." 나는 해치 아래로 내려 가면서 말했다.

객실로 들어가 보니 아무도 없었다. 나는 과감하게 선장의 침실 문을 두드렸다.

들어오라는 목소리가 들렸다.

"아주 중대한 일입니다. 우리는 지금 원주민들의 카누에 둘러싸여 있어요. 수백 명의 원주민이 이제 곧 우리를 공격할 게 분명합니다."

"알겠습니다." 네모 선장은 차분하게 말했다. "원주민들이 카누를 타고 왔군요?"

"예."

"해치만 닫으면 됩니다."

"그렇군요. 그래서 나도 그 말을 하려고……."

"그보다 간단한 일은 없지요."

그는 전기 버튼을 눌러 당직실로 명령을 내렸다. 그러고는 잠시 후에 다시 말을 이었다.

"이제 조치가 끝났습니다. 우리 보트는 제자리에 안전하게 보관되었고, 해치는 닫혔습니다. 설마 순양함의 포탄도 우그러뜨리지 못한 철벽을 그들이 돌멩이로 부술까 봐 걱정하는 건 아니겠죠?"

"그런 건 아니지만, 위험은 아직 남아 있어요."

"뭔데요?"

"내일 이맘때는 '노틸러스호'에 공기를 보충하기 위해 다시 해치를 열어야 할 텐데요."

"그건 사실입니다. 우리 배는 고래처럼 숨을 쉬니까요."

"원주민들이 그 순간 갑판으로 올라오면 어떻게 그들을 막을 수 있을지 모르겠군요."

"그러니까 당신은 그들이 감히 우리 배에 올라탈 거라고 생각하시는군요?"

"그렇습니다."

"올라타고 싶다면 마음대로 올라타게 내버려 둡시다. 굳이 막을 이유가 없잖습니까."

나는 이쯤에서 물러가려고 했지만, 네모 선장이 나를 붙잡았다. 그러고는 옆에 와서 앉으라고 권했다. 우리는 '노틸러스호'가 좌초한 곳이 하필이면 뒤몽 뒤르빌(프랑스의 항해가)이 곤경을 겪었던 지점이라는 사실에 주목하면서, 우리가 처해 있는 상황에 대해 이런저런 이야기를 나누었다.

"뒤르빌이 바다 위에서 해낸 일을 나는 바닷속에서 해 왔지만, 뒤르빌의 정찰함은 항상 태풍에 밀려 다녔기 때문에 '노틸러스호'와는 경쟁 상대가 될 수 없었지요."

"하지만 뒤르빌의 정찰함과 '노틸러스호'는 한 가지 공통점이 있습니다."

"그게 뭔데요?"

"'노틸러스호'도 뒤르빌의 정찰함처럼 좌초했다는 겁니다."

"'노틸러스호'는 좌초한 게 아닙니다." 네모 선장은 차갑게 대꾸했다.

"나도 의심하는 건 아니지만……."

"두고 보세요." 네모 선장은 일어나면서 덧붙였다. "내일 오후 2시 40분, '노틸러스호'는 암초에서 떠올라 토러스 해협을 무사히 빠져나갈 테니까."

네모 선장은 조금 날카로운 어조로 말하고는 가볍게 고개를 숙였다.

나는 내 방으로 돌아와 침대에 누웠지만, 제대로 잠을 잘 수가 없었다. 원주민들이 귀가 먹먹해질 듯한 소리를 지르면서 상갑판 위를 쿵쿵 걸어 다니는 소리가 들렸다. 이런 식으로 밤이 지나갔다.

나는 아침 6시에 일어났다. 해치가 열리지 않아서 배 안의 공기는 탁했다. 나는 정오까지 내 방에서 일했지만, 네모 선장은 한 번도 모습을 나타내지 않았다. 승무원들이 떠날 준비를 하고 있는 낌새도 전혀 없었다.

나는 좀 더 기다리다가 객실로 들어갔다. 시계가 2시 반을 가리키고 있었다. 이제 10분만 있으면 바닷물이 최고 수위에 도달할 테고, 네모 선장이 무모한 약속을 한 게 아니라면 '노틸러스호'는 당장 암초에서 해방될 것이다.

곧이어 선체가 떠오를 준비를 하는 듯한 진동이 몇 차례 느껴졌다. 배의 철판이 밑에 있는 단단한 석회질 산호에 긁히는 소리가 들렸다.

2시 35분에 네모 선장이 객실에 나타났다.

"이제 곧 떠날 겁니다."

"아, 그렇군요!"

"해치를 열라고 명령했습니다."

"원주민들은 어쩌고요?"

"아로낙스 박사, '노틸러스호' 안으로 들어오기란 그렇게 쉽지 않습니다. 해치가 열려 있어도……."

나는 선장을 뚫어지게 바라보았다.

"이해를 못 하시나 보군요?"

"예, 전혀 이해가 안 됩니다."

"직접 가 보면 아실 겁니다."

나는 중앙 층층대로 갔다. 그곳에서는 네드와 콩세유가 어리둥절하면서도 흥미진진한 표정으로 해치를 열고 있는 승무원들을 지켜보고 있었다. 밖에서는 분노의 외침 소리와 소름끼치는 아우성이 들려오고 있었다.

해치가 밖으로 열렸다. 스무 개의 무시무시한 얼굴이 나타났다. 하지만 층층대 난간에 맨 먼저 손을 댄 원주민은 뭔가 보이지 않는 힘에 떠밀린 것처럼 뒤로 나가떨어졌다. 그러고는 끔찍한 비명과 함께 펄쩍펄쩍 뛰면서 달아났다. 다른 원주민이 열 명쯤 그를 흉내 냈다. 그러고는 모두 똑같은 꼴을 당했다.

콩세유는 너무 기뻐서 거의 황홀경에 빠져 있었다. 난폭한

본능에 사로잡힌 네드는 층층대로 달려갔지만, 난간을 움켜잡은 순간 그 역시 뒤로 나동그라졌다.

"맙소사!" 네드가 소리쳤다. "벼락에 맞았어!"

이 말이 모든 것을 설명해 주었다. 그것은 더 이상 난간이 아니라, 기관실에서 만들어진 전기를 상갑판까지 전달하는 금속 전도체였다. 누구든 거기에 몸이 닿으면 강력한 충격을 받았다. 그러니까 네모 선장은 적이 공격해 올 경우에 대비하여, 아무도 무사히 통과할 수 없는 전기 그물을 쳐 놓은 것이다.

겁에 질린 원주민들은 미친 듯이 앞다투어 달아났다. 우리는 웃으면서 가엾은 네드의 몸을 문지르고 위로해 주었다. 네드는 미치광이처럼 욕설을 퍼붓고 있었다.

바로 그때, 만조의 마지막 물결을 타고 떠오른 '노틸러스호'가 선장이 예언한 2시 40분 정각에 산호초를 떠났다. 스크루가 천천히 바닷물을 때리기 시작했다. 속도가 점점 빨라졌다. '노틸러스호'는 수면 위를 달려, 위험한 토러스 해협을 무사히 빠져나왔다.

12장

산호초 왕국

이튿날, '노틸러스호'는 계속 물속을 항해하고 있었다. 우리는 서쪽으로 달리고 있었다.

1월 13일, '노틸러스호'가 티모르해에 도착하자, 네모 선장은 동경 122도에 있는 같은 이름의 섬을 발견했다. 그러나 티모르섬은 정오에 부관이 우리 위치를 측정하는 동안 잠깐 볼 수 있었을 뿐이다.

원하는 곳이면 어디든 갈 수 있는 '노틸러스호'는 거기서 남서쪽으로 방향을 틀었다. 배는 인도양으로 향하고 있었다. 네모 선장의 변덕은 우리를 어디로 데려갈까? 아시아 해안으로 되돌아가려는 것일까? 유럽 해안으로 다가갈까?

1월 14일, 우리는 모든 육지에서 멀리 떨어진 망망대해로 나왔다. '노틸러스호'의 속도는 눈에 띄게 떨어졌다. 그리고 움직임도 변덕스러워서, 물속을 항해하다가 물 위로 떠오르기를 되풀이했다.

이 항해 구간에서 네모 선장은 다양한 수심의 수온을 재는 실험을 했다. 나는 흥미진진하게 이 실험을 지켜보았다.

며칠 동안은 수심에 따라 달라지는 염분 농도, 전하량, 색깔, 투명도에 관한 온갖 실험을 하면서 시간을 보냈다. 네모 선장은 어떤 실험에서나 독창성을 발휘했고, 나에 대한 태도는 비할 데 없이 친절했다. 그런데 며칠이 지나자 네모 선장은 또다시 며칠 동안 모습을 보이지 않았고, 나는 강제로 격리된 것처럼 그의 배에 남겨졌다.

1월 16일, '노틸러스호'는 해수면보다 몇 미터 아래에서 잠들어 버린 것 같았다. 전기장치는 더 이상 작동하지 않았고, 스크루도 움직이지 않아서 배는 해류에 이리저리 떠밀리고 있었다.

바로 그때 콩세유와 네드와 나는 기묘한 광경을 목격했다. 객실의 금속판은 열려 있었지만, '노틸러스호'의 탐조등이 켜지지 않아서 물속은 어두컴컴했다. 폭풍우를 머금은 하늘은 짙은 먹구름에 뒤덮여 해수면에만 희미한 빛을 던지고 있을 뿐이었다.

이런 상태에서는 엄청나게 큰 물고기도 희미한 그림자로밖에 보이지 않았다. 내가 이런 바다 상태를 살피고 있을 때

'노틸러스호'가 갑자기 눈 부신 빛에 둘러싸였다. 처음에 나는 탐조등이 다시 켜져서 눈 부신 빛을 물속에 비추고 있는 줄 알았다. 하지만 그렇지 않다는 것을 곧 알아차렸다.

'노틸러스호'는 인광층 속에 떠 있었다. 인광층은 어둠 속에서 점점 밝아지고 있었다. 빛을 내는 것은 수많은 발광 미생물이었다. 미생물은 금속 선체에 닿으면 더욱 밝은 빛을 냈다. 이 빛나는 물속에서 불꽃이 깜박거렸다. 그 빛은 마치 살아 있는 것처럼 느껴졌다.

실제로 그것은 원생동물의 일종인 적충류와 야광충의 거대한 덩어리였다. 해파리와 불가사리와 돌맛조개, 그 밖에 인광을 발하는 식충류의 독특한 빛이 거기에 가세했고, 그 빛 속에는 바다에서 분해된 유기물과 어류가 분비한 점액이 가득 섞여 있었다.

'노틸러스호'는 몇 시간 동안이나 이 빛나는 물속에 떠 있었다. 그 물속에서 커다란 해양 동물이 인어처럼 노니는 모습을 우리는 찬탄의 눈길로 바라보았다. 우리는 새로운 경이에 끊임없이 매혹되면서 그렇게 흘러가고 있었다. 며칠이 순식간에 지나갔다. 나는 더 이상 날짜를 헤아리지 않았다.

1월 18일, '노틸러스호'는 동경 105도·남위 15도 지점에 있었다. 날씨는 험악했고 파도도 거칠었다. 동풍이 강하게 불었다. 며칠 동안 계속 내려가고 있던 기압계가 폭풍우와 한바탕 전투를 벌일 때가 다가오고 있음을 알려 주었다.

상갑판으로 올라가 보니 네모 선장이 망원경을 눈에 대고 수평선에 초점을 맞추고 있었다. 선장은 몇 분 동안 꼼짝도 않고 시야에 포착된 지점을 열심히 바라보았다. 그런 다음 망원경을 내리고 부관과 몇 마디 말을 나누었다. 부관은 흥분에 사로잡혀 있는 듯했다.

네모 선장은 상갑판을 끝에서 끝까지 오락가락하기 시작했다. 그는 나를 쳐다보지도 않았고, 내가 거기에 있다는 것조차 알아차리지 못한 것 같았다. 걸음걸이는 확실했지만, 평소 때처럼 규칙적인 걸음은 아니었다. 이따금 멈춰 서서 가슴팍에 팔짱을 끼고 바다를 바라보곤 했다. 그 드넓은 공간 속에서 도대체 무엇을 찾고 있을까? 그 순간 '노틸러스호'는 가장 가까운 해안에서도 수백 킬로미터나 떨어진 곳에 있었다!

부관이 다시 망원경을 집어 들고 수평선을 살폈다. 그러면서 계속 상갑판을 오락가락하고 초조한 듯 발을 굴렀다. 신경질적으로 흥분해 있는 그의 태도는 침착하고 냉정한 선장과는 대조적이었다.

잠시 후 네모 선장의 명령으로 엔진이 추진력을 높여 스크루를 더욱 빨리 돌리기 시작했다. 그 순간 부관이 또다시 무언가를 발견하고 선장에게 신호를 보냈다. 네모 선장은 걸음을 멈추고 부관이 가리킨 쪽으로 망원경을 돌렸다. 그리고 한참 동안 그것을 조사했다. 나는 흥미를 느끼고, 객실에 내려가서 내가 평소에 사용하는 성능 좋은 망원경을 가져왔다.

하지만 내가 눈을 망원경 렌즈에 갖다 대기도 전에 누군가가 내 손에서 망원경을 낚아챘다. 돌아보니 네모 선장이 내 앞에 서 있었다. 하지만 그의 얼굴은 마치 딴사람처럼 완전히 달라져 있었다. 찌푸린 눈썹 밑에서 두 눈이 어두운 불꽃을 내며 이글이글 타올랐다. 뻣뻣한 몸, 움켜쥔 주먹, 곧추세운 어깨, 그 어깨에 파묻힌 머리는 격렬한 증오가 그의 온몸을 가득 채우고 있다는 증거였다. 그는 꼼짝도 하지 않았다. 내 망원경이 그의 손에서 떨어져 발치에 굴렀다.

'왜 이러지? 내가 본의 아니게 선장을 화나게 했나?'

선장은 부관에게 그 이해할 수 없는 언어로 몇 마디 한 다음, 나를 돌아보았다.

"아로낙스 박사." 선장은 약간 고압적인 어조로 말했다. "나한테 약속한 게 있지요? 그 약속을 지켜 주셨으면 합니다."

"뭔데요?"

"박사의 일행을 가두어야겠어요. 자유를 돌려주어도 좋다고 생각될 때까지."

"그거야 당신의 권리잖소. 이 배의 주인은 당신이니까." 나는 그를 바라보면서 말했다. "그런데 한 가지만 여쭤 봐도 될까요?"

"안 됩니다."

나는 더 이상 묻지 않고 순순히 따를 수밖에 없었다. 하기야 저항할 수 있는 처지도 아니었다.

나는 네드와 콩세유가 쓰고 있는 선실로 내려가, 선장의 결정을 말해 주었다. 어쨌든 더 이상 설명할 시간이 없었다. 네 명의 승무원이 문간에서 기다리고 있었다. 그들은 우리가 '노틸러스호'에서 첫날 밤을 보낸 그 감방으로 우리를 데려갔다. 네드는 항의했지만, 아무 대답도 듣지 못한 채 코앞에서 문이 닫혔다.

나는 깊은 생각에 잠겼다. 네모 선장의 얼굴에 떠올랐던 그 야릇한 불안이 내 마음에 달라붙어 떠나지 않았다. 내가 좀처럼 논리적인 추론을 끌어내지 못하고 터무니없는 추측에 사로잡혀 있을 때, 네드의 목소리가 내 생각을 방해했다.

"아니, 벌써 점심이 준비되어 있잖아."

정말로 식탁이 차려져 있었다. 그렇다면 네모 선장은 '노틸러스호'의 속력을 올리는 동시에 우리를 이 방에 가두기로 작정한 게 분명했다.

점심 식사가 끝나자 우리는 각자 구석에 자리를 잡고 드러누웠다. 감방을 비추고 있던 전등이 갑자기 꺼졌다. 우리는 캄캄한 어둠 속에 갇혀 버렸다. 네드는 곧 잠이 들었다. 콩세유도 깊은 잠에 빠져들어 나를 놀라게 했다. 갑자기 쏟아지는 잠을 피하지 못하고 굴복해 버린 느낌이었다.

불길한 환각이 나를 사로잡았다. 우리가 먹은 음식에 수면

제가 섞여 있었던 것은 의심할 여지가 없었다. 감방에 가두는 것만으로는 네모 선장의 활동을 우리에게 감출 수 없었다. 그래서 선장은 우리를 잠재울 필요가 있었던 것이다!

해치를 닫는 소리가 들렸다. 배를 좌우로 흔들고 있던 파도가 멈추었다. '노틸러스호'가 해수면을 떠났을까? 움직임이 없는 심해로 다시 내려갔을까?

나는 잠을 쫓으려고 애썼지만 소용이 없었다. 호흡이 점점 약해졌다. 악몽으로 가득한 잠이 나를 완전히 사로잡았다. 이윽고 환각이 사라졌다. 나는 기진맥진한 채 무의식 속으로 빠져들었다.

이튿날 일어났을 때는 머리가 놀랄 만큼 맑아져 있었다. 놀랍게도 나는 내 방에 있었다. 문을 열고 복도를 지나 중앙 층층대로 걸어갔다. 어제 닫힌 해치가 이제는 열려 있었다. 나는 상갑판으로 올라갔다.

네드와 콩세유가 나를 기다리고 있었다. 나는 몇 가지 질문을 했다. 네드와 콩세유는 아무것도 알지 못했다. 깊이 잠들어 아무것도 기억나지 않고, 아침에 눈을 떠 보니 선실에 돌아와 있어서 깜짝 놀랐다고 한다.

'노틸러스호'는 여느 때처럼 평온하고 신비로워 보였다. 배는 파도 위에서 적당한 속도로 움직이고 있었다. 달라진 게 아무것도 없는 것 같았다.

2시쯤 내가 객실에서 노트를 정리하며 바쁘게 일하고 있을 때 선장이 문을 열고 들어왔다. 나는 그에게 인사를 보냈다. 선장은 거의 알아볼 수 없을 만큼 고개를 한 번 숙였을 뿐, 말은 한마디도 하지 않았다. 선장의 얼굴은 피곤해 보였다. 눈은 한숨도 자지 못한 듯 붉게 충혈되어 있었다. 얼굴에는 깊은 슬픔이 드러나 있었다. 정말로 상심한 표정이었다. 선장은 방안을 오락가락하다가 의자에 앉았지만, 다시 벌떡 일어났다. 그러고는 나에게 다가와서 물었다.

"아로낙스 박사, 혹시 의학 지식을 갖고 계십니까?"

"그럼요. 나는 의사이기도 합니다. 병원에서 수련의를 한 적도 있고, 박물관에 들어가기 전에는 몇 년 동안 개업하기도 했었지요."

"잘됐군요."

내 대답에 네모 선장은 만족한 표정이었다. 그러나 나는 선장이 무엇 때문에 그런 질문을 했는지 몰라서 다음 질문을 기다렸다.

"아로낙스 박사, 내 부하를 치료해 주실 수 있겠습니까?"

"물론이지요."

솔직히 말해서 나는 가슴이 두근거렸다. 무엇 때문인지는 모르지만, 나는 승무원의 질병과 어제 일어난 사건이 서로 관련되어 있다는 것을 알 수 있었다.

네모 선장은 나를 '노틸러스호'의 고물 쪽으로 데려가서, 승무원실 옆에 있는 작은 방으로 들어갔다. 침대에 마흔 살

남짓한 사내가 누워 있었다. 나는 환자 위로 몸을 숙였다. 그는 단순한 환자가 아니라 부상자였다. 머리에 피로 얼룩진 붕대가 감겨 있고, 머리 밑에 베개 두 개를 받치고 있었다. 나는 붕대를 풀었다. 부상자는 커다란 눈으로 나를 바라보면서, 신음소리 한 번 내지 않고 내가 하는 대로 내버려 두었다.

상처는 끔찍했다. 둔기에 맞아 박살난 두개골 틈새로 뇌수가 드러나 있고, 뇌조직 자체도 깊은 손상을 입어, 감각과 운동 신경이 마비된 상태였다.

나는 부상자의 맥을 짚어 보았다. 맥박이 불규칙했다. 손발은 벌써 차가워지고 있었다. 나는 죽음이 다가오고 있음을 알 수 있었다. 죽음의 속도를 늦추는 것도 불가능해 보였다. 나는 가엾은 사내의 상처를 확인한 뒤, 머리에 다시 붕대를 감아 주고 네모 선장 쪽으로 돌아섰다.

"어쩌다 이런 상처를 입었습니까?"

"'노틸러스호'가 충격을 받았을 때 엔진의 레버 하나가 부러지면서 이 사람을 때렸어요. 환자 상태는 어떻습니까?"

나는 망설였다.

"마음대로 말하셔도 됩니다. 이 사람은 프랑스어를 모르니까요."

나는 다시 한번 부상자를 바라보고 나서 선장에게 말했다.

"두 시간을 넘기기 어렵습니다."

"살릴 방법은 전혀 없습니까?"

"없습니다."

네모 선장은 양손을 꽉 움켜쥐었다. 눈에서 눈물이 몇 방울 떨어졌다. 선장이 흐느낄 수 있다는 게 도무지 믿어지지 않았다.

나는 죽어가는 사내를 한참 바라보았다. 생명이 그에게서 썰물처럼 빠져나가고 있었다. 죽음의 침상 위에 쏟아지는 불빛 속에서 사내는 점점 핏기를 잃고 창백해졌다.

나는 그 방에 선장을 남겨두고, 그 광경에 가슴이 뭉클해진 채 내 방으로 돌아왔다. 그러고는 온종일 불길한 예감에 시달렸다. 밤에도 잠을 제대로 이루지 못했다.

이튿날 아침 나는 갑판으로 올라갔다. 네모 선장이 벌써 갑판에 나와 있다가, 나를 보자마자 다가와서 물었다.

"오늘 바다로 소풍을 나가지 않겠습니까?"

"콩세유와 네드를 데려가도 됩니까?"

"두 사람이 원한다면."

어제의 중환자에 대해서는 한마디도 없었다. 나는 네드와 콩세유를 만나 선장의 초대를 전했다. 콩세유는 두말없이 받아들였고, 이번에는 네드도 함께 가겠다고 나섰다.

그때가 아침 8시였다. 8시 반에 우리는 램프와 공기통을 둘러메고 두 번째 소풍을 떠날 채비를 갖추었다. 이중문이 열리고, 우리는 승무원을 열 명쯤 거느린 네모 선장과 함께

'노틸러스호'가 내려앉아 있는 수심 10미터의 단단한 바닥에 발을 내디뎠다.

완만한 비탈을 지나 수심 30미터까지 내려가자 울퉁불퉁한 바닥이 나왔다. 그 바닥은 내가 태평양에서 첫 번째 산책을 나갔을 때 찾아간 곳과는 전혀 달랐다. 그곳은 산호 왕국이었다.

램프가 켜졌다. 우리는 아직도 형성되고 있는 산호초를 따라갔다. 길 양쪽에는 작은 관목들이 뒤섞여 이루어진 미로 같은 덤불이 펼쳐져 있었다. 관목은 하얀 꽃잎을 가진 작은 별 모양의 꽃으로 뒤덮여 있었다.

하지만 덤불처럼 키 작은 산호는 점점 작아지고, 나뭇가지 모양의 산호는 점점 커졌다. 돌처럼 딱딱해진 나무와 환상적인 건축물의 긴 통로가 우리 앞에 펼쳐졌다. 네모 선장은 그 어두운 통로로 들어갔다. 통로는 완만하게 기울어져 우리를 수심 100미터 깊이로 데려갔다.

두 시간 동안 걸은 뒤 우리는 마침내 300미터 깊이에 이르렀다. 수심 300미터는 산호가 형성될 수 있는 한계점이다. 그 대신 이곳에는 거대한 광물성 식물과 석화한 나무들이 울창한 숲을 이루고 있었다. 발밑에서는 관산호·뇌산호·별산호·버섯산호·패랭이산호 따위가 눈부신 보석이 흩뿌려진 카펫을 이루고 있었다.

아아, 그 광경을 어찌 말로 다 표현할 수 있으랴!

네모 선장이 멈춰 섰다. 콩세유와 네드와 나도 걸음을 멈추었다. 뒤돌아보니 선장 주위에 부하들이 반원을 이루고 있었다. 좀 더 자세히 보니 그들 가운데 네 사람은 길쭉한 물체를 어깨에 메고 있었다.

우리가 서 있는 곳은 해저의 숲, 키 큰 나무에 둘러싸인 넓은 빈터 한복판이었다. 램프가 그 공간 위로 어스름한 불빛을 던졌다. 빈터 가장자리에서는 어둠이 더욱 짙어져, 산호의 날카로운 끝이 내쏘는 작은 불꽃만 반짝거렸다.

바닥을 살펴보니, 백악질 침전물로 덮인 바닥이 군데군데 도도록하게 솟아 있었다. 그 둔덕들은 규칙적으로 배열되어 있어서, 인간의 손으로 만들어졌다는 것을 분명히 보여 주고 있었다. 빈터 한복판에는 돌멩이를 쌓아 만든 받침대가 있고, 그 위에 마치 돌처럼 굳은 피로 만든 양 새빨간 산호 십자가가 긴 팔을 양쪽으로 벌리고 서 있었다.

네모 선장이 신호를 하자 한 남자가 앞으로 나오더니 허리띠에 묶인 곡괭이를 풀었다. 그러고는 십자가에서 몇 걸음 떨어진 곳에 구덩이를 파기 시작했다.

이제 모든 것이 분명해졌다! 이곳 빈터는 공동묘지였다. 구덩이는 무덤이었고, 길쭉한 물체는 간밤에 죽은 사내의 주검이었다. 네모 선장과 부하들은 아무도 접근할 수 없는 바다 밑바닥의 안식처에 동료를 묻으러 온 것이다.

이따금 곡괭이가 바다 밑바닥에 떨어져 있는 부싯돌에 닿

167

으면 불꽃이 튀었다. 구덩이는 점점 길어지고 넓어졌다. 곧 이어 주검을 넣을 수 있을 만큼 깊은 구덩이가 만들어졌다.

주검을 멘 사람들이 다가왔다. 주검은 하얀 헝겊에 싸인 채 수중 무덤 속으로 내려갔다. 가슴팍에 팔짱을 낀 네모 선장과 승무원들은 고인을 위해 기도하는 자세로 무릎을 꿇었다. 콩세유와 네드와 나도 경건하게 고개를 숙였다.

이어서 무덤은 바닥에서 떼어낸 백악질 파편으로 덮여 작은 봉분을 이루었다. 이렇게 매장이 끝나자 네모 선장과 부하들은 일어섰다. 그러고는 무덤으로 다가가서 다시 무릎을 꿇고 손을 뻗어 마지막 작별인사를 했다.

1시에 우리는 배로 돌아왔다. 나는 옷을 갈아입자마자 상갑판으로 올라갔다. 그러고는 머리에 달라붙어 떠나지 않는 끔찍한 생각에 사로잡혀 탐조등 옆에 주저앉았다.

네모 선장이 다가왔다.

"그곳은 우리의 묘지입니다. 수면보다 수백 미터 밑에 있는 평화로운 묘지지요."

"적어도 고인들은 평화롭게 잠들어 있습니다. 상어의 손아귀에서 벗어나……."

"그렇습니다. 상어뿐만 아니라 인간의 손아귀에서도 벗어나……."

13장

인도양

인도양은 면적이 5억 5천만 헥타르에 이르는 드넓은 바다 평원이었다. 우리는 평원을 쟁기질하듯 파도를 가르며 나아갔다. 물이 너무 투명해서, 수면 위에서 바다 밑을 내려다보면 현기증이 났다. '노틸러스호'는 대체로 수심 100미터 내지 200미터 사이를 항해하고 있었다. 이런 항해가 며칠이나 계속되었다.

1월 21일부터 23일까지 '노틸러스호'는 평균 22노트의 속도로 하루에 250해리를 달렸다. 우리 옆을 지나는 다양한 물고기를 확인할 수 있었던 것은 불빛에 이끌려 다가온 온갖 물고기들이 우리와 함께 여행하려고 애썼기 때문이다. 대부분은 배의 속력을 따라오지 못하고 금세 뒤처졌지만, 한동안

'노틸러스호'와 같은 속도로 헤엄친 물고기들도 있었다.

1월 24일 아침, 동경 94도 33분·남위 12도 5분에서 킬링섬을 보았다. '노틸러스호'는 이 무인도에 바싹 붙어서 그 해안을 따라 나아갔다.

킬링섬은 곧 수평선 너머로 사라졌고, 배는 북서쪽으로 방향을 돌려 인도 아대륙 끝을 향해 나아갔다.

그날 랜드 네드가 나에게 말했다.

"문명의 땅! 사슴보다 야만인이 더 많은 뉴기니섬보다는 백 번 낫지요. 인도에는 도로와 철도도 있고, 영국인과 프랑스인의 도시들도 있습니다. 어디에 가든 사방 10킬로미터 이내에서 동포를 만날 수 있습니다. 박사님! 지금이야말로 네모 선장에게 작별을 고할 때가 아닐까요?"

"아닐세, 네드. 지금은 아니야." 나는 단호하게 대답했다. "'노틸러스호'는 사람이 사는 대륙으로 다가가고 있네. 유럽 쪽으로 가고 있으니까, 거기까지 이 배를 타고 가세. 일단 우리 바다로 돌아가면 어떻게 해야 할지 알 수 있겠지."

솔직히 말하면 마음속으로는 나를 '노틸러스호'에 내던진 운명을 확인해 보고 싶었다.

1월 25일, 바다는 텅 비어 있었다. '노틸러스호'는 해수면 위에서 강력한 스크루로 물을 때려 높이까지 물보라를 뿜어 올리면서 하루를 보냈다. 이런 '노틸러스호'를 어떻게 거대한 고래로 착각하지 않을 수 있었겠는가? 나는 하루의 4분의 3을 상갑판에서 보냈다. 바다를 열심히 살폈지만 아무 것도 보이지 않았다. 그런데 오후 4시쯤 서쪽에 기선 한 척이 나타났다.

열대지방에서 낮과 밤을 연결하는 어스름이 순식간에 내리 덮이기 직전인 5시에 콩세유와 나는 기묘한 광경을 보고 놀라고 있었다. 해수면 위에서 헤엄치고 있는 것은 집낙지 무리였다. 적어도 수백 마리는 되어 보였다. 그것은 돌기가 있는 집낙지로, 인도 근해에만 서식하는 종류였다.

그 우아한 연체동물은 빨대로 빨아들인 물을 내뿜어 뒤쪽으로 움직이고 있었다. 여덟 개의 촉수 가운데 가늘고 기다란 여섯 개는 물 위에 떠 있고, 손바닥 모양으로 오므린 나머지 두 개는 가벼운 돛처럼 올라가 바람을 받고 있었다.

이튿날인 1월 26일, 우리는 동경 82도 선상에서 적도를 질러 북반구로 돌아갔다. 그날은 온종일 무서운 상어 떼가 우리 주위에 나타나 퍼레이드를 벌였다. 이 해역에는 그 사나운 짐승이 우글거리기 때문에 위험하기 짝이 없다. 이 힘센 짐승들은 걱정스러울 만큼 난폭하게 객실 유리창을 들이박곤 했다. 네드는 더 이상 참지 못하고, 수면으로 올라가 그 괴물들을 작살로 잡고 싶어 했다.

1월 27일, 우리는 거대한 벵골만 어귀에서 수면에 떠다니는 시체와 여러 번 부딪혔다. 끔찍한 광경이었다! 인도의 도시들에서 죽은 사람이 갠지스 강물을 타고 바다로 떠내려온 것이다. 인도의 유일한 시체 처리꾼인 독수리들이 그 많은 시체를 다 먹어 치울 수는 없었다. 하지만 바다에는 독수리의 장의사 일을 도와줄 상어가 얼마든지 있었다.

저녁 7시에 '노틸러스호'는 물에 반쯤 잠긴 채 우윳빛 바다를 항해하고 있었다. 눈에 들어오는 바다는 온통 우유로 변한 것 같았다. 달빛 때문일까? 아니, 그럴 리가 없었다.

콩세유는 제 눈을 믿지 못하고, 이 놀라운 현상이 일어난 이유를 나에게 물었다.

"이른바 우유 바다라고 부르는 거야."

"하지만 그게 무엇 때문인지 좀 가르쳐 주시겠습니까? 바닷물이 정말로 우유로 변했다고는 생각되지 않으니까요!"

"그래. 이 하얀색은 수많은 적충류 때문인데, 몸이 젤라틴처럼 반투명하고 희미한 빛을 내는 작은 원생동물이지. 머리카락만큼 가늘고, 몸길이는 기껏해야 0.2밀리미터밖에 안 돼. 이렇게 작은 동물들이 한데 모여서 몇 킬로미터나 이어지는 경우도 있지."

"몇 킬로미터나!"

"그래. 적충류의 수를 헤아리려고 애쓰지는 마. 어림도 없는 짓이니까. 항해자들은 60킬로미터가 넘는 우유 바다를 지난 적도 있어."

자정 무렵, 바다가 갑자기 정상적인 빛깔을 되찾았다. 하지만 우리 뒤에 있는 하늘은 오랫동안 하얀 바다를 반사하여, 북극의 오로라처럼 희미한 빛으로 가득 차 있었다.

1월 28일 정오에 '노틸러스호'가 북위 9도 4분에서 수면으로 올라가 보니, 서쪽으로 15킬로미터쯤 떨어진 곳에 육지가 보였다. 객실로 내려가 해도를 확인해 보니, 인도 아대륙의 귓불에 대롱대롱 매달린 진주라고 불리는 실론섬이었다.

그때 네모 선장과 부관이 나타났다. 선장은 해도를 힐끗 보고는 나를 돌아보았다.

"실론섬은 예로부터 진주 채취로 유명한 곳이지요. 어떻습니까? 진주 채취장에 한번 가 보고 싶으십니까?"

"물론이죠."

선장이 부관에게 몇 마디 지시하자, 부관은 당장 객실에서 나갔다. '노틸러스호'는 곧 물속으로 내려갔고, 압력계는 배가 10미터 깊이에 있다는 것을 알려 주었다.

"아로낙스 박사, 진주는 인도양의 벵골만, 중국과 일본 근해, 남아메리카 근해, 파나마만에서도 채취하지만, 가장 많이 채취되는 곳은 실론섬이지요. 지금은 철이 아직 이릅니다. 어부들은 3월이 되어야 만나르만에 모이니까요. 300척의 배가 30일 동안 바다의 보물을 착취해서 떼돈을 벌지요. 배 한 척에 노잡이가 열 명, 잠수부가 열 명씩 딸려 있습니다. 잠수부는 두 패로 나뉘어 교대로 작업하는데, 밧줄로 배와 연결된 무거운 돌을 사타구니에 끼우고 12미터 깊이까지 내려가지요."

"아직도 그런 원시적인 방법이 쓰이고 있단 말입니까?"

"그렇습니다. 채취장은 영국인 소유로 되어 있지만, 채취 방법은 전혀 달라지지 않았지요."

"그래도 그런 작업을 할 때는 잠수복이 아주 유용할 것 같은데."

"그렇습니다. 잠수부들은 오랫동안 물속에 있지 못하니까요. 그들이 견딜 수 있는 평균 잠수 시간은 1분 정도일 겁니다. 그 시간 안에 진주조개를 캐서 작은 망태기에 넣지요. 대체로 잠수부들은 오래 살지 못합니다. 시력이 떨어지고, 눈에 궤양이 생기고, 온몸에 상처가 나고, 바다 밑바닥에서 뇌졸중을 일으키는 경우도 많습니다."

"몇몇 사람의 욕망을 채워 주기 위해 그런 일을 하다니, 정말 비참한 직업이군요."

"박사 일행은 현장에 가 보게 될 텐데, 철은 좀 이르지만 혹시라도 일찌감치 일을 시작한 잠수부가 있으면 작업 광경을 볼 수 있을 겁니다. 그런데 아로낙스 박사, 상어를 두려워하지는 않겠지요?"

"상어라고요?" 나는 소리쳤다. "솔직히 말하면 아직 그런 종류의 물고기에는 익숙지 않아서 말입니다."

"우리는 익숙합니다. 당신도 이제 곧 익숙해질 겁니다. 어쨌든 무기를 가져갈 테니까, 채취장으로 가는 동안 상어 몇 마리는 잡을 수 있을 겁니다. 상어 사냥은 아주 재미있지요.

그럼 내일 아침 일찍 만납시다."

네모 선장은 태연한 어조로 말하고는 객실에서 나갔다.

나는 식은땀 몇 방울이 송송 맺혀 있는 이마를 손등으로 훔쳤다.

'이건 깊이 생각해 볼 문제야.' 나는 혼잣말로 중얼거렸다. '크레스포섬에서처럼 해저 숲에서 해달을 사냥하는 건 좋아. 하지만 상어와 맞닥뜨릴 게 거의 확실한데, 바다 밑바닥을 뛰어다니는 건 재고해 볼 문제야!'

그렇게 나는 상어를 상상하고, 이빨로 무장하여 단번에 사람을 토막 낼 수 있는 거대한 턱을 상상했다. 그런 생각을 하자 벌써 허리 언저리에 통증이 느껴졌다. 네모 선장이 그렇게 지독한 초대를 어쩌면 그렇게 아무렇지도 않은 듯 태연히 할 수 있었는지도 이해할 수가 없었다.

'콩세유는 절대로 가고 싶어 하지 않을 테니까, 나도 그걸 핑계 삼아 사양하는 게 좋겠어.'

그때 콩세유와 네드가 객실로 들어왔다. 그들은 태평스럽고, 거의 행복해 보이기까지 했다. 어떤 일이 그들을 기다리고 있는지 몰랐기 때문이다.

"박사님, 글쎄 말입니다." 네드가 말을 걸었다. "그 빌어먹을 네모 선장이 방금 아주 멋진 제안을 했지 뭡니까?"

그러자 이번에는 콩세유가 말했다.

"놀랍게도 선장이 내일 주인님과 함께 실론섬의 멋진 진주 채취장에 가 보자고 우리를 초대했지 뭡니까. 신사답게 점잖은 태도로 아주 정중하게 초대했지요."

"다른 얘기는 하지 않던가?"

"아뇨." 네드가 대답했다. "박사님한테는 이 소풍 이야기를 벌써 했다는 말밖에는 하지 않던데요."

"아마 위험할 거야!" 나는 호소하는 투로 덧붙였다.

"위험하다고요?" 네드가 되물었다. "진주조개 채취장에 잠깐 소풍가는 것뿐인데, 뭐가 위험하죠?"

나는 그들이 벌써 팔다리를 잃어버리기라도 한 것처럼 멍한 눈으로 그들을 바라보고 있었다.

"진주 채취가 정말 위험한가요?" 콩세유가 물었다.

"도대체 어떤 위험이 있다는 거죠?" 네드가 물었다.

"자네 말이 맞아." 나는 네모 선장처럼 태평스러운 어조로 말하려고 애쓰면서 말을 이었다. "그런데 자네는 상어가 무섭지 않나?"

"제가요? 저는 이래봬도 고래 전문 작살꾼입니다. 상어 따위는 우습지요."

"콩세유, 너는 상어를 어떻게 생각해?"

"저요? 주인님이 상어와 맞서실 수 있다면, 그런 분의 하인인 제가 상어와 맞서지 못할 이유가 어디 있겠습니까?"

14장

천만 프랑짜리 진주

밤이 되었다. 나는 침대에 누웠지만 꿈자리가 사나웠다.

새벽 4시에 급사가 나를 깨웠다. 네모 선장이 특별히 내 시중을 들도록 붙여 준 사내였다.

얼른 일어나서 옷을 입고 객실로 갔더니, 네모 선장이 기다리고 있었다.

"준비됐습니까, 아로낙스 박사?"

"그렇습니다."

"그럼 따라오세요."

"네드와 콩세유는?"

"벌써 알렸으니까, 지금쯤은 밖에서 기다리고 있을 겁니다."

"잠수복을 입어야 하지 않나요?"

"아직은 괜찮습니다."

네모 선장은 상갑판으로 이어지는 중앙 층층대로 앞장서서 걸어갔다. 네드와 콩세유는 벌써 와 있었다. '소풍'에 대한 기대로 잔뜩 들뜬 표정이었다. '노틸러스호'의 승무원 다섯 명이 노를 잡고 뱃전에 묶어 둔 보트 안에서 기다리고 있었다.

아직 캄캄한 밤이었다. 구름 조각들이 하늘을 뒤덮어, 별도 드문드문 보일 뿐이었다.

네모 선장, 콩세유, 네드와 나는 작은 보트의 고물에 자리를 잡았다. 조타수가 키를 잡았고, 선원 넷이 노 위로 허리를 구부렸다. 보트를 묶고 있던 밧줄이 풀리고, 우리는 '노틸러스호'의 뱃전을 떠났다.

보트는 남쪽으로 뱃머리를 돌렸다. 선원들은 서두르지 않았다. 바다에서 밀려오는 물결이 배를 가볍게 흔들고, 파도의 물마루가 뱃머리를 핥았다. 5시 반에 처음으로 수평선에 밝은 색깔이 나타나면서 해안선의 윤곽이 좀 더 뚜렷하게 보였다. 우리와 해안선 사이에 펼쳐져 있는 바다는 텅 비어 있었다. 잠수부도 배도 보이지 않았다. 진주 채취장은 깊은 적막에 싸여 있었다. 네모 선장이 말했듯이 우리는 한 달 일찍 이 해역에 도착한 것이다.

6시에 날이 밝았다. 밤과 낮이 별안간 바뀌는 것은 열대지방 특유의 현상이다.

보트는 남쪽에 둥그스름하게 솟아 있는 만나르섬으로 다가갔다. 네모 선장의 신호에 따라 닻을 내렸지만, 쇠사슬은 거의 풀리지 않았다.

"다 왔습니다, 아로낙스 박사." 네모 선장이 말했다. "보시다시피 이 만은 육지에 에워싸여 있습니다. 한 달만 지나면 수많은 배가 모여들 테고, 잠수부들은 이 물속에서 진주조개를 찾겠지요."

우리는 곧 목까지 고무옷에 감싸였고, 산소통이 어깨끈에 고정되었다. 램프는 보이지 않았다. 나는 머리에 구리 헬멧을 쓰기 전에 이 점을 네모 선장에게 물어보았다.

"램프는 필요 없을 겁니다. 그렇게 깊이 내려가진 않을 테니까요. 게다가 이 해역에서 전등을 갖고 다니는 건 좋지 않습니다. 불빛이 뜻하지 않게 위험한 바다 생물을 유인할 수도 있으니까요."

"무기는요? 총은 어떻게 됐습니까?"

"총은 뭐하게요? 산악지방에 사는 사람들은 단검으로 곰을 공격하지 않습니까? 그리고 납보다는 강철이 확실하지 않나요? 여기 믿을 만한 칼이 있으니까, 이걸 허리춤에 차세요. 자, 그럼 출발합시다."

나는 네드와 콩세유를 바라보았다. 그들도 나처럼 허리에 칼을 찼고, 게다가 네드는 '노틸러스호'를 떠나면서 보트에 싣고 온 작살까지 꼬나들고 있었다.

잠시 후 선원들은 우리를 한 사람씩 물속으로 내려보냈다. 우리는 수심이 1.5미터쯤 되는 고운 모래밭에 내려섰다. 태양은 이미 충분한 빛을 물속에 보내고 있었다. 아무리 작은 물체도 분간할 수 있을 정도였다. 10분쯤 걷자 수심 5미터 깊이에 이르렀다. 바닥이 다소 평탄해졌다.

태양이 높이 떠오를수록 햇빛도 차츰 강렬해졌다. 바닥이 조금씩 달라졌다. 모래밭이 자갈밭으로 바뀌었다. 연체동물과 식충류가 양탄자처럼 바닥을 뒤덮고 있었다.

7시쯤 마침내 진주조개가 서식하는 채취장에 도착했다. 이 귀중한 연체동물은 갈색 족사로 바위에 단단히 달라붙어 있었다.

네모 선장이 수북이 쌓인 진주조개를 가리켰다. 본능에 충실한 네드는 허리에 찬 망태기를 진주조개로 가득 채우려고 서둘렀다. 하지만 오래 꾸물거릴 수는 없었다. 네모 선장을 놓치지 말고 뒤따라가야 했기 때문이다. 바닥은 상당히 가파른 오르막이었고, 이따금 팔을 들어 올리면 팔이 수면 위로 올라갔다. 하지만 바닥은 다시 변덕스럽게 낮아지곤 했다.

이제 우리 앞에 아름다운 바위 더미에 뚫린 거대한 동굴이 나타났다. 네모 선장은 그 동굴 속으로 들어갔다. 우리도 뒤따라 들어갔다. 내 눈은 곧 어둠에 익숙해졌다. 상당히 가파른 비탈을 내려가자 둥근 수직 동굴 바닥에 이르렀다. 네모

선장은 여기서 걸음을 멈추고 무언가를 가리켰다. 그것은 어마어마하게 큰 트리다크나라는 진주조개였다. 너비는 2미터가 넘고, 따라서 '노틸러스호' 객실에 있는 것보다 훨씬 컸다.

나는 그 놀라운 연체동물로 다가갔다. 그것은 넓적한 화강암에 족사로 달라붙어, 동굴의 잔잔한 물속에서 혼자 힘으로 자라났다. 네모 선장은 분명 이 조개의 존재를 진작부터 알고 있었다. 그가 이곳에 온 것은 이번이 처음이 아니었다.

이 연체동물의 껍데기는 반쯤 열려 있었다. 선장은 가까이 다가가서 조가비가 다시 닫히지 않도록 그 사이에 단검을 밀어 넣었다. 그러고는 손으로 그 동물의 외피를 이루고 있는 얇은 막을 들어 올렸다.

가장자리에 술 장식이 달린 막을 들어 올리자, 잎 모양의 주름 사이에 작은 코코넛만 한 크기의 진주가 보였다. 나는 호기심에 이끌려 나도 모르게 손을 뻗었다. 하지만 선장이 나를 막고 고개를 저은 다음, 재빨리 단검을 빼냈다. 단검이 빠지자 조가비가 갑자기 탁 닫혔다.

그제야 나는 네모 선장의 의도를 알아차렸다. 그는 진주를 트리다크나의 보호막 속에 묻어 두고 조금씩 자라게 하고 있었다. 해마다 연체동물의 분비물이 진주를 감싸, 나이테가 한 겹씩 늘어났다. 이 귀중한 자연의 열매가 '익어 가고' 있는 동굴의 존재를 아는 사람은 네모 선장뿐이었다. 선장은 언젠가 자신의 박물관에 진열하기 위해 그 진주를 남몰래 키우고 있었던 것이다.

거대한 트리다크나 방문은 이렇게 끝났다.

우리는 어슬렁거리며 산책하는 사람들처럼 따로 떨어져서 걸어갔다. 모두 마음 내키는 대로 멈춰 서거나 여기저기 돌아다녔다. 나는 더 이상 상어를 걱정하지 않았다. 사실 상어의 위험은 내 상상 속에서 터무니없이 과장되어 있었다.

10분 뒤에 네모 선장이 갑자기 멈춰 섰다. 선장은 우리더러 자기 옆에 웅크려 앉으라는 몸짓을 했다. 그곳은 커다란 웅덩이 바닥이었다. 우리가 다가가자 선장이 한 곳을 가리켰다.

5미터가량 떨어진 바닥에 그림자 하나가 나타났다. 하지만 그것은 상어가 아니었고, 바다 괴물도 아니었다. 그것은 인간―살아 있는 인간, 인도인이었다. 본격적인 수확철이 오기 전에 이삭을 주우러 온 잠수부가 분명했다. 나는 그의 머리 위에 그가 타고 온 쪽배가 닻을 내리고 있는 것을 보았다. 그는 쉬지 않고 바닥과 수면을 왕복하고 있었다. 몸이 좀더 빨리 가라앉도록 납작한 돌멩이를 발 사이에 끼우고, 안전을 위해 쪽배와 연결된 밧줄로 몸을 묶고 있었다. 잠수 장비라고는 그것뿐이었다. 잠수부는 5미터 깊이의 바닥에 이르면 무릎을 꿇고 진주조개를 닥치는 대로 망태기에 주워 담았다. 그러고는 수면으로 올라가 쪽배에 조개를 쏟아 놓고, 돌멩이를 발 사이에 끼우고 다시 잠수해서 작업을 시작했다. 한 번 작업에 걸리는 시간은 30초밖에 안 되었다.

잠수부는 우리를 보지 못했다. 우리는 바위 그늘에 숨어 있었다. 내가 이 흥미진진한 작업을 구경하는 데 차츰 익숙해질 무렵, 바닥에 무릎을 꿇고 있던 인도인이 갑자기 공포에 질린 기색을 보이며 벌떡 일어나더니 수면을 향해 솟구쳐 올랐다.

나는 그가 겁에 질린 이유를 알아차렸다. 거대한 그림자 하나가 그 불운한 잠수부 위에 나타난 것이다. 그것은 거대한 상어였다. 상어 한 마리가 이글거리는 눈으로 잠수부를 노려보며 아가리를 딱 벌린 채 비스듬히 헤엄쳐 오고 있었다!

나는 공포에 질려 그 자리에 얼어붙었다. 손가락 하나도 까딱할 수 없었다.

탐욕스러운 상어는 지느러미를 힘차게 움직여 잠수부를 향해 쏜살같이 다가왔다. 잠수부는 몸을 옆으로 던져 상어의 벌린 입은 간신히 피했지만, 상어의 꼬리는 피하지 못했다. 상어가 휘두른 꼬리에 가슴을 맞고 바닥에 나가떨어졌기 때문이다.

순식간에 벌어진 일이었다. 다시 공격해 온 상어가 몸을 뒤집어 잠수부를 토막 내려는 찰나, 네모 선장이 벌떡 일어났다. 선장은 손에 단검을 쥐고 육박전을 벌일 태세로 그 괴물을 향해 곧장 달려갔다.

상어는 잠수부를 막 삼키려다가 새롭게 나타난 적수를 알아차리고는 몸을 다시 뒤집어 네모 선장을 향해 다가왔다. 선장은 몸을 동그랗게 웅크리고 놀랄 만큼 침착하게 상어의 공격을 기다렸다. 그리고 마침내 상어가 덤벼들자 민첩하게 옆으로 펄쩍 뛰어 상어의 공격을 피하면서 단검을 그 짐승의 뱃가죽에 푹 쑤셔 박았다. 하지만 그것으로 끝난 게 아니었다. 무시무시한 싸움이 시작되었다.

상어는 큰 소리로 울부짖었다. 상처에서 피가 콸콸 쏟아져 나왔다. 바다가 붉게 물들었다. 그 불투명한 액체에 가려 아무것도 볼 수가 없었다.

마침내 물빛이 맑아지자, 용감한 선장이 상어의 지느러미 하나를 움켜잡고 배를 단검으로 연거푸 찌르고 있는 광경이 눈에 들어왔다. 나는 선장을 도우러 달려가고 싶었지만, 공포로 몸이 얼어붙어 꼼짝할 수가 없었다.

선장이 위에서 짓누르는 거대한 상어의 덩치에 떠밀려 바닥에 쓰러졌다. 거대한 양날 절단기 같은 상어의 아가리가 딱 벌어졌다. 그때 네드가 작살을 움켜쥐고 상어에게 덤벼들어 그 무시무시한 무기를 상어 옆구리에 쑤셔 박지 않았다면 네모 선장은 끝장이 났을 것이다.

물이 핏덩어리로 가득 찼다. 심장이 꿰뚫린 괴물은 숨이 끊어질 때까지 무시무시한 경련을 일으켰고, 그 진동으로 콩세유가 뒤로 넘어졌다. 그사이에 네드는 상어 밑에 깔린 선장을 구해 냈다. 선장은 무사했다. 일어나자마자 선장은 잠수부에게 달려가 돌멩이에 묶인 밧줄을 끊고는 그를 팔에 안고 바닥을 힘껏 걷어찼다. 그러자 두 사람은 순식간에 수면으로 올라갔다.

우리도 모두 그 뒤를 따라갔다. 잠시 후, 기적적으로 목숨을 건진 우리는 잠수부의 쪽배에 올라탔다. 네모 선장이 맨먼저 한 일은 잠수부를 되살리는 것이었다. 콩세유와 선장이 힘껏 몸을 문질러 주자, 다행히 잠수부는 차츰 의식을 되찾기 시작했다. 이윽고 잠수부가 눈을 떴다. 네 개의 커다란 구리 머리가 자신을 굽어보고 있는 것을 보고 잠수부는 소스라치게 놀랐을 게 분명하다!

그리고 네모 선장이 주머니에서 진주 목걸이를 꺼내 그의 손에 쥐어 주었을 때는 더욱 놀랐을 것이다. 가엾은 인도인은 바다 사나이의 엄청난 선물을 떨리는 손으로 받아들었다.

선장의 신호에 따라 우리는 진주조개 채취장으로 돌아간 다음, 왔던 길을 되짚어 '노틸러스호'의 보트가 닻을 내린 곳으로 돌아갔다.

네모 선장은 우선 네드에게 말을 건넸다.

"고맙소, 랜드 씨."

"답례를 한 것뿐입니다. 나도 선장님께 신세를 졌으니까."

희미한 미소가 선장의 얼굴을 스치고 지나갔다. 그것뿐이었다.

"'노틸러스호'로!" 선장이 외쳤다.

보트는 파도 위를 날듯이 달렸다. 잠시 후 상어의 시체가 물 위로 떠오르는 것이 보였다.

8시 반에 우리는 다시 '노틸러스호'로 돌아왔다.

나는 만나르 원정에서 일어난 사건들을 곰곰 생각하기 시작했다. 내가 그 사건에서 얻은 감상은 두 가지였다. 하나는 네모 선장의 행위가 놀랄 만큼 용감했다는 것, 또 하나는 인류를 피해 바닷속으로 들어간 네모 선장이 한 인간을 구하기 위해 목숨을 걸었다는 것이었다.

왜 그랬느냐고 내가 물었더니, 선장은 약간 감정이 담긴 태도로 대답했다.

"그 인도인은 억압당한 나라의 주민입니다. 억압받는 사람은 누구나 나의 동포지요."

15장

아라비아 터널

1월 29일 낮에 실론섬은 수평선 아래로 사라지고, '노틸러스호'는 20노트의 속도로 몰디브 제도와 래카다이브 제도 사이에 미로처럼 뻗어 있는 해협으로 들어섰다.

이튿날인 1월 30일, '노틸러스호'가 수면으로 떠올랐을 때는 육지가 전혀 보이지 않았다. 배는 아라비아와 인도 사이에 우묵하게 들어간 페르시아만 어귀의 오만만을 향해 북북서쪽으로 달리고 있었다.

오만만은 분명 빠져나갈 길이 없는 막다른 골목이었다. 그렇다면 네모 선장은 우리를 어디로 데려가고 있는 것일까? 네드는 우리가 어디로 가고 있는 거냐고 묻고, 내가 모른다고 대답해도 납득하지 않았다.

"행선지는 선장의 기분에 달려 있어."

"하지만 우리가 석 달 동안 '노틸러스호'에 갇혀 있었다는 건 박사님도 아시잖아요?"

"어쨌든 우리는 속수무책인데, 여기서 이러쿵저러쿵 논의해 봤자 무슨 소용이 있겠나. 자네가 나한테 와서 '탈출할 기회가 왔다'고 말하면 그때는 그 문제에 대해 의논하겠지만, 지금은 그런 상황이 아니야. 게다가 솔직히 말하면 나는 네모 선장이 유럽 해역으로 과감하게 들어가리라고는 생각지 않네."

2월 3일까지 나흘 동안 '노틸러스호'는 속도와 깊이를 수시로 바꾸면서 오만만 일대를 돌아다녔다.

이 바다를 떠날 때 우리는 오만의 최대 도시인 무스카트를 잠깐 보았다. 이슬람 사원의 둥근 지붕, 우아한 뾰족탑, 싱그러운 초록빛 녹지대가 눈에 띄었다. 하지만 이것은 환상처럼 잠깐 보였을 뿐, '노틸러스호'는 곧 다시 검푸른 물속으로 가라앉았다.

2월 6일, '노틸러스호'는 아덴이 보이는 곳에 떠 있었다. 아덴은 좁은 지협으로 본토와 이어진 곳 위에 올라앉아 있어서 난공불락의 요새를 이루고 있다.

나는 네모 선장이 여기까지 왔으니까 이제 되돌아갈 거라고 굳게 믿었다. 그런데 놀랍게도 선장은 뱃머리를 돌리지 않았다.

이튿날인 2월 7일, 우리는 바브엘만데브 해협으로 들어갔다. 바브엘만데브는 아랍어로 '눈물의 문'이라는 뜻이다. '노틸러스호'는 전속력으로 달려 한 시간도 지나기 전에 해협을 통과했다.

정오 무렵, 우리는 마침내 홍해의 파도를 가르며 달리고 있었다. 나는 네모 선장이 무슨 변덕으로 우리를 이곳으로 데리고 들어왔는지 알려고도 하지 않았다.

2월 8일 아침에 지금은 폐허가 된 도시 무하가 시야에 들어왔다. 대포 소리만 나도 성벽이 허물어지는 이 도시의 곳곳에 초록빛 대추야자가 그늘을 드리우고 있었다.

이윽고 '노틸러스호'는 수심이 깊고 물이 수정처럼 맑은 아프리카 해안으로 다가갔다. 우리는 객실 창을 통해 아름다운 초록빛 해초가 모피처럼 덮여 있는 거대한 암반과 눈이 부실 만큼 현란한 산호를 감상할 수 있었다. 형언할 수 없이 아름다운 광경이었다.

나는 객실 창가에서 이렇게 홀린 듯 바다를 바라보며 얼마나 많은 시간을 보냈던가! 환한 전등 불빛 속에서 처음 보는 해저의 동식물을 얼마나 경탄하며 바라보았던가!

'노틸러스호'는 평균 8~9미터 깊이를 유지하면서 동쪽 해안선의 아름다운 바위를 스치듯 천천히 지나가고 있었다. 그곳에는 온갖 형태의 해면이 자라고 있었다. 작은 꽃자루가 달린 해면, 잎 모양의 해면, 공처럼 둥근 해면, 손가락 모양의 해면. 어부들은 모양에 딱 들어맞는 이름을 붙여 주었다. 바구니, 술잔, 골풀, 사슴뿔, 사자발, 공작꼬리 등등. 어부들은 과학자라기보다 시인이다.

이런 해면들이 바위나 조가비나 수생식물 줄기에까지 달라붙어 있었다. 아무리 작은 틈새도 해면으로 가득 차 있었고, 옆으로 뻗어 나가는 것이 있는가 하면 산호처럼 똑바로 서 있거나 아래로 늘어져 있는 것도 있었다.

2월 9일, '노틸러스호'는 홍해에서 가장 폭이 넓은 해역에 떠 있었다. 그 해역은 너비가 300킬로미터에 이른다.

그날 정오에 네모 선장은 우리의 위치를 측정한 뒤, 나를 따라 상갑판으로 올라왔다. 선장은 나를 보자마자 다가와서 시가를 권하고는 이렇게 말했다.

"홍해가 마음에 드십니까? 홍해가 품고 있는 경이로운 것들, 어류와 식충류, 해면 서식지와 산호 숲을 충분히 보셨는지요? 해안에 점점이 흩어져 있는 도시들도 보셨습니까?"

"그럼요. '노틸러스호'는 이런 관찰에 큰 도움이 됩니다. 아아, 정말 놀라운 배예요!"

"그렇습니다. 유능하고, 대담하고, 불사신 같은 배지요! 홍해의 무서운 태풍도, 거센 물살도, 암초조차도 두려워하지 않습니다."

"이 바다는 정말로 최악입니다. 고대에도 홍해는 지독한 평판을 얻었지요."

"맞습니다. 고대 그리스와 로마의 학자들은 홍해를 좋게 말하지 않았어요. 홍해는 무서운 태풍이 몰아치는 바다이고, 접근하기 어려운 섬들이 곳곳에 흩어져 있고, 물속에도 물 위에도 좋은 것이라고는 하나도 없기 때문이지요."

"그런데 홍해라는 이름이 어디에서 유래했는지 아십니까?" 내가 물었다.

"고대인들은 홍해의 독특한 물빛 때문에 그런 이름을 붙였을 겁니다." 선장이 대답했다.

"하지만 지금까지 나는 맑은 물밖에 못 보았는데요. 특별한 색깔 따위는 전혀 없었어요."

"지금까지는 그렇지만, 만 끝이 가까워지면 진기한 광경을 보게 될 겁니다. 나는 엘토르만이 피바다처럼 새빨개진 것을 본 적이 있습니다."

"그 빛깔이 바닷말 때문이라고 생각하십니까?"

"맞습니다. 트리코데스마라는 구역질 나게 생긴 작은 식물이 끈적끈적한 자줏빛 물질을 만들어 내지요. 엘토르만에 가면 관찰할 수 있을 겁니다."

"그러면 '노틸러스호'로 홍해를 지난 게 이번이 처음은 아니군요?"

"그럼요. 이 배는 수에즈 운하를 통과할 수 없지만, 당신은 포트사이드(수에즈 운하 북쪽 끝에 있는 도시)의 긴 방파제를 볼 수 있을 겁니다. 모레 우리가 지중해로 들어가면……."

"지중해라고요?" 나는 놀라서 소리쳤다.

"그렇습니다. 놀라셨습니까?"

"내가 놀란 건 모레 지중해로 들어갈 거라는 말 때문입니다."

"그런데 왜 놀라신 거죠?"

"지중해로 가려면 희망봉(아프리카 대륙 서남쪽 끝에 있는 곳)을 돌아야 할 텐데, 모레 지중해로 들어가려면 '노틸러스호'를 엄청나게 빠른 속도로 몰아야 할 테니까요!"

"'노틸러스호'가 희망봉을 돈다고 누가 말하던가요?"

"'노틸러스호'가 수에즈 운하를 통과할 수 없다면…… 그럼 마른 땅 위로?"

"아래도 있잖습니까?"

"아래요?"

"그렇습니다." 네모 선장은 태연하게 대답했다. "오래전에 자연의 여신은 오늘날 인간들이 그 지협 위에 만들고 있는 것을 그 땅 밑에 만들어 놓았지요."

"아니, 거기에 통로가 있단 말입니까?"

"그렇습니다. 내가 '아라비아 터널'이라고 부르는 지하 통로가 있답니다."

"하지만 지협은 움직이는 모래로 이루어져 있잖습니까?"

"어느 정도 깊이까지는 그렇습니다. 하지만 50미터 아래로 내려가면 움직이지 않는 기반암이 있을 뿐입니다."

"그 터널을 어떻게 발견했는지 물어봐도 될까요?"

"그 통로를 발견하게 된 것은 박물학자의 단순한 추론 덕택입니다. 나는 홍해와 지중해에 같은 종류의 물고기가 많다는 것을 알아차렸지요. 곰치, 놀래기, 농어, 다랑어, 날치……그래서 나는 두 바다 사이에 통로가 있는 게 아닐까 생각했습니다. 통로가 있다면, 그 지하 해류는 수위 차이 때문에 홍해에서 지중해로 흐를 수밖에 없습니다. 그래서 나는 수에즈 근처에서 많은 물고기를 잡은 다음, 꼬리에 구리선 고리를 끼워서 다시 물속에 풀어 주었어요. 그리고 몇 달 뒤 시리아 해안에서 꼬리에 고리가 끼워진 물고기를 몇 마리 잡았지요. 그렇게 해서 두 바다 사이에 통로가 있다는 것을 입증한 겁니다. 나는 '노틸러스호'를 타고 찾아다닌 끝에 마침내 통로를 발견했고, 과감하게 그 안으로 들어갔지요. 오래지 않아 당신도 '아라비아 터널'을 지나가게 될 겁니다!"

그날 나는 콩세유와 네드에게 우리가 이틀 안으로 지중해에 들어갈 거라고 말했다. 그러자 콩세유는 박수를 쳤지만 네드는 어깨만 으쓱하면서 말했다.

"해저 터널이라고요! 두 바다를 잇는 통로라고요? 그런 게 있다는 이야기는 들어 본 적도 없습니다."

"이봐, 네드." 콩세유가 받았다. "그럼 '노틸러스호' 같은 배가 있다는 이야기는 들어 본 적이 있나? 아마 없겠지. 하지만 '노틸러스호'는 존재하잖아. 그러니까 그렇게 함부로 어깨를 으쓱하지 마. 들어 본 적이 없다는 이유만으로 그런 건 존재하지 않는다고 단정하진 말라는 얘기야."

"두고 보면 알겠지!" 네드는 고개를 저으면서 소리쳤다.

그날 저녁, '노틸러스호'는 북위 21도 지점에서 아라비아 해안에 다가가 수면 위로 떠올랐다. 아라비아의 무역항인 제다가 시야에 들어왔다. 나는 옹기종기 모여 있는 건물들, 부두에 나란히 정박해 있는 배들을 또렷이 알아볼 수 있었다.

이튿날인 2월 10일, 나는 두 동료와 함께 상갑판에 앉아 있었다. 동쪽 해안선은 안개로 흐릿해져서 노출된 광맥처럼 보였다.

우리가 보트에 기대앉아 이런저런 잡담을 나누고 있을 때, 문득 네드 랜드가 바다를 가리키며 말했다.

"박사님, 저기 보세요. 뭔가가 보이지 않습니까?"

"아무것도 안 보이는걸. 하지만 나는 자네처럼 눈이 좋지 않으니까."

"잘 보세요. 저 앞 오른쪽에 탐조등과 같은 높이에서 무언가가 움직이는 게 보이지 않습니까?"

"아, 그래." 나는 유심히 관찰한 뒤에 대답했다. "수면에 길고 검은 물고기 같은 게 보이는군."

"제2의 '노틸러스호'일까요?" 콩세유가 말했다.

"아니야." 네드가 대답했다. "내가 잘못 본 게 아니라면, 저건 바다 동물이야."

그 거무스름한 물체는 곧 1킬로미터 거리까지 다가왔다. 그것은 바다 한복판에 떠 있는 거대한 암초와 비슷했다. 도 대체 무엇일까? 나는 아직도 그 정체를 확실히 알 수가 없었다.

"아, 움직인다! 잠수하고 있어!" 네드가 외쳤다. "도대체 뭐지? 수염고래나 향유고래처럼 꼬리가 갈라지지도 않았고, 지느러미는 잘린 팔처럼 생겼는데……."

"하지만 그렇다면……." 내가 말했다.

"저것 봐." 네드가 외쳤다. "이제 수면에 벌렁 드러누워서 가슴을 공중으로 들어 올리고 있어!"

"인어다!" 콩세유가 소리쳤다. "주인님, 저건 진짜 인어 예요!"

나는 콩세유의 말에서 단서를 얻어, 그 동물의 정체를 알 아차렸다. 전설에 반은 여자이고 반은 물고기인 인어로 전해 내려오는 바다 동물이었다.

"아니야. 저건 인어가 아니라, 홍해에서 거의 사라진 진기 한 동물이야. 바로 듀공이지."

네드는 여전히 수면을 응시하고 있었다. 듀공을 바라보는 그의 눈이 탐욕스럽게 번득였다. 손은 당장이라도 작살을 던 지려는 듯이 보였다.

"박사님!" 네드가 흥분하여 떨리는 목소리로 말했다. "나는 '저것'을 아직까지 한 마리도 잡아 본 적이 없어요."

'저것'이라는 말에 작살잡이의 모든 것이 담겨 있었다.

그 순간, 네모 선장이 상갑판에 나타나 듀공을 보았다. 선장은 네드의 기분을 알아차리고 그에게 직접 말을 걸었다.

"지금 작살을 쥐고 있다면, 그걸 쓰고 싶어서 몸이 근질거리겠지요?"

"맞습니다."

"그럼, 오늘 하루만 본업인 어부로 돌아가서, 이제까지 잡은 사냥감에 저 짐승을 보태고 싶지 않으세요?"

"할 수만 있다면야……."

"그럼 해 보세요!"

"고맙습니다." 네드는 눈을 번득이며 대답했다.

"다만 한 가지…… 듀공을 놓치지 않도록 조심하세요. 당신 자신을 위해서."

"듀공을 공격하는 게 위험한가요?" 나는 네드가 어깨를 으쓱하는데도 걱정이 돼서 물어보았다.

"때로는 아주 위험합니다. 듀공은 공격자에게 앙갚음을 하고 배를 뒤집어 버립니다. 하지만 랜드 씨의 경우에는 걱정할 필요가 없겠지요. 랜드 씨는 눈이 빠르고 작살 솜씨도 확실하니까요. 듀공을 놓치지 말라고 한 것은 고기가 맛있기 때문입니다."

"그러니까 저 짐승은 맛도 좋다는 거군요?" 네드가 말했다.

"그럼요. 듀공의 살코기는 정말로 일품이죠. 천하일미로 평판이 높습니다."

그 순간, 일곱 명의 선원이 여느 때처럼 조용하고 무표정하게 상갑판으로 올라왔다. 한 사람은 고래잡이들이 쓰는 것과 비슷한 작살과 밧줄을 들고 있었다. 선원들은 보트를 물에 띄웠다.

"선장은 안 가실 건가요?" 내가 물었다.

"안 갑니다. 하지만 사냥에 성공하기를 빌겠습니다."

보트는 본선을 떠났다. 여섯 개의 노가 움직이자 보트는 '노틸러스호'에서 3킬로미터쯤 떨어진 곳에 떠 있는 듀공을 향해 쏜살같이 달려갔다. 거리가 좁혀지자 노 젓는 속도가 느려졌다. 여섯 개의 노는 잔잔한 물을 소리 없이 저었다. 네드는 작살을 꼬나들고 보트 앞쪽으로 걸어갔다.

나는 일어나 있었기 때문에, 네드가 공격하려는 상대를 똑똑히 볼 수 있었다. 듀공은 매너티와 아주 비슷했다. 길고 넓적한 몸통 끝에는 길쭉한 꼬리지느러미가 달려 있었고, 옆지느러미는 마치 손가락 같았다. 매너티와 다른 점은 위턱 양쪽에 코끼리의 엄니처럼 길고 뾰족한 이빨 두 개가 나 있다는 것이었다.

보트는 듀공한테서 5미터도 떨어지지 않은 곳까지 조심스럽게 다가갔다. 보트가 멈추자, 네드는 몸을 약간 뒤로 젖히고는 노련한 손으로 작살을 꼬나들었다.

그때 별안간 쉿쉿거리는 소리가 나더니 듀공이 사라졌다. 네드가 힘껏 던진 작살은 물만 때린 게 분명했다.

"제기랄! 빗나갔어!" 네드가 격분하여 소리쳤다.

"아니야." 내가 말했다. "듀공은 상처를 입었어. 저 피를 봐. 하지만 작살이 듀공의 몸에 박히지는 않았어."

듀공은 이따금 숨을 쉬기 위해 수면으로 올라왔다. 엄청나게 빠른 속도로 움직이는 것으로 보아, 상처를 입고도 듀공은 별로 약해지지 않은 모양이었다. 건장한 선원들이 힘차게 노를 저었기 때문에 보트는 수면 위를 날듯이 달리고 있었다. 우리는 몇 번이나 몇 미터 거리까지 바싹 접근했지만, 네드가 공격할 태세를 갖추면 듀공은 갑자기 물속으로 달아나곤 했다.

우리는 한 시간 동안 쉬지 않고 듀공을 추적했다. 듀공을 잡기는 어렵지 않을까 하는 생각이 들기 시작했을 때, 그 짐승이 불운하게도 앙갚음할 마음을 먹었다. 듀공에게는 참으로 딱한 일이었다. 듀공은 이제 자기가 공격할 차례라는 듯 보트를 향해 다가왔다.

보트에서 5~6미터 거리까지 다가온 듀공은 전진을 멈추고, 주둥이 끝이 아니라 위쪽에 뚫려 있는 거대한 콧구멍으로 공기를 들이마셨다. 그러고는 기세를 올려 우리에게 덤벼들었다. 보트는 충돌을 피하지 못했다. 반쯤 뒤집힌 보트 안으로 물이 쏟아져 들어왔다. 그러나 키잡이의 노련함 덕택에 보트가 완전히 뒤집히지는 않았다.

네드는 뱃머리를 단단히 움켜잡고, 그 커다란 짐승을 작살로 찔렀다. 듀공은 뱃전을 이빨로 물고, 사자가 사슴을 공중으로 던져 올리듯 보트를 물에서 들어 올렸다. 우리는 한쪽으로 쓰러져 겹겹이 포개졌다. 네드가 짐승을 계속 공격하여 마침내 심장을 꿰뚫지 않았다면 그 모험은 비극으로 끝났을지 모른다.

그날 저녁, 내 전담 급사는 요리사가 솜씨 좋게 요리한 듀공 고기 몇 조각을 식탁에 차려 놓았다. 듀공 고기는 정말 맛있었다. 쇠고기보다는 못하다 해도 돼지고기보다는 훨씬 나았다.

이튿날인 2월 11일, '노틸러스호'는 적당한 속도로 달리고 있었다. 나는 수에즈가 가까워질수록 홍해의 물에서 소금기가 차츰 줄어드는 것을 알아차렸다.

6시에 '노틸러스호'는 때로는 수면 위로 떠오르고 때로는 물속으로 잠항하면서 엘토르를 통과했다. 네모 선장이 말했듯이 엘토르만의 물은 붉은 물감을 풀어 놓은 듯이 보였다. 이윽고 밤이 되었다. 무거운 적막이 내리 덮였다.

9시 15분에 배는 다시 수면으로 올라갔다. 나는 상갑판으로 올라갔다. 어둠 속에서 희미한 불빛을 보았다. 1킬로미터쯤 떨어진 곳에서 안개에 반쯤 가려진 불빛 하나가 반짝이고 있었다.

"물 위에 떠 있는 수로 표지입니다." 어둠 속에서 누군가가 말했다.

고개를 돌려 보니 선장이었다.

"수에즈의 부표지요. 이제 곧 터널 입구로 들어갈 겁니다."

"터널로 들어가기는 쉽지 않겠지요?"

"그렇습니다. 그래서 이 일만큼은 내가 직접 지휘합니다."

나는 네모 선장을 따라 아래로 내려갔다. 해치가 닫히고, 물탱크가 채워지고, 배는 10미터쯤 물속으로 내려갔다.

내가 막 내 방으로 돌아가려 할 때 선장이 나를 불러세웠다.

"아로낙스 박사, 나와 함께 조타실로 갑시다. 조타실에서는 이 해저 터널의 모든 것을 살살이 볼 수 있을 겁니다."

조타실은 사방이 2미터도 안 되는 작은 방이었다. 조타실은 어두웠지만, 내 눈은 곧 어둠에 익숙해졌다. 건장한 조타수가 타륜에 손을 올려놓고 있는 것이 보였다. 조타실 뒤의 상갑판 끝에서 나오는 탐조등 불빛이 조타실 밖의 바다를 환히 비추고 있었다.

"자 그럼, 통로를 찾아봅시다." 네모 선장이 말했다.

선장이 버튼을 누르자 스크루의 회전 속도가 당장 두드러지게 느려졌다. 이제 우리는 높고 울퉁불퉁한 암벽을 따라 나아가고 있었다. 그 벽은 해안의 모래를 떠받치고 있는 반석이었다.

10시 15분이 되자 네모 선장이 직접 타륜을 잡았다. 앞쪽에 넓은 터널이 뚫려 있었다. 터널은 캄캄하고 깊었다. '노틸러스호'는 대담하게 그 안으로 돌진했다. 양쪽에서 심상치 않은 소리가 들려왔다. 물이 흐르는 소리였다. 터널이 경사져 있기 때문에 홍해의 물이 지중해로 맹렬하게 흘러들고 있었다. '노틸러스호'는 스크루를 역회전시켜 속도를 늦추려고 애썼지만, 쏜살같이 급류에 휩쓸려 떠내려갔다.

속도가 너무 빨라서 나는 아무것도 볼 수가 없었다. 통로의 좁은 암벽에는 눈부신 줄무늬와 직선, 그리고 전등 불빛이 지나간 자국만 나타날 뿐이었다. 심장이 너무 격렬하게 고동치고 있어서 나는 손으로 가슴을 지그시 눌렀다.

10시 35분에 네모 선장이 타륜을 놓고 나를 돌아보며 말했다.

"지중해입니다."

'노틸러스호'는 급류를 타고 20분도 지나기 전에 수에즈 지협을 건넌 것이다.

16장

지중해

이튿날인 2월 12일, 해가 뜨자마자 '노틸러스호'는 수면으로 떠올랐다. 나는 서둘러 상갑판으로 나갔다. 남쪽으로 5킬로미터쯤 떨어진 곳에 펠루시움만의 윤곽이 어렴풋이 보였다. 급류가 우리를 홍해에서 지중해로 데려온 것이다.

7시쯤 네드와 콩세유가 상갑판으로 올라왔다.

"박물학 선생님." 네드가 약간 놀리는 투로 말했다. "지중해는 어떻게 됐습니까?"

"지중해? 여기가 지중해라네."

"뭐라고요!" 콩세유가 소리쳤다. "하룻밤 사이에?"

"그래. 간밤에 그 지협을 몇 분 만에 건넜지."

"믿을 수 없는데요." 네드가 말했다.

"저길 보게. 남쪽의 저 둥그런 해안선은 이집트 해안일세. 자네는 시력이 좋으니까, 바다 쪽으로 뻗어 나온 포트사이드의 방파제를 볼 수 있을 걸세."

네드는 유심히 그쪽을 바라보았다.

"그렇군요. 선장은 정말 대단한 사람이에요. 여기는 지중해가 맞습니다. 그럼 우리 문제를 이야기합시다. 하지만 아무도 엿듣지 못하게 해야 합니다."

네드가 무슨 말을 하고 싶어 하는지는 금세 알 수 있었다.

"그래, 하고픈 말이 뭔가?"

"아주 간단합니다. 우리는 지금 유럽에 와 있으니까, 네모 선장이 변덕을 부려 우리를 북극해로 데려가기 전에 '노틸러스호'를 떠나고 싶습니다."

솔직히 말하면 나는 네드와 이런 이야기를 하는 것이 괴로웠다. 어떤 식으로도 그의 자유를 구속하고 싶지 않았지만, 네모 선장과 헤어지고 싶은 마음은 조금도 없었다.

"이보게, 네드. 솔직히 대답해 주게. 이 배에 싫증이 났나? 자네를 네모 선장의 손에 내맡긴 운명을 원망하고 있나?"

네드는 잠시 입을 다물고 있다가 팔짱을 끼었다.

"솔직히 말하면 이 여행을 후회하지는 않습니다. 해저 여행을 한 데에는 만족합니다. 하지만 진정으로 만족하려면 여행이 끝나야 한다고 생각합니다."

"끝날 거야. 어디서 끝날지는 모르지만, 바다가 더 이상 가르쳐 줄 게 없을 때 우리 여행도 끝날 거라고 생각하네. 시작된 일은 반드시 끝나게 마련인 게 세상의 이치니까."

"그럼 우리에게 남은 희망은 뭡니까?" 네드가 물었다.

"우리가 이용할 수 있는 상황, 그리고 이용해야 하는 상황이 일어나기를 기대해야지. 그런 상황은 여섯 달 뒤에 올 수도 있고, 내일 당장 올 수도 있네."

"그럴 가능성은 거의 없지만, 혹시라도 네모 선장이 오늘 당장 자유를 주겠다고 말하면 어떻게 하시겠습니까? 받아들일 겁니까?"

"글쎄, 잘 모르겠네."

"어쨌든 저는 제 생각을 말했고, 박사님은 들으셨습니다. 어떻게 응수하시겠습니까?"

"내 대답은 이렇다네. 자네 말이 옳고, 나도 자네를 비난하는 게 아닐세. 네모 선장의 선의를 기대할 수는 없어. 선장은 기본적인 이기심 때문에 우리를 풀어 주지 않을 거야. 반대로 우리의 이기심은 '노틸러스호'를 떠날 기회가 오면 재빨리 잡으라고 요구하고 있네."

"좋습니다. 아주 현명하신 말씀입니다."

"하지만 내 의견을 한 마디, 딱 한 마디만 덧붙여야겠네. 그 기회는 실패할 위험이 전혀 없는 확실한 기회여야 하네. 탈출 계획은 단번에 성공해야 해. 첫 번째 탈출에 실패하면 두 번째 기회는 영영 오지 않을 테고, 네모 선장은 우리를 용서하지 않을 테니까."

"그러니까 결론은 마찬가지예요. 좋은 기회가 오면 그 기회를 잡아야 한다는 겁니다."

"좋아. 그럼 이번에는 내가 묻겠네. 좋은 기회란 게 무슨 뜻이지?"

"캄캄한 밤중에 '노틸러스호'가 유럽 해안에 가까이 접근할 때를 말하는 겁니다."

"그럼 헤엄을 쳐서 탈출을 시도할 텐가?"

"해안이 가까우면, 그리고 배가 수면에 떠 있으면 그럴 겁니다. 하지만 배가 해안에서 멀리 떨어져 있고 물속에 들어가 있으면 그럴 수 없겠지요."

"그럼 그 경우에는 어떻게 할 텐가?"

"그런 경우에는 보트를 이용할 작정입니다."

"그렇게 좋은 기회는 오지 않을 것이다. 그게 내 생각일세. 그러기를 바라는 것은 아니지만, 내 생각은 그래."

"왜요?"

"네모 선장도 경계를 게을리하지 않을 걸세. 우리가 자유를 되찾겠다는 희망을 포기하지 않았다는 걸 모를 리 없으니까. 특히 배가 유럽 근해로 들어가 해안이 보이는 곳에 있을 때는 더욱 그렇겠지."

"어디 두고 봅시다." 네드는 결연한 태도로 고개를 저으면서 대답했다.

"이보게, 네드." 나는 다시 말을 이었다. "이제 그 이야기는 그만두세. 앞으로 거기에 대해서는 한마디도 하면 안 돼. 탈출할 준비가 되면 그때 말해 주게. 그러면 우리도 자네를 따라갈 테니까. 모든 것을 자네한테 맡기겠네."

이 대화는, 나중에 그토록 중대한 결과를 초래하게 되리라는 것도 모른 채 거기서 끝났다. 사실 상황은 내 예상을 뒷받침해 주는 것 같았고, 네드는 깊은 절망에 빠졌다.

이튿날인 2월 13일, 나는 '노틸러스호'의 항로를 해도에 표시하여, 배가 크레타섬 쪽으로 가고 있다는 것을 알아차렸다. 내가 '에이브러햄 링컨호'에 타기 직전에 크레타섬에서 반란이 일어났다. 주민 전체가 튀르키예의 폭정에 항거하여 들고일어난 것이다. 하지만 반란이 그 후 어떻게 되었는지는 알 수가 없었다. 네모 선장도 육지와 완전히 단절되어 있어서 나한테 그것을 가르쳐 줄 수는 없었을 것이다.

그래서 그날 저녁 객실에 선장과 단둘이 있을 때에도 그 사건에 대해서는 한마디도 하지 않았다. 어쨌든 선장은 무언가를 골똘히 생각하고 있는 듯 말이 없었다. 그러다가 평소 습관과는 달리 객실 금속판 두 개를 한꺼번에 열어 놓고 양쪽을 오락가락하면서 바깥의 바다를 유심히 관찰했다. 무엇 때문일까? 나는 짐작도 가지 않았다. 어쨌든 창이 열린 틈을 이용하여 나는 눈앞을 지나가는 물고기들을 조사했다.

나는 바다의 경이로움에서 눈을 떼지 못했지만, 갑자기 예기치 않은 광경이 내 눈을 사로잡았다. 물속에 한 남자가 나타난 것이다. 허리띠에 가죽 주머니를 매단 잠수부였다. 바다에 버려진 주검이 아니라 살아 있는 인간이었다. 그는 힘차게 팔다리를 놀려 헤엄을 쳤고, 이따금 수면으로 올라가 숨을 쉬기 위해 사라졌다가 또다시 곧장 자맥질하여 물속으로 내려오곤 했다.

나는 네모 선장을 돌아보며 외쳤다.

"사람이 있습니다! 조난자예요! 무슨 수를 써서라도 구조해야 합니다!"

선장은 내 말에 대답하지 않고, 창가로 다가와 유리창에 얼굴을 눌러댔다.

바깥에 있는 사내도 가까이 다가와 유리창에 얼굴을 눌러대고 우리를 바라보고 있었다.

네모 선장이 그에게 신호를 보내는 것을 보고 나는 깜짝 놀랐다. 잠수부는 손짓으로 대답하고, 당장 수면으로 되돌아가 다시는 나타나지 않았다.

"걱정 마세요." 선장이 말했다. "마타판(그리스 펠로폰네소스반도 남쪽 끝에 있는 곶)에 사는 사람인데, 별명이 '물고기'일 만큼 대담한 잠수부지요!"

"그럼 당신도 그 사람을 아시는군요?"

"내가 알면 안 됩니까?"

네모 선장이 되묻고는 객실 왼쪽에 놓여 있는 캐비닛으로 다가갔다. 그 옆에 쇠띠를 두른 트렁크가 놓여 있었다. 선장은 내가 옆에 있는데도 개의치 않고 캐비닛을 열었다. 캐비닛은 수많은 막대가 들어 있는 일종의 금고였다. 그것은 그냥 막대가 아니라 금괴였다.

네모 선장은 금괴를 하나씩 꺼내 트렁크에 가지런히 채워넣었다. 잠시 후 네 사람이 나타나 트렁크를 간신히 들어서 객실 밖으로 가져갔다. 이어서 도르래를 이용하여 트렁크를 중앙 층층대 위로 끌어 올리는 소리가 들렸다.

"나는 이만 가서 자야겠습니다."

네모 선장이 말하고는 객실에서 나갔다. 나도 내 방으로 돌아왔다. 곧이어 배가 전후좌우로 흔들리는 것이 느껴졌다. '노틸러스호'가 수면으로 올라가고 있었다.

이어서 상갑판을 걸어 다니는 발소리가 들렸다. 나는 보트가 바다에 띄워진 것을 알아차렸다. 보트가 '노틸러스호'의 뱃전에 부딪혔다. 그리고 잠시 후에는 모든 소리가 사라졌다.

두 시간 뒤에 똑같은 소리가 다시 들려왔다. 보트가 뱃전에 부딪히는 소리, 상갑판을 오가는 발소리. 선원들은 보트를 배 위로 끌어 올려 제자리에 집어넣었고, '노틸러스호'는 다시 물속으로 잠수했다.

수백만 프랑의 금괴는 목적지로 보내졌다. 어디로 갔을까? 네모 선장은 그 많은 금괴를 누구한테 보낸 것일까?

이튿날 나는 점심을 먹은 다음 객실로 돌아가서 일을 시작했다. 그런데 갑자기 후끈한 더위를 느꼈다. 너무 더워서 재킷을 벗어야 했다. 도무지 이해할 수 없는 일이었다. 여기는 열대지방도 아니었고, 어쨌든 '노틸러스호'는 물속에 잠겨 있으니까 기온이 올라가도 영향을 받을 리가 없었기 때문이다.

배에 불이라도 난 게 아닐까? 문득 그런 생각이 들었다.

내가 막 객실을 나가려 할 때 네모 선장이 들어왔다.

"우리는 지금 펄펄 끓는 해류에 떠 있습니다."

"농담이시겠죠!"

"자, 보세요."

객실 금속판이 열렸다. 나는 '노틸러스호'의 주변 바다가 온통 새하얀 것을 보았다. 연기 같은 유황 증기가 부글부글 거품을 내고 있는 바닷물 속에서 소용돌이치고 있었다. 나는 유리창에 손을 대 보았지만, 너무 뜨거워서 얼른 손을 당겨야 했다.

"도대체 여기가 어딥니까?"

"산토리니섬 근처예요. 해저화산이 분화하는 진기한 광경을 보여 드리고 싶었습니다."

"새로 생긴 그 섬들은 이미 형성 과정이 끝난 줄 알았는데요."

"화산 근처에서는 아무것도 끝나지 않습니다. 그리고 지하에 있는 불은 아직도 지구를 만들어 가고 있지요."

나는 창가로 돌아갔다. '노틸러스호'는 더 이상 움직이지 않았다. 열기가 점점 심해져서 도저히 참을 수 없는 단계에 이르렀다. 좀 전에는 하얀색을 띠고 있었던 바다가 이제는 철분이 섞인 소금기 때문에 붉어지고 있었다. 객실은 밀폐되어 있는데도 역겨운 유황 냄새가 스며들고 있었다. 나는 붉은 불길이 너무 강렬해서 눈부시게 밝은 전등 불빛조차 무색해진 것을 알아차렸다.

온몸에서 땀이 줄줄 흘러내리고 숨이 막혔다. 내가 통째로 구워지고 있는 듯한 느낌이 들었다. 정말로 구워지고 있는 것 같았다.

"더 이상은 이 끓는 물 속에 머물 수 없어요!" 나는 선장에게 말했다.

"그렇습니다. 여기 오래 머무는 것은 분별없는 짓이지요."

지시가 내려졌다. '노틸러스호'는 뱃머리를 돌려 용광로를 떠났다.

이튿날인 2월 16일, '노틸러스호'는 마타판곶을 빙 돌아서 그리스의 섬들을 떠났다.

유난히 푸른 지중해. 오렌지 나무와 알로에, 해송으로 둘러싸이고, 협죽도 향기가 가득하고, 험준한 산록에 둘러싸이고, 맑고 투명한 공기가 충만하지만, 지구의 불이 끊임없이 활동하는 곳. 하지만 아무리 지중해가 아름다워도, 나는 이 드넓은 바다를 언뜻 볼 수 있었을 뿐이다.

우리는 25노트의 빠른 속도로 지중해를 빠져나왔다. 한 시간에 12해리씩 달린 셈이다. 그래서 나는 지중해의 해저를 거의 보지 못했다. 급행열차에 탄 승객이 눈앞을 스쳐 지나가는 시골 풍경을 바라보는 것과 마찬가지였다.

지중해의 다양한 생물들 가운데 내가 가장 유익하게 관찰할 수 있었던 것은 '노틸러스호'가 수면 가까이 올라갔을 때 관찰한 63종의 경골어류였다. 그중에는 등이 검푸르고 배는 은빛이고 머리빗 모양의 등지느러미가 황금빛으로 은은하게 빛나는 다랑어도 있었다.

해양 포유류에 관해서 말한다면, 아드리아해 어귀에서 등지느러미가 있는 향유고래 두세 마리, 이마에 밝은색 줄무늬가 있는 지중해 특유의 돌고래 몇 마리, 하얀 배에 검은 모피를 입고 있어서 지중해의 수도사라고 불리는 바다표범을 여남은 마리 본 것 같다.

콩세유는 등딱지의 너비가 2미터나 되고 세 줄의 등줄기가 세로로 도도록하게 솟아오른 거북을 보았는데, 이 파충류를 내 눈으로 보지 못한 것이 아쉽다. 콩세유의 설명을 들어보면 그 거북은 좀처럼 보기 힘든 희귀종인 장수거북이었기 때문이다. 나는 긴 등딱지를 가진 붉은 바다거북을 두어 마리 보았을 뿐이다.

2월 16일에서 17일로 넘어가는 밤에 우리는 최대 수심이 3,000미터에 이르는 지중해의 두 번째 분지로 들어갔다. '노틸러스호'는 스크루의 추진력과 경사판을 이용하여 그 바다의 밑바닥으로 급강하했다.

그곳에서는 자연의 경이를 볼 수 없었지만, 엄청난 양의 물이 변화무쌍하고 무시무시한 광경을 많이 보여 주었다. 우리는 난파선이 많은 해역을 지나고 있었다. 알제리 해안과 프로방스 사이에서 얼마나 많은 배가 조난했고, 얼마나 많은 배가 실종되었는가! 지중해는 드넓은 태평양에 비하면 작은 호수에 불과하지만, 파도가 거칠고 변덕스러운 호수다. 짙푸른 물과 하늘 사이에 떠 있는 연약한 돛단배를 자애롭게 어루만지다가도 바람이 갑자기 사납게 날뛰며 아무리 튼튼한 배도 후려쳐서 박살내 버린다.

깊은 물속을 빠른 속도로 지나가는 동안, 나는 바닥에 누워 있는 난파선 잔해를 수없이 보았다. 이미 산호에 뒤덮인 것도 있고, 얇게 녹만 슨 것도 있었다. 닻과 대포, 포탄, 스크루 날개, 기계류, 깨진 실린더, 보일러 등도 여기저기 널려 있었다. 물속에는 선체가 둥둥 떠 있었다. 아직 똑바로 서 있는 것도 있지만, 거꾸로 뒤집힌 것도 있었다. 충돌사고로 가라앉은 것도 있고, 암초에 부딪힌 것도 있었다. 돛대를 꼿꼿이 세운 채 곧장 가라앉아, 펼친 돛이 물에 젖어 뻣뻣해진 배도 있었다.

이런 난파선들과 함께 얼마나 많은 목숨이 스러졌을까! 얼마나 많은 희생자가 파도에 삼켜졌을까! 살아남아 이 끔찍한 재난을 세상에 전한 뱃사람이 있었을까? 무엇 때문인지는 모르지만, 바다 밑바닥에 반쯤 파묻힌 채 누워 있는 그 배가 20년 전에 모든 승무원과 함께 사라져 소식이 끊겨버린 '아틀라스호'일지도 모른다는 생각이 문득 떠올랐다.

그러는 동안에도 '노틸러스호'는 난파선의 잔해 사이를 빠른 속도로 무심하게 지나가고 있었다. 2월 18일 오전 3시, 배는 지브롤터 해협 어귀에 이르렀다.

이곳에는 두 개의 조류가 있다. 오래전부터 알려진 상층 조류는 대서양에서 지중해로 물을 끌어들이고, 밑에 있는 역류의 존재는 가설로만 입증되었다.

그 가설은 옳았다. '노틸러스호'가 좁은 통로를 재빨리 빠져나갈 때 이용한 것은 바로 그 역류였다. 낮은 섬과 함께 물속에 가라앉았다는 헤라클레스 신전의 멋진 폐허를 잠깐 볼 수 있었지만, 잠시 후 우리는 어느새 대서양의 파도 위에 떠 있었다.

17 장

사라진 대륙

석 달 반 동안 1만 해리를 달려온 '노틸러스호'는 이제 대서양의 물을 가르고 있었다. 지중해를 빠른 속도로 통과했기 때문에 네드는 탈출 계획을 실행할 수 없었고, 그 실망감을 감추려 하지 않았다.

"이보게, 네드. 자네 기분은 충분히 이해하지만, 어쩔 수 없는 일이었어. 그렇게 빨리 달리는 배에서 어떻게 탈출할 수 있었겠나."

네드는 대답하지 않았다. 꽉 다문 입술과 찡그린 눈썹이 그의 기분을 말해 주고 있었다. 그는 아직도 탈출의 의지를 버리지 않고 있었다.

"아직 포기할 필요는 없네. 우리는 지금 포르투갈 해안 쪽으로 올라가고 있으니까, 좀 더 쉽게 피난처를 찾을 수 있는 프랑스나 영국도 그리 멀지 않았어. '노틸러스호'가 지브롤터 해협을 지난 뒤 남쪽으로 방향을 돌렸다면 나도 자네처럼 실망했을 거야. 하지만 이 배는 북쪽으로 올라가고 있어. 문명국 근해로 다가가고 있단 말일세. 아마 며칠 안으로 탈출을 시도할 수 있을 걸세."

네드는 전보다 더욱 진지한 눈으로 나를 응시하다가 마침내 입을 열었다.

"오늘 밤에 하겠습니다."

나는 벌떡 일어났다. 솔직히 말하면 나는 아직 준비가 되어 있지 않았다. 네드에게 대답하고 싶었지만, 말이 나오지 않았다.

"우리는 기회를 기다리기로 합의했습니다. 이제 그 기회가 왔어요. 오늘 밤 스페인 해안에서 몇 킬로미터 떨어져 있을 때가 바로 기회입니다. 밤에는 캄캄할 테고, 바람도 바다 쪽에서 불어 오고 있습니다. 박사님은 분명히 약속을 하셨고, 나는 박사님을 믿습니다."

내가 여전히 한마디도 하지 않자, 네드는 일어나서 나에게 다가왔다.

"오늘 밤 아홉 시. 콩세유한테는 벌써 얘기했습니다. 아홉 시면 네모 선장은 방에서 자고 있을 겁니다. 기관사나 선원들도 우리를 보지 못할 거예요. 콩세유와 나는 중앙 층층대로 갈 테니, 박사님은 서재에 남아서 신호를 기다리세요. 노와 돛은 보트에 갖추어져 있습니다. 보트에 식량까지 넣어두었어요. 모든 준비가 끝난 셈이라고요. 오늘 밤에 만납시다, 박사님."

"바다가 너무 거칠어."

"그건 그렇습니다. 하지만 그 정도 위험은 각오해야 합니다. 그만한 대가도 치르지 않고 자유를 얻을 수는 없으니까요. 운을 하늘에 맡기고 오늘 밤에 만납시다!"

네드는 놀라서 말문이 막혀 버린 나를 남겨 두고 물러갔다. 나는 적당한 때가 오면 상황을 검토하고 의논할 시간이 있을 줄 알았다. 그런데 고집불통인 네드는 나한테 그럴 기회를 주지 않았다. 하지만 기회가 주어졌다 한들 그에게 무슨 말을 할 수 있겠는가? 네드의 말이 전적으로 옳았다. 지금이야말로 다시없는 기회였고, 네드는 그 기회를 최대한 이용할 작정이었다. 이제 와서 내가 순전히 이기적인 이유 때문에 약속을 저버리고 동료들의 미래를 위험에 빠뜨릴 수는 없는 일이다.

나는 이 바다를 '나의 대서양'이라고 부르기를 좋아했다. '나의 대서양'의 모든 구석을 샅샅이 관찰하지 못한 채 이곳을 떠나야 하다니! 인도양과 태평양이 나에게 비밀을 드러냈듯이, '나의 대서양'도 이제 곧 비밀을 보여 줄 텐데, 그 비밀을 보지 못하고 떠나야 하다니! 그것은 마치 소설을 절반만 읽고 손을 떼는 거나 마찬가지였다. 신나는 꿈을 꾸다가 결정적인 순간에 깨어나는 거나 마찬가지였다!

나는 두 번 객실에 들어갔다. 나침반을 확인하고 싶었다. '노틸러스호'가 정말로 우리를 해안 쪽으로 데려가고 있는지 알고 싶었다. '노틸러스호'는 아직 포르투갈 해역에 있었다. 해안선을 따라 북상하고 있었다.

산토리니섬을 방문한 뒤로는 네모 선장을 보지 못했다. 떠나기 전에 선장을 만날 기회가 있을까? 그를 만나고 싶기도 했지만, 한편으로는 만나는 게 두렵기도 했다. 그 수수께끼 같은 인물이 아직 배에 있는지도 의심스러웠다. 보트가 은밀한 사명을 띠고 '노틸러스호'를 떠난 그날 밤 이후, 선장에 대한 내 생각이 조금 달라졌다. 선장 자신이 뭐라고 하든, 그는 아직도 육지와 모종의 관계를 유지하고 있는 게 분명하다는 생각이 들었다.

저녁 식사는 평소처럼 내 방에 차려졌다. 나는 딴생각에 사로잡혀 있어서 음식도 잘 넘어가지 않았다. 네드를 만나기로 약속한 시간까지는 아직도 한 시간 반이 남아 있었다. 내 흥분은 두 배로 커졌다. 맥박이 격렬하게 뛰기 시작했다. 한 곳에 가만히 있을 수가 없었다. 몸을 움직이면 심란한 기분이 가라앉지 않을까 싶어 계속 오락가락했다.

나는 마지막으로 객실을 보고 싶었다. 나는 통로를 지나, 내가 그동안 유쾌하고 유익한 시간을 보낸 그 박물관으로 갔다. 그리고 다시는 돌아올 기약이 없는 망명을 떠나기 전날처럼 그곳에 있는 보물들을 찬찬히 살펴보았다.

나는 객실을 한 바퀴 도는 동안, 선장의 침실로 이어진 삼각형 구역에 있는 문에 이르렀다. 놀랍게도 그 문은 빠끔히 열려 있었다. 방은 텅 비어 있었다. 나는 문을 밀고 안으로 들어갔다. 전에 보았을 때와 마찬가지로 수도사의 방처럼 근엄한 분위기였다.

그 순간 벽에 걸려 있는 그림 몇 점이 내 눈길을 사로잡았다. 처음에 왔을 때는 보지 못했던 동판화들이었다. 그것은 인류의 위대한 사상에 평생을 바친 위인들의 초상화였다.

이 영웅들의 영혼과 네모 선장의 영혼 사이에는 어떤 관계가 있을까? 이 인물들의 초상화가 마침내 네모 선장의 비밀을 풀어 줄 수 있을까?

시계가 8시를 쳤다. 첫 번째 소리가 나를 공상에서 현실로 데려왔다. 나는 부들부들 떨면서 객실에서 뛰쳐나왔다. 나는 내 방으로 돌아와서 따뜻하게 옷을 차려입었다. 방수용 장화를 신고, 해달 모피로 만든 모자를 쓰고, 안에 바다표범 모피를 댄 재킷을 입었다. 준비는 끝났다. 나는 기다렸다.

9시 조금 전에 나는 선장의 침실 문에 귀를 갖다 댔다. 아무 소리도 나지 않았다. 나는 내 방을 나와 객실로 돌아갔다. 객실은 텅 빈 채 어스름에 잠겨 있었다.

스크루의 진동이 알아차릴 수 있을 만큼 줄어들더니 완전히 멈추었다. '노틸러스호'의 속도가 왜 바뀌었을까? 엔진이 멈춘 게 네드의 계획에 유리할지 불리할지는 알 수 없었다.

이제 정적을 깨뜨리는 것은 내 심장의 고동 소리뿐이었다. 그때 갑자기 덜컹하는 충격이 느껴졌다. 나는 '노틸러스호'가 대서양 밑바닥에 내려앉은 것을 알아차렸다. 내 불안은 더한층 고조되었다. 네드의 신호는 아직도 올 기미가 없었다.

그 순간, 객실 문이 열리더니 네모 선장이 나타났다. 선장은 나를 보고는 다짜고짜 유쾌한 투로 말했다.

"아하, 아로낙스 박사! 당신을 찾고 있었소. 스페인의 역사를 아십니까?"

내가 조국 프랑스의 역사를 달달 외고 있었다 해도, 마음이 어수선하고 머리는 텅 비어 버린 그런 상황에서는 단 하나의 역사적 사건도 설명하지 못했을 것이다.

"잘은 모릅니다."

"학자들은 다 그렇죠. 자, 앉으세요. 기묘한 역사적 사건 하나를 말씀드릴 테니까."

선장은 소파에 앉아서 다리를 쭉 뻗었다. 나는 선장 옆의 그늘진 의자에 자리를 잡았다.

"괜찮다면 1702년으로 돌아갑시다." 네모 선장이 말했다. "프랑스 국왕 루이 14세가 손자인 앙주 공을 스페인 왕위에 앉히려고 하자 이에 반대하는 네덜란드와 오스트리아와 영국이 헤이그에서 동맹을 맺었지요. 여기에 맞선 스페인이 아메리카 대륙에서 금은보화를 국내로 가져오던 중 적에게 빼앗길 위험에 놓이게 되자 수송선단을 호위하던 샤토르노 제독은 배에 불을 지르게 했고, 10월 22일 배들은 엄청난 보물과 함께 이곳 비고만에 몽땅 가라앉아 버린 것입니다."

네모 선장이 말을 끊었다. 솔직히 말하면 나는 그때까지도 선장의 이야기가 나하고 무슨 관계가 있는지, 짐작도 할 수 없었다.

"그래서요?" 내가 물었다.

"우리는 지금 비고만에 있습니다. 이제 당신은 그 역사의 비밀 속으로 파고들어 갈 수 있는 처지에 있는 겁니다."

선장은 일어나서 나에게 따라오라고 말했다.

'노틸러스호' 주변의 바닷물은 1킬로미터 거리까지 탐조등 불빛으로 가득 차 있는 것 같았다. 모래가 깔린 바닥은 시원스럽게 훤히 트여 있었다. 잠수복 차림의 선원들은 검은 난파선들 속에서 반쯤 썩은 나무통과 깨진 상자를 꺼내느라 바빴다. 이 상자와 통에서 금괴와 은괴, 은화와 귀금속이 쏟아져 나왔다. 모래밭에 금은보화가 흩뿌려져 있었다. 선원들은 귀중한 노획물을 짊어지고 '노틸러스호'로 돌아와 짐을 부리고는 다시 금은보화를 수확하러 돌아갔다.

그제야 나는 선장의 말을 이해했다. 이곳은 1702년 10월 22일의 전쟁터였다. 바로 이곳에 스페인 정부의 금은보화를

실은 배들이 가라앉은 것이다. 네모 선장은 필요할 때마다 이곳에 와서 수백만 프랑어치의 재물을 '노틸러스호'에 옮겨 실었다.

"나는 이곳만이 아니라 내가 작성한 해저 지도에 표시되어 있는 수천 척의 난파선에서 보물을 줍기만 하면 됩니다. 내가 왜 백만장자인지, 이제 아시겠습니까?"

"예. 하지만 이 재물이 제대로 분배된다면 수천, 수만 명의 불쌍한 사람들이 혜택을 받을 수 있었을 텐데, 그들이 참 안 됐다는 생각이 드는군요. 그 사람들한테는 이 많은 재물이 아무 도움도 안 될 테니 말입니다."

"아무 도움도 안 된다고요? 왜 그렇게 생각하시죠? 내가 이 보물을 거두어들이는 게 단지 사리사욕을 채우기 위해서 그런 거라고 생각하십니까? 내가 이 보물을 좋은 목적에 쓰지 않는다고 누가 그러던가요? 이 지구상에 고통받는 사람들과 억압받는 민족이 있다는 걸 내가 모르는 줄 아십니까? 도움이 필요한 불행한 사람들과 원수를 갚아 주어야 할 희생자들이 있다는 걸 내가 모르는 줄 아세요? 박사는……."

네모 선장은 너무 많이 말한 것을 후회하듯 도중에 말을 끊었다. 하지만 나는 이해했다. 네모 선장이 바닷속에서 고립된 생활을 추구하는 이유가 무엇이든, 그는 여전히 인간이었다! 그는 아직도 인류의 고통에 공감했고, 그의 위대한 관대함은 개인만이 아니라 억압받는 민족한테까지 미치고 있었다!

그제야 나는 '노틸러스호'가 압제자에게 반란을 일으킨 크레타섬 근해를 지나고 있을 때 네모 선장이 배에서 실어 낸 수백만 프랑이 어디로 갔는지를 알아차렸다.

이튿날인 2월 19일, 네드가 내 방에 들어왔다. 그는 몹시 낙담한 표정이었다.

"네드, 어제는 정말 운이 나빴어."

"그 빌어먹을 선장이 하필이면 우리가 막 탈출하려는 순간에 배를 세워 버릴 게 뭡니까?"

"그러게 말이야. 그때 마침 선장은 은행과 거래하고 있었어."

"은행이라뇨?"

"은행이라기보다 금고라고 해야 할까? 바로 이 바다를 말하는 걸세."

나는 어제 있었던 일을 말해 주었다. 그 이야기를 듣고 네드가 마음을 돌려서 선장을 떠나지 않겠다고 결심하기를 은근히 기대했지만, 네드는 비고만의 전투 현장에 가 보지 못한 것을 못내 아쉬워했을 뿐이었다.

"하지만 아직 끝나지 않았습니다, 박사님. 다음에는 반드시 성공할 겁니다. 필요하면 오늘 밤에라도 당장……."

네드는 콩세유에게 돌아갔다. 나는 옷을 입자마자 객실로 가서, 우리의 위치가 해도에 표시되기를 초조하게 기다렸다. 11시 반쯤 물탱크가 비었고, 배는 수면으로 떠올랐다. 나는 상갑판으로 올라갔다. 네드가 벌써 와 있었다.

육지는 전혀 보이지 않았다. 보이는 것은 드넓은 바다뿐이었다. 하늘은 잔뜩 찌푸려 있었다. 갑자기 돌풍이 일고 있었다.

네드는 잔뜩 화난 눈으로 부옇게 흐려진 수평선을 꿰뚫어 보려고 애썼다. 그 안개 저편에는 그가 그토록 간절히 바라는 육지가 펼쳐져 있을 거라는 희망을 아직도 버리지 못하고 있었다.

밤 11시쯤, 뜻밖에도 네모 선장이 나를 찾아왔다. 그는 어젯밤에 늦게까지 깨어 있어서 피곤하지 않으냐고 예의 바르게 물었다. 나는 피곤하지 않다고 대답했다.

"그럼 특별한 소풍을 나가자고 제의해도 되겠습니까?"

"좀 더 자세히 말씀해 보세요."

"당신은 지금까지 낮에 햇빛이 있을 때만 해저를 구경했는데, 캄캄한 밤에 해저를 방문하고 싶지는 않으십니까?"

"물론 그러고 싶습니다."

"미리 말씀드리지만 이 소풍은 몹시 피곤할 겁니다. 오랫동안 걸어야 하고, 산 하나를 올라야 하거든요. 게다가 길도 험하고요."

"그렇게 말씀하시니 더욱 호기심이 동하는데요. 나는 언제

든지 함께 갈 준비가 되어 있습니다."

"그럼 따라오시죠. 잠수복을 입어야 하니까."

탈의실에 이르렀을 때 나는, 네드와 콩세유는 물론 다른 승무원도 이번 소풍에 동행하지 않는다는 것을 알았다.

우리는 곧 장비를 갖추었다. 튼튼하게 보강된 지팡이가 내 손에 쥐어졌다. 잠시 뒤에 우리는 여느 때의 절차를 거쳐 수심 300미터의 대서양 밑바닥으로 내려갔다.

자정이 가까웠다. 바다는 칠흑같이 어두웠지만, 네모 선장은 멀리서 잔광처럼 희미하게 빛나는 불그레한 점을 가리켰다. 그 빛은 '노틸러스호'에서 3킬로미터쯤 떨어져 있었다. 그 불이 무엇인지, 연료가 무엇인지, 물속에서 어떻게 불이 계속 타오르고 있는지, 물속에 불을 피워 놓은 이유가 무엇인지는 알 수 없었다.

우리는 지팡이에 몸을 의지하여 걸음을 떼어 놓았다. 하지만 군데군데 납작한 돌멩이가 흩어져 있고 해초가 섞인 뻘에 발이 푹푹 빠져서 앞으로 나아가기가 어려웠다.

걷는 동안, 머리 위에서 지글거리는 소리가 들렸다. 그 소리는 이따금 훨씬 커져서 계속 딱딱거리는 소리가 되었다. 나는 곧 그 이유를 알아차렸다. 그것은 빗소리였다. 빗방울이 수면을 격렬하게 내리치고 있었다.

30분쯤 걷자 바닥이 온통 자갈밭이었다. 해파리, 갑각류, 산호의 일종인 바다조름이 희미한 인광을 발하고 있었다. 이따금 무수한 식충류나 무성한 해초로 뒤덮인 돌무더기가 보였다. 바닥에 끈적끈적한 해초가 카펫처럼 깔려 있어서 발이 자주 미끄러졌다. 끝에 물미를 박은 지팡이가 없었다면 여러 번 넘어졌을 것이다.

내가 방금 말한 돌무더기는 규칙적으로 밑바닥에 배열되어 있었지만, 그 규칙성을 명확하게 설명할 수는 없었다. 나는 거대한 밭고랑 같은 자국이 멀리 뻗어 나가 어둠 속으로 사라지는 것을 알아차렸다. 얼마나 멀리까지 뻗어 있는지는 짐작도 가지 않았다. 내가 이해할 수 없는 광경은 그것만이 아니었다. 납으로 된 장화 밑창은 뼈 무덤을 밟고 있는 것 같았다. 걸음을 내디딜 때마다 백골이 바스러지는 듯한 소리가 났기 때문이다.

그러는 동안, 우리를 안내해 주던 불그레한 불빛이 점점 커지더니 곧 지평선 전체가 활활 타올랐다. 그 수중 불빛은 내 호기심을 한없이 부풀렸다. 나는 전기의 유출을 목격하고 있는 것일까? 지상의 과학자들이 아직 모르는 자연 현상일까? 어쩌면 저 불꽃을 인간이 만들어 냈을지도 모른다는 생각이 언뜻 스쳤다. 어떤 손이 저 불에 부채질을 하고 있을까? 이 깊은 물속에서 네모 선장처럼 유별난 생활을 하고 있는 그의 동지나 친구를 만나게 되는 건 아닐까? 선장은 지금 그 친구를 찾아가고 있는 것일까? 저곳에 가면 지상의 불행에 진저리가 나서 독립된 생활을 찾아 해저로 내려온 망명자들을 만나게 되지 않을까? 이런 터무니없는 생각들이 연달아 머리에 떠올랐다.

길은 점점 밝아졌다. 높이가 250미터쯤 되는 산꼭대기에서 하얀 빛줄기가 사방으로 퍼져 나오고 있었다. 하지만 그것은 물의 프리즘 작용으로 생겨난 영상일 뿐이었다. 이 수수께끼 같은 빛의 원천, 즉 초점은 산 너머 뒤쪽에 있었다.

네모 선장은 대서양 밑바닥에 밭고랑처럼 파여 있는 돌밭의 미로를 거침없이 나아갔다. 그는 이 어두운 통로를 잘 알고 있었다. 이곳을 자주 걸어본 게 분명했다. 따라서 길을 잃을 염려는 없었다.

밤 1시였다. 우리는 산의 첫 번째 비탈에 이르렀다. 하지만 비탈을 올라가려면 우선 넓은 덤불 사이로 뻗어 있는 험한 길을 지나가야 했다.

그곳은 죽은 나무들로 이루어진 덤불이었다. 잎도 없고 수액도 없는 나무들, 해수의 작용으로 석화한 나무들 사이에 거대한 소나무가 여기저기 솟아 있었다. 크고 작은 해초가 길을 막고 있었다. 해초 사이에는 온갖 갑각류가 우글거렸다. 나는 바위를 기어오르고, 쓰러진 나무줄기를 타고 넘고, 이 나무에서 저 나무로 가로지른 덩굴을 자르며 앞으로 나아갔다. 물고기들이 놀라서 나뭇가지 사이로 달아났다.

우리는 커다란 덩어리로 무너져 내려 산사태처럼 밀려온 자갈더미 위로 기어올랐다. 좌우에는 끝이 보이지 않는 어두운 터널이 입을 벌리고 있었다. 하지만 네모 선장은 계속 산을 올라가고 있었다. 나는 뒤처지고 싶지 않아서 열심히 따라갔다.

'노틸러스호'를 떠난 지 두 시간 만에 우리는 숲지대를 지났다. 산꼭대기는 30미터 높이로 우뚝 솟아 있었다. 꼭대기에서 퍼져 나오는 빛살이 저 아래 산비탈에 그림자를 던지고 있었다. 어둠 속에서 수많은 빛이 깜박거리고 있었다. 그것은 굴속에 숨어 있는 거대한 갑각류의 눈이었다. 창으로 무장한 병사처럼 차렷 자세로 서서 철컥철컥 소리를 내며 다리를 흔드는 거대한 바닷가재, 대포처럼 버티고 앉아 있는 거대한 게, 살아 있는 뱀들이 뒤얽혀 싸우듯 다리를 비비꼬고 있는 문어는 경외심마저 불러일으켰다.

이 놀라운 세계는 도대체 무엇인가? 나는 아직도 이 세계의 이방인이었다.

하지만 나는 걸음을 멈출 수 없었다. 그 무시무시한 동물들에 이미 익숙한 네모 선장은 더 이상 그들에게 관심을 기울이지 않았다. 우리는 첫 번째 언덕에 도착했다. 여기서는 더욱 큰 놀라움이 나를 기다리고 있었다. 인간의 손이 닿은 흔적이 역력한 멋진 폐허가 서 있었던 것이다. 그것은 거대한 돌무더기였지만, 그래도 성채와 신전의 형태를 어렴풋이 알아볼 수 있었다. 그 위에는 꽃 같은 산호가 덮여 있고, 담쟁이 대신 해초가 두꺼운 외투처럼 그것을 뒤덮고 있었다.

나는 마지막으로 힘을 내어 선장을 따라갔다. 그리고 잠시 후 나머지 바위산보다 10미터쯤 높은 산꼭대기에 이르렀다. 나는 우리가 온 방향을 돌아보았다. 산은 평원보다 200 ~ 250미터 정도밖에 높지 않았다. 하지만 반대쪽에는 500미터 높이의 가파른 벼랑이 밑바닥까지 이어져 있었다.

나는 먼 곳을 바라보았다. 타오르는 불빛이 드넓은 공간을 눈부시게 비추고 있었다. 그 산은 화산이었다. 꼭대기보다 15미터 아래에서 돌멩이와 바위들이 비 오듯 쏟아지는 가운데 커다란 분화구가 용암을 토해 내고 있었다. 용암은 불의 폭포수처럼 물속으로 퍼져 나갔다. 화산은 거대한 횃불처럼 밑에 있는 평원을 지평선 끝까지 환히 비추었다.

바로 거기, 내 눈앞에 파괴된 도시, 황폐해지고 허물어진 도시가 나타났다. 지붕은 내려앉고, 신전은 무너지고, 기둥들은 바닥에 누워 있었지만, 그 건축물들에서는 아직도 견고한 균형과 조화를 분간할 수 있었다. 이쪽에는 거대한 수로 유적이 있고, 저쪽에는 오래전에 사라진 항구의 흔적이 남아 있고, 그 너머에는 무너진 성벽이 길게 늘어서 있고, 아무도 없는 넓은 도로가 뻗어 있었다. 도시 전체가 바닷속에 가라앉은 것이다. 네모 선장은 그것을 내 눈앞에 되살려 놓았다!

여기가 어디지? 도대체 어디일까?

네모 선장이 다가오더니, 하얀 돌멩이 하나를 집어 들고, 검은 현무암 바위로 다가가 낱말 하나를 적었다.

아틀란티스

한 줄기 빛이 번쩍하고 내 머리를 스쳐 갔다! 아틀란티스 대륙이 지금 내 눈앞에 있었던 것이다! 그 대륙을 덮친 재앙의 흔적을 아직도 생생히 간직한 채! 따라서 이곳은 헤라클레스의 기둥(지브롤터 해협) 너머에 존재했다가 물속으로 가라앉은 땅, 고대 그리스와 최초의 전쟁을 치른 강력한 아틀란티스인의 땅이었다!

나는 야릇한 운명에 이끌려 그 대륙의 산을 발로 밟고, 손으로는 지질시대 초기와 같은 시대인 수십만 년 전의 폐허를 만지고 있었다! 나는 최초의 인간과 같은 시대의 사람들이 걸었던 바로 그곳을 걷고 있었다! 이제 석화한 나무들이 한때 그늘로 덮었던 그 신화시대 동물들의 뼈를 나는 무거운 구두 밑창으로 바스러뜨리고 있었다!

그 웅장한 풍경을 기억에 새기면서 이런 몽상에 잠겨 있는 동안, 네모 선장은 이끼 긴 돌기둥에 기대앉아서, 말없이 황홀경에 빠진 채 꼼짝도 하지 않았다. 선장은 사라진 세대를 몽상하고 있었을까? 그들에게 인간 운명의 비밀을 묻고 있었을까? 그의 생각을 알 수만 있다면, 그 생각을 공유하고 이해할 수만 있다면 어떤 대가를 치러도 아깝지 않았을 것이다!

우리는 꼬박 한 시간 동안 그곳에 남아, 이따금 놀랄 만큼 강렬해지는 용암의 밝은 불빛 속에서 드넓은 평원을 바라보았다. 이따금 산속에서 부글부글 끓어오르는 마그마가 지각을 통해 우리한테까지 진동을 보내왔다. 물속에서 또렷이 전달되는 낮은 소리가 크게 증폭되어 울려 퍼졌다.

갑자기 깊은 물을 뚫고 달이 나타나, 물속에 가라앉은 대륙에 창백한 빛을 내려보냈다. 달빛은 희미했지만 형언할 수 없는 효과를 냈다. 선장은 일어나서 드넓은 평원을 마지막으로 바라본 다음, 나에게 따라오라고 손짓했다.

우리는 서둘러 산을 내려갔다. 석화한 나무숲을 지나자, 별처럼 빛나고 있는 '노틸러스호'의 탐조등 불빛이 보였다. 첫 새벽빛이 나타나 희붐하게 밝아졌을 때쯤 우리는 배에 돌아와 있었다.

18장

사르가소해

이튿날인 2월 20일, 나는 늦게야 눈을 떴다. 간밤의 피로 때문에 11시까지 늦잠을 잤다.

'노틸러스호'는 대서양 바닥을 스치듯 지나가고 있었다. 배와 밑바닥 사이의 거리는 10미터밖에 안 되었다. 배는 바람을 타고 대초원 위를 날아가는 풍선처럼 달리고 있었다.

이따금 바닥이 변덕스러운 변화를 보이면 '노틸러스호'는 속력을 늦추어 언덕 사이의 좁은 통로를 고래처럼 솜씨 좋게 빠져나가곤 했다. 미로가 도저히 빠져나갈 수 없을 만큼 복잡해지면, 배는 풍선처럼 떠올라 장애물을 넘은 다음 다시 바닥 가까이 내려가 빠른 속도로 전진을 계속했다.

오후 4시쯤, 주로 석화한 나뭇가지가 섞인 걸쭉한 진흙으로 이루어진 지형이 변화하기 시작했다. 나는 이제 곧 넓은 평원이 끝나고 산악지대가 나타날 모양이라고 생각했다. 실제로 '노틸러스호'가 구불구불 나아가는 동안 나는 높은 암벽이 남쪽 지평선을 차단하고 있는 것을 언뜻 보았다. 배의 위치를 측정하지 않았기 때문에 우리가 어디쯤 있는지는 알 수 없었다. 하지만 어쨌든 그 암벽은 아틀란티스 대륙의 끝을 나타내는 것 같았다. 우리는 사실 아틀란티스의 일부를 답사했을 뿐이다.

이튿날 내가 거실로 돌아간 것은 8시가 지나서였다. 나는 우선 압력계부터 확인했다. '노틸러스호'는 수면에 떠 있었다.

나는 해치로 올라갔다. 해치는 열려 있었다. 밖으로 나가면 당연히 햇빛을 볼 수 있을 줄 알았는데, 밖은 칠흑같이 어두웠다. 여기가 어디지? 아직 날이 새지 않았나?

어떻게 생각해야 할지 알 수가 없었다. 그때 어떤 목소리가 들려왔다.

"아로낙스 박사세요?"

"아아, 네모 선장! 여기가 어딥니까?"

"땅속입니다."

"땅속? '노틸러스호'는 여전히 물 위에 떠 있는 겁니까?"

"여전히 물 위에 떠 있습니다."

"도무지 이해할 수가 없는데요?"

"잠시만 기다리세요. 탐조등이 곧 켜질 테니까요. 상황을 확실히 알고 싶으시다면, 만족하실 겁니다."

나는 상갑판으로 올라가서 기다렸다. 너무 캄캄해서 선장의 모습도 보이지 않았다. 그때 갑자기 탐조등이 켜졌다. 희미한 빛은 강렬한 빛에 먹혀 버렸다.

빛이 너무 부셔서 한동안은 눈이 먼 것처럼 아무것도 보이지 않았지만, 이윽고 사물이 다시 보이기 시작했다. '노틸러스호'는 멈춰 서 있었다. 부두로 개조된 해안 옆에 떠 있었다. 배가 떠 있는 바다는 암벽에 둘러싸인 원형광장 같은 호수였다. 호수는 지름이 3킬로미터, 둘레가 10킬로미터쯤 되어 보였다.

나는 네모 선장에게 곧장 다가갔다.

"여기가 어딥니까?"

"사화산의 한복판입니다. 지각변동이 일어난 뒤 바다가 이 화산을 침범했지요. 박사가 자고 있는 동안 '노틸러스호'는 해수면보다 10미터 밑에 있는 천연 통로를 통해 이 호수로 들어왔습니다. 이곳은 그러니까 '노틸러스호'의 모항입니다. 안전한 피난처지요. 편리하고 은밀할 뿐만 아니라, 어느 방향에서 불어오는 바람도 막아 줍니다!"

"확실히 안전한 곳 같군요. 그런데 저 꼭대기에는 구멍이 뚫려 있는 것 같은데요?"

"그게 분화구입니다. 전에는 용암과 수증기와 불길로 가득

차 있었지만, 지금은 우리가 숨 쉬는 이 신선한 공기를 들여
보내 주는 통로가 되어 있지요."

"그런데 이 피난처가 도대체 무슨 필요가 있습니까? '노틸
러스호'는 항구가 필요 없잖습니까?"

"그렇긴 합니다만, '노틸러스호'가 움직이려면 전기가 필
요하고, 전기를 만들어 내려면 배터리가 필요하고, 배터리를
충전하려면 나트륨이 필요하고, 나트륨을 만들려면 석탄이
필요하고, 석탄을 비축하려면 탄광이 필요합니다. 그런데 바
로 이곳의 바다 밑바닥에는 지질시대 초기의 나무숲이 있습
니다. 지금은 그것이 석탄으로 변했고, 이곳의 탄층은 무진
장합니다."

"그럼 선장의 부하들은 광부 노릇도 합니까?"

"그렇습니다. 내 부하들은 잠수복을 입고 곡괭이를 들고
석탄을 캐러 갑니다. 그래서 나는 지상의 탄광에 의존할 필
요가 전혀 없지요. 내가 여기에 온 건 이미 비축해 둔 나트륨
을 가져가기 위해서일 뿐입니다. 나트륨을 배에 싣는 데에는
하루밖에 안 걸립니다. 그 작업이 끝나면 다시 여행을 계속
할 겁니다. 그러니까 이 동굴을 탐험하고 호수를 한 바퀴 돌
고 싶으시면, 오늘을 활용하세요."

나는 선장에게 고맙다고 말하고, 두 동료를 찾으러 갔다.
나는 여기가 어디인지도 말하지 않고 그냥 나를 따라오라고
말했다.

산기슭과 호수 사이에는 모래톱이 펼쳐져 있었다. 이 모래 톱을 따라 걸으면 호수를 한 바퀴 돌 수 있었다. 하지만 높은 암벽 기슭은 부서진 땅으로 이루어져 있었고, 그 위에 용암 덩어리와 거대한 속돌이 흩어져 그림처럼 아름다운 장관을 이루고 있었다.

호수의 물결에 씻겨 평평해진 모래밭을 벗어나자, 바닥이 눈에 띄게 높아졌다. 하지만 우리는 단단하게 굳지 않은 역 암 위를 조심스럽게 걸어야 했다. 장석과 석영으로 이루어진 유리질의 조면암을 밟으면 발이 미끄러졌기 때문이다.

우리는 계속 올라갔다. 기울기는 점점 가팔라지고 길은 점 점 좁아졌다. 우리는 무릎을 꿇은 채 미끄러지듯 나아가거나 납작 엎드려서 엉금엉금 기어갔다. 하지만 콩세유의 기술과 네드의 힘 덕분에 모든 장애물을 무사히 넘을 수 있었다.

70미터 높이에 이르자 용혈수가 힘센 뿌리로 바위를 밀어 내며 무리 지어 서 있는 숲에 이르렀다. 길모퉁이를 돌자 호 수 전체가 눈앞에 나타났다. 탐조등이 잔물결 하나 일지 않 는 잔잔한 수면을 구석구석까지 비추고 있었다. '노틸러스 호'도 꼼짝도 않고 멈춰 서 있었다. 밝은 공기 속에서 검은 그림자의 윤곽이 또렷하게 나타났다.

우리는 어느덧 천장을 떠받치고 있는 첫 번째 암석층에서 가장 높은 곳에 이르러 있었다. 비탈이 도저히 올라갈 수 없 을 만큼 가팔라지고 있었기 때문에, 우리는 다시 호숫가로 내려갈 수밖에 없었다. 머리 위에 입을 벌리고 있는 분화구는 넓은 우물 입구처럼 보였다. 우리가 있는 곳에서는 하늘을 분명히 볼 수 있었다.

30분 뒤에 우리는 암벽으로 둘러싸인 호숫가로 돌아왔다. 그때 웅장한 동굴 하나가 나타났다. 두 동료와 나는 그 동굴의 고운 모래 위에 네 활개를 펴고 드러누웠다. 땅속의 불이 매끄럽게 다듬어 놓은 동굴 벽은 운모 가루로 온통 반짝반짝 빛나고 있었다. 네드는 벽이 얼마나 두꺼운지 보려고 주먹으로 치기도 하고 발로 걷어차기도 했다.

우리는 한 시간쯤 그 동굴 속에 네 활개를 펴고 누워 있었다. 대화도 처음에는 활기에 넘쳤지만, 이제는 점점 시들해지고 있었다. 졸음이 우리를 엄습했다. 자지 않을 이유도 없었기 때문에 나는 깊은 잠 속으로 빠져들었다.

그런데 갑자기 나는 콩세유의 목소리에 눈을 떴다.

"위험해! 조심해!" 콩세유가 외쳤다.

"무슨 일이야?" 나는 반쯤 몸을 일으키면서 물었다.

"물이 들어오고 있습니다!"

나는 벌떡 일어났다. 바닷물이 강물처럼 우리 피난처로 쏟아져 들어오고 있었다.

잠시 후 우리는 동굴 위로 무사히 몸을 피했다.

"도대체 무슨 일이죠?" 콩세유가 물었다. "뭔가 새로운 현상인가요?"

"아니야. 그건 밀물일 뿐이야. 바깥 바다의 수위가 올라가고 있고, 지극히 자연스러운 평형의 법칙에 따라 이 호수의 수위도 올라가고 있는 거야."

45분 뒤에 우리는 호수 일주 여행을 끝내고 배로 돌아왔다. 나트륨을 싣는 작업도 끝난 뒤였다. '노틸러스호'는 이튿날 아침에 모항을 떠나 대서양의 물속으로 들어갔다.

그날 '노틸러스호'는 남쪽 방향을 유지한 채 대서양의 주목할 만한 해역을 지났다. '멕시코 만류'라고 불리는 이 난류는 플로리다 해협을 떠난 뒤 노르웨이 북쪽의 북극해로 향한다. 하지만 북위 44도 부근에서 멕시코만에 이르기 전에 두 갈래로 나뉘는데, 본류는 아일랜드와 노르웨이 쪽으로 가고, 지류는 포르투갈 서쪽의 아조레스 제도 앞에서 남쪽으로 간다. 그런 다음 아프리카 해안에 부딪히면 긴 타원형을 그리면서 다시 서인도 제도로 돌아간다.

이 지류를 이루는 따뜻한 물은 이제 차갑고 평화롭고 잔잔한 사르가소해를 둘러싼다. 대서양 한복판의 호수라고 해야 할 이 바다를 해류가 한 바퀴 도는 데에는 적어도 3년이 걸린다.

사르가소해는 물속에 가라앉은 아틀란티스 대륙을 덮고 있는 셈인데, '노틸러스호'가 지금 가고 있는 해역은 그런 곳이었다. 사르가소라는 이름이 '모자반'을 뜻하는 스페인어

'사르가소'에서 유래했을 만큼 그곳엔 바닷말이 무성하게 자라 있어서 배가 뚫고 나가지 못할 정도였다.

2월 22일은 온종일 사르가소해에서 보냈다. 이곳에는 물고기의 먹이인 해초와 갑각류가 풍부하다. 이튿날은 바다가 정상적인 모습으로 돌아왔다.

그 순간부터 18일 동안, 즉 2월 23일부터 3월 12일까지 '노틸러스호'는 한결같은 속도로 하루에 100해리씩 이동하면서 북대서양에 머물렀다. 뭔지는 모르지만 네모 선장은 해저 프로그램을 끝마친 다음, 남아메리카 남단의 혼곶을 돌아 남태평양으로 돌아갈 계획인 게 분명해 보였다. 우리는 그저 선장이 바라는 대로 순순히 따를 수밖에 없었다.

그 18일 동안 특별한 사건은 하나도 일어나지 않았지만, 우리는 온종일 수면에 떠서 항해했다. 바다는 거의 텅 비어 있었다. 서인도 제도로 짐을 싣고 가거나 희망봉으로 가는 범선이 몇 척 보일 뿐이었다.

그 18일 동안 콩세유와 내가 관찰한 물고기는 다른 위도에서 이미 연구한 어류와 별로 다르지 않았다. 우리가 관찰한 어류는 주로 연골어류인 상어였다. 대식가인 돔발상어도 지나갔는데, 떠도는 소문에 따르면 어느 돔발상어의 뱃속에서 들소 머리와 송아지 한 마리가 통째로 나왔다고 한다.

장난을 좋아하는 돌고래들은 온종일 우리를 따라왔다. 돌고래는 대여섯 마리씩 몰려다니면서 늑대처럼 무리로 사냥을 했다. 돌고래도 돔발상어 못지않게 먹성이 좋기 때문에, 어느 돌고래의 뱃속에서 쥐돌고래 열세 마리와 물범 열다섯 마리를 꺼냈다는 주장은 믿어도 좋을 것 같다.

돌고래들이 독창적인 기술로 날치를 사냥하는 장면보다 더 흥미진진한 구경거리는 없었다. 이 불운한 물고기들은 아무리 먼 거리를 날아도, 어떤 포물선을 그리며 날아도, 심지어는 '노틸러스호'를 훌쩍 뛰어넘어도, 항상 그 밑에서 기다리고 있는 돌고래의 입속으로 떨어지곤 했다.

우리는 태평양을 출발한 뒤 1만 3,000해리를 항해했다. 현재 위치는 서경 37도 53분·남위 45도 37분이었다. 네모 선장은 이곳의 수심을 조사하기 위해 최대한 깊이까지 내려가기로 결심했다. 나는 실험 결과를 기록할 준비를 갖추었다.

네모 선장은 '노틸러스호'의 흘수선에 45도 각도로 달려 있는 측면 경사판을 이용하여 비스듬히 내려가기로 결정했다. 스크루도 최고 속도로 회전시켰다. 스크루의 네 날개는 곧 맹렬하게 물을 때리기 시작했다.

강력한 추진력을 받은 '노틸러스호'의 선체는 진동하는 밧줄처럼 바르르 떨면서 꾸준히 물속으로 들어갔다. 선장과 나는 객실에 앉아서 빠른 속도로 내려가는 압력계의 바늘을 지켜보았다. 배는 대부분의 물고기가 살고 있는 해역을 순식간에 벗어났다.

압력계는 6,000미터 깊이를 나타내고 있었다. 잠항을 시작한 지 한 시간이 지났다. '노틸러스호'는 경사판에 이끌려 여전히 아래로 내려가고 있었다. 텅 빈 바다는 형언할 수 없이 맑고 투명했다.

한 시간 뒤 1만 4,000미터 깊이에 이르렀을 때, 검은 봉우리가 몇 개 솟아 있는 것이 보였다. 봉우리들 사이의 협곡은 여전히 깊이를 헤아릴 수 없었다. 따라서 그 봉우리들은 몽블랑산이나 히말라야산맥보다 훨씬 높은 꼭대기일 수도 있었다.

'노틸러스호'는 엄청난 수압을 받으면서도 계속 내려갔다. 볼트로 고정되어 있는 금속판 이음매가 떨리는 것을 느낄 수 있었다. 가로대가 휘고, 칸막이벽이 삐걱거리고, 객실 유리창이 수압으로 휘어져 있는 듯이 보였다.

물속에 숨어 있는 암벽을 스치듯 내려가면서 나는 그곳에도 조개가 남아 있는 것을 보았다. 갯지네와 불가사리도 보였다. 하지만 이 마지막 동물들도 곧 사라지고, '노틸러스호'는 풍선이 대기권을 벗어나듯 심해 동물의 생존 한계선을 벗어났다. 1만 6,000미터 깊이에 이르자 '노틸러스호'의 측면은 1,600기압의 압력을 견디게 되었다.

"믿을 수 없군요!" 나는 소리쳤다. "인간이 감히 발을 들여놓을 엄두도 내지 못한 이 깊은 심해를 유유히 돌아다니니! 보세요, 선장. 저 웅장한 바위, 아무도 살지 않는 동굴, 생명이 존재할 수 없는 지구의 마지막 영역을! 아직 아무도 보

지 못한 이 광경의 기억만 가져가야 하다니, 그래도 되는 겁
니까?"

그러자 네모 선장이 되물었다.

"기억 외에 다른 것도 가져가고 싶으시겠죠?"

"무슨 뜻이죠?"

"이 해저 풍경을 사진으로 기록하는 것보다 더 쉬운 일은
없을 거라는 뜻입니다."

이 제안에 미처 놀랄 틈도 없이, 네모 선장의 명령에 따라
카메라가 객실로 들어왔다. 전등 불빛을 받은 물은 활짝 열
린 금속판을 통해 한결같이 고른 빛을 분배하고 있었다. 카
메라는 심해의 밑바닥을 겨누었고, 몇 초도 지나기 전에 우
리는 선명한 음화를 손에 넣을 수 있었다.

사진에는 한 번도 햇빛을 본 적이 없는 원초의 바위, 지구
의 강력한 기반을 이루는 최하위 지층의 화강암, 바위에 뚫
려 있는 깊은 동굴들, 검은색으로 또렷이 떠올라 있는 더없
이 맑고 투명한 윤곽, 그리고 그 너머에 있는 산들의 지평선
이 나타나 있다.

네모 선장은 작업을 마치자 나에게 말했다.

"다시 올라갑시다. '노틸러스호'는 이런 압력을 그렇게 오
래 견딜 수는 없으니까요."

"그럼 올라갑시다."

"꽉 잡으세요."

선장의 신호에 따라 스크루가 돌아가고 경사판이 수직으로 세워지자, '노틸러스호'는 하늘로 떠오르는 풍선처럼 엄청난 속도로 올라가기 시작했다. 배는 물을 가르며 솟구쳤다. 배는 수면까지 1만 6,000킬로미터를 4분 만에 돌파했다. 그리고 요란한 소리를 내며 날치처럼 공중으로 올라갔다가 다시 떨어지면서 어마어마하게 높은 물보라를 사방으로 날려 보냈다.

19장

향유고래와 수염고래

3월 13일에서 14일로 넘어가는 밤에 '노틸러스호'는 남쪽으로 항해를 계속했다. 나는 혼곶에 도착하면 서쪽으로 방향을 돌려 태평양으로 돌아가서 세계 일주를 끝낼 줄 알았다. 하지만 배는 뱃머리를 돌리지 않고 남극을 향해 계속 내려갔다. '노틸러스호'는 어디로 갈 작정일까? 남극으로? 그건 미친 짓이다. 선장의 무모함을 두려워한 네드가 옳았다는 생각이 들기 시작했다.

네드는 오랫동안 탈출 계획에 대해 아무 말도 하지 않았다. 그는 눈에 띄게 말이 없어져서 거의 입을 다물고 있었다. 오랫동안 갇힌 생활이 그를 얼마나 무겁게 짓누르고 있는지를 알 수 있었다. 네드의 마음속에 얼마나 많은 분노가 쌓이고 있는지를 느낄 수 있었다. 선장을 만나면 네드의 눈은 어두운 빛을 내며 번득이곤 했다. 성격이 거친 네드가 극단적인 행동을 취하지나 않을까. 나는 늘 그게 두려웠다.

3월 14일, 네드가 콩세유와 함께 내 방으로 찾아왔다. 무슨 일로 왔느냐고 묻자, 네드가 대답했다.

"뭐 좀 물어볼 게 있어서요."

"말해 보게."

"이 배에 승무원이 몇 명이나 있다고 생각하십니까?"

"그건 나도 모르겠는데."

"내가 보기에는 '노틸러스호'를 운전하는 데에는 그렇게 많은 승무원이 필요할 것 같지 않습니다."

"그건 그래. 지금 상태로는 많아야 열 명 정도면 충분할 거야."

"맞습니다. 그런데 왜 그보다 많이 있을까요?"

"글쎄. 내 짐작에 따르면 '노틸러스호'는 단순한 배가 아니라 선장처럼 육지와 인연을 끊은 사람들의 도피처인 게 분명하네. 아마 그 때문이겠지."

"아마 그럴 겁니다." 콩세유가 말했다. "하지만 '노틸러스호'에 탈 수 있는 인원수는 한정되어 있습니다. 주인님은 최대한 몇 명까지 탈 수 있다고 생각하십니까?"

"그걸 내가 어떻게 알겠나?"

"계산해 보면 됩니다. 주인님은 이 배의 용적을 알고 계십니다. 따라서 거기에 들어가는 공기의 양도 알고 계시고, 한 사람이 호흡에 사용하는 공기의 양도 알고 계십니다. 그런데 '노틸러스호'는 공기를 보급하기 위해 24시간마다 수면으로 올라가야 하니까, 그 숫자들을 비교해 보면……."

콩세유의 말은 끝날 것 같지 않았지만, 나는 그가 무슨 말을 하려는지 알 수 있었다.

"'노틸러스호'의 용적은 1,500톤이고, 1톤은 1,000리터니까, 이 배에는 150만 리터의 공기가 들어 있어. 그걸 2,400리터로 나누면……." 나는 재빨리 종이에 계산을 했다. "……625. '노틸러스호'에 있는 공기로 625명이 24시간 동안 숨을 쉴 수 있다는 뜻일세."

"625명!" 네드가 소리쳤다.

"하지만 승객과 일반 선원과 부관까지 포함하면 그 숫자의 10분의 1은 빼도 돼."

"그래도 세 사람이 당해내기에는 너무 많군요!" 콩세유가 중얼거렸다.

"그러니까 네드, 나는 그저 인내심을 가지라고 충고할 수밖에 없네."

네드는 고개를 젓더니, 손등으로 이마를 문지르고는 대답도 하지 않고 나가 버렸다.

자유롭고 활동적인 생활에 익숙한 네드가 배 안의 단조로운 생활을 견딜 수 없는 것은 분명해 보였다. 그가 조금이라도 흥미를 가질 수 있는 일은 거의 없었다. 하지만 그날 네드가 작살잡이로 전성기를 누리던 시절을 생각나게 하는 일이 일어났다. 오전 11시쯤, '노틸러스호'가 고래 떼를 만난 것이다.

우리는 잔잔한 바다에 떠 있는 '노틸러스호'의 상갑판에 앉아 있었다. 남반구의 그 위도에서 3월은 북반구의 같은 위도에서 10월에 해당하기 때문에, 밖은 맑고 아름다운 가을 날씨였다. 동쪽 수평선에 고래가 나타났다고 말한 것은 네드였다.

"우와!" 네드가 소리쳤다. "내가 포경선에 타고 있다면 저 고래를 만난 걸 얼마나 기뻐했을까. 제기랄! 내가 왜 이놈의 강철 덩어리에 묶여 있어야 하지?"

"네드!" 내가 말했다. "이 바다에서 고래를 잡아 본 적이 있나?"

"한 번도 없습니다. 북극해와 베링 해협에서는 잡아 봤지만."

"그럼 남극 고래는 아직 못 봤겠군. 자네가 지금까지 잡은 고래는 모두 북극 고래라네. 남극 고래, 특히 수염고래는 일정한 해역을 서식지로 정해 놓고 절대로 그 바다를 떠나지 않거든."

"박사님, 그 말을 믿어야 합니까?"

"당연하지." 콩세유가 대꾸했다.

그때 네드가 갑자기 흥분한 목소리로 외쳤다.

"저기 봐! 점점 가까워 지고 있어. 이쪽으로 다가오고 있다고! 나를 약 올리고 있는 거야! 녀석은 내가 자기를 어쩌지 못한다는 걸 알고 있어!"

네드는 발을 동동 구르고 있었다. 손은 상상 속의 작살을 쥐고 있는 것처럼 떨렸다.

"아아!" 바다를 지켜보고 있던 네드가 또 소리를 질렀다. "한 마리가 아니야. 열 마리, 스무 마리…… 무리 전체가 다가오고 있어! 그런데도 속수무책으로 바라보기만 하다니!"

"네드." 콩세유가 말했다. "네모 선장한테 가서 고래잡이를 허락해 달라고 부탁하면……?"

콩세유가 말을 끝내기도 전에 네드는 해치 아래로 내려가 선장을 찾으러 달려갔다. 잠시 후 네드와 선장이 다시 갑판에 나타났다.

네모 선장은 '노틸러스호'에서 2킬로미터쯤 떨어진 곳에서 놀고 있는 고래 떼를 관찰했다.

"선장님!" 네드가 말했다. "저 고래를 잡아도 될까요? 내 작살 솜씨가 녹슬지 않게 하기 위해서라도?"

"고래를 잡아 봤자 무슨 소용이 있겠소?" 네모 선장이 대답했다. "단지 죽이기 위해서? 우리 배에서는 고래기름이 아무 쓸모도 없어요."

"하지만 홍해에서는 듀공을 잡는 걸 허락했잖습니까?"

"그때는 선원들에게 신선한 고기를 먹일 필요가 있었지요. 하지만 지금은 단지 죽이기 위한 사냥이 될 거요. 그게 우리 인류의 특권이라는 건 알지만, 심심풀이로 생명을 죽이는 따위의 잔인한 짓은 용납할 수 없습니다. 수염고래 같은 남극 고래는 인간에게 아무 해도 끼치지 않는 온순한 고래입니다. 그런 고래를 죽이는 것은 저주받을 짓이에요."

사냥꾼을 이런 식으로 설득하는 것은 헛수고였다. 네드는 네모 선장을 바라보고 있었지만, 선장의 말뜻을 전혀 이해하지 못하는 게 분명했다. 하지만 선장의 말이 옳았다. 야만적이고 몰지각한 고래잡이 사냥꾼들 때문에 언젠가는 바다에서 고래가 자취를 감출 것이다.

네모 선장은 고래 떼를 관찰하면서 나에게 말을 걸었다.

"인간이 괴롭히지 않아도 고래한테는 천적이 많습니다. 저 고래들은 이제 곧 천적과 한바탕 전투를 치르게 될 거예요. 바람 불어가는 쪽으로 10킬로미터쯤 떨어진 곳에 검은 점들이 움직이고 있는 게 보이세요?"

"아, 그렇군요." 나는 대답했다.

"저건 향유고래입니다. 무시무시한 녀석들이죠. 이따금 200마리나 300마리씩 떼 지어 다니는 놈들과 마주친 적이 있는데, 저렇게 잔인하고 못된 놈들은 멸종시키는 게 옳아요."

이 말에 네드가 재빨리 우리를 돌아보았다.

"선장." 내가 말했다. "아직 시간이 있는데……."

"그렇다고 위험을 무릅쓸 필요는 없어요. '노틸러스호'는 향유고래들을 충분히 쫓아낼 수 있을 겁니다. 이 배의 충각은 랜드 씨의 작살만큼이나 효과적이지요."

네드는 보란 듯이 어깨를 으쓱했다. 충각으로 고래를 공격한다고? 그런 터무니없는 소리는 들어 본 적도 없다는 몸짓이었다.

"두고 보세요, 아로낙스 박사." 네모 선장이 말을 이었다. "당신이 한 번도 본 적이 없는 사냥 장면을 보여 드릴 테니까. 잔인한 고래는 전혀 동정할 필요가 없습니다. 향유고래는 아가리와 이빨밖에 없어요!"

아가리와 이빨! 머리가 크고 몸길이가 25미터를 넘는 향유고래를 그보다 더 잘 묘사할 수는 없었다. 이 고래의 거대한 머리는 몸 전체의 3분의 1을 차지하고 있다. 위턱에 얇은 각질 판이 달려 있을 뿐인 보통 수염고래에 비해, 향유고래는 25개의 거대한 이빨로 무장하고 있다.

그 괴물 같은 향유고래 무리는 여전히 다가오고 있었다. 놈들은 수염고래 무리를 발견하고는 공격할 태세를 갖추고 있었다. 향유고래의 승리는 누구나 예상할 수 있었다. 향유고래의 체격이 공격하기에 더 적당할 뿐만 아니라, 상대인 수염고래는 공격 성향을 갖고 있지 않았기 때문이다. 게다가 향유고래는 수면으로 올라와 숨을 쉬지 않고 오랫동안 물속에 머물 수 있다.

　이제 수염고래를 도와주러 갈 때가 되었다. '노틸러스호'
는 물속으로 들어갔다. 콩세유와 네드와 나는 객실 창가에
자리를 잡았다. 네모 선장은 자신의 배를 파괴적인 무기로
이용하기 위해 조타실로 갔다. 곧이어 스크루의 진동이 빨라
지고, 그에 따라 배의 속도가 빨라지는 것이 느껴졌다.

　'노틸러스호'가 전쟁터에 도착했을 때, 향유고래와 수염고
래의 전투는 이미 시작된 뒤였다. 얼마나 굉장한 전투였는지
모른다. 네드조차 완전히 열중했고, 나중에는 박수까지 쳤
다. '노틸러스호'는 선장이 휘두르는 무서운 작살이 되었다.
배는 살덩어리를 향해 돌진하여 곧바로 꿰뚫었다. 향유고래
는 당장 두 토막이 나서 도리깨질하듯 파도에 흔들렸다. 향
유고래들이 그 힘센 꼬리로 뱃전을 후려쳐도 '노틸러스호'는
끄떡하지 않았다. 향유고래가 물속으로 달아나면 따라서 들
어가고, 수면으로 돌아오면 따라서 올라오고, 향유고래를 정
면으로 들이받거나 비스듬히 공격하여 몸을 절단하고 갈기
갈기 찢고, 사방에서 다양한 속도로 공격하고, 무시무시한
충각으로 향유고래의 몸을 꿰뚫었다.

　이 엄청난 살육전은 한 시간 동안 계속되었다. 마침내 향
유고래의 수가 줄어들기 시작했다. 파도는 다시 잔잔해졌다.
나는 배가 수면으로 올라가는 것을 느낄 수 있었다. 해치가
열렸다. 우리는 상갑판으로 올라갔다.

바다는 토막 난 시체로 뒤덮여 있었다. '노틸러스호'는 피바다 한가운데에 떠 있었다.

네모 선장이 다가왔다.

"어떻습니까, 랜드 씨?" 선장이 물었다.

"정말 끔찍한 광경이었습니다. 나는 백정이 아니라 사냥꾼입니다. 이건 백정이나 하는 짓이에요."

"못된 짐승을 몰살한 겁니다."

나는 네드가 자제심을 잃고 거칠게 나오지 않을까 걱정이 되었다. 그렇게 되면 비참한 결과가 초래될 것이다. 하지만 네드는 그 순간 '노틸러스호'가 다가가고 있던 고래를 보고는 분노를 잠시 잊어버렸다.

그 고래는 향유고래들의 이빨을 피하지 못했다. 그것은 머리가 납작하고 새까만 남극 고래였다. 불운한 그 고래는 향유고래의 이빨에 물려 구멍이 뚫린 뱃가죽을 드러내고 옆으로 누운 채 죽어 있었다. 잘려 나간 지느러미 끝에는 아직도 작은 새끼가 매달려 있었다.

네모 선장은 '노틸러스호'를 고래 시체에 바싹 붙였다. 승무원 두 명이 고래 옆구리로 내려가 젖을 짜기 시작했다. 커다란 통 두어 개가 고래 젖으로 가득 찼다.

선장이 아직도 따끈한 고래 젖을 컵에 따라 나에게 내밀었다. 선장은 고래 젖이 영양도 풍부하고 소젖과 전혀 다르지 않다고 말했다. 나는 시험 삼아 한 모금 마셔 보았다. 선장의 말이 옳았다. 실제로 고래 젖은 우리에게 유용한 음식이 되었다. 소금을 쳐서 버터나 치즈로 가공한 고래 젖이 단조로운 우리 식탁에 유쾌한 변화를 가져다주었기 때문이다.

나는 그날부터 네모 선장에 대한 네드의 태도가 점차 험악해지는 것을 알아차리고 불안해졌다. 그래서 나는 네드의 행동에서 눈을 떼지 않기로 마음먹었다.

20장

남극에 도달하다

'노틸러스호'는 여전히 남쪽으로 내려가고 있었다. 상당히 빠른 속도로 서경 50도를 따라가고 있었다.

3월 14일, 나는 남위 55도에서 바다에 떠 있는 얼음장을 발견했다. 길이가 6~7미터쯤 되는 얼음덩이가 암초를 이루고 있었다. 북극해에서 고래를 잡아본 네드는 빙산에 익숙해져 있었지만, 콩세유와 나는 처음 보는 빙산에 넋을 잃었다.

남쪽으로 내려갈수록 물에 떠 있는 빙산은 더 많아지고 크기도 커졌다. 새들이 그 위에 수천 마리씩 둥지를 틀고 있었다. 슴새와 갈매기·흰가래기·바다쇠오리가 귀가 먹먹해질 만큼 큰 소리로 울어댔다. 어떤 녀석들은 '노틸러스호'를 고래로 착각하고 갑판에 내려앉아 금속판을 부리로 쪼아대기도 했다.

 얼음 사이를 항해하는 동안 네모 선장은 자주 상갑판에 머물렀다. 그리고 그 황량한 바다를 유심히 살펴보았다. 침착하게 바다를 바라보던 그의 눈이 이따금 강렬하게 빛나는 것을 나는 알아차렸다. 바다에 떠 있는 빙산들 중에는 길이가 몇 킬로미터나 되고 높이가 70~80미터에 이르는 것도 있었다.

 몹시 추웠다. 바깥 공기에 노출된 온도계는 영하 2도 내지 3도를 가리켰다. 하지만 우리는 물범이나 북극곰의 털가죽으로 만든 옷을 따뜻하게 입고 있었다. '노틸러스호'의 내부는 늘 전기장치로 난방을 하기 때문에, 아무리 심한 추위도 문제가 되지 않았다. 좀 더 참을 만한 온도를 바란다면 물속으로 몇 미터만 내려가면 되었다.

 3월 16일 오전 8시쯤, '노틸러스호'가 남극권으로 들어갔다. 얼음이 사방에서 우리를 둘러싸 수평선을 가려 버렸다. 하지만 네모 선장은 계속 남쪽으로 뱃머리를 고정시킨 채, 이 통로에서 저 통로로 부지런히 움직였다.

 솔직히 말하면 이 모험 여행은 꽤 즐거웠다고 인정할 수밖에 없다. 이 낯선 지역의 아름다운 풍광이 얼마나 나를 사로잡았는지는 도저히 말로 표현할 수 없다. 얼음덩이들은 저마다 환상적인 자태를 뽐내고 있었다. 수많은 뾰족탑과 이슬람 사원을 거느린 동방의 도시처럼 보이는 것도 있고, 지진으로 무너져 파괴된 도시처럼 보이는 것도 있었다.

빠져나갈 길이 전혀 보이지 않아, 이제 꼼짝없이 얼음 속에 갇혔구나 싶을 때도 많았다. 하지만 길잡이 본능을 타고난 네모 선장은 아주 작은 징후를 이용하여 새로운 통로를 찾아내곤 했다.

하지만 3월 16일에는 얼음이 앞길을 완전히 막아버렸다. 그것은 하나의 빙원이 아니라, 수많은 빙원들이 추위 때문에 한데 달라붙은 것이었다. 그런 장애물도 네모 선장을 막을 수는 없었다. 선장은 무서울 만큼 격렬하게 그 장애물에 덤벼들었다. '노틸러스호'는 쐐기처럼 얼음덩이를 뚫고 들어갔다. 얼음은 무시무시한 소리를 내면서 부서졌다.

며칠 동안 거센 돌풍과 눈보라가 이따금 덮쳤다. 자욱한 안개가 끼면 갑판 끝이 보이지 않을 정도였고, 바람이 사방팔방에서 휘몰아쳤다. 상갑판에 층층이 쌓인 눈은 단단하게 굳어서 곡괭이로 깨뜨려야 했다.

이런 상황에서 기압계 눈금은 대개 낮은 위치에 머물러 있었다. 심지어는 735밀리미터까지 떨어질 때도 있었다. 나침반을 읽는 것은 더 이상 의미가 없었다. 자남극이 가까워지자 나침반 바늘은 미쳐 버린 것처럼 서로 모순되는 방향을 가리켰다.

3월 17일, '노틸러스호'는 스무 번이나 공격에 실패한 뒤 마침내 얼음 속에 갇혀 버렸다. 문제는 이제 빙산이나 빙원이 아니라, 서로 맞물려 꼼짝도 않는 산들로 이루어진 끝없는 장벽이었다.

"유빙이다!" 네드가 말했다.

우리보다 먼저 이곳에 왔던 항해자들이 모두 그랬듯이, 네드도 유빙(바다에 떠다니는 얼음덩이) 지대를 결코 넘을 수 없는 장애물로 생각하는 게 분명했다.

우리 눈앞에는 더 이상 바다가 보이지 않았다. 바다만이 아니라 어떤 수면도 보이지 않았다. 모든 것이 얼어붙어 있었다. 심지어는 소리까지도 얼어붙었다. 그래서 '노틸러스호'는 빙원을 뚫고 나아가는 대담한 항해를 멈출 수밖에 없었다.

그날 네드가 나에게 말했다.

"박사님, 선장이 계속 앞으로 나가면……."

"나가면?"

"위인이 될 겁니다."

"왜?"

"유빙 지대는 아무도 건널 수 없으니까요. 네모 선장도 보통 강한 사람이 아니지만, 자연만큼 강하지는 않습니다. 자연이 한계를 설정하면 인간은 거기서 멈출 수밖에 없어요."

"맞는 얘기야. 하지만 나는 저 빙원 너머에 뭐가 있는지 알고 싶네. 앞을 가로막는 벽만큼 나를 괴롭히는 건 없어!"

"주인님 말씀이 옳습니다." 콩세유가 말했다.

"이봐!" 네드가 말했다. "빙원 너머에 뭐가 있는지는 누구나 알고 있어."

"그게 뭔데?" 내가 물었다.

"얼음이죠. 더 많은 얼음!"

"자네는 그걸 확신하는 모양이군. 하지만 나는 그렇게 확신할 수가 없어. 그래서 내 눈으로 직접 확인하고 싶은 걸세."

"그 생각은 포기하세요. 여기 유빙까지 온 것만으로도 충분합니다. 박사님도, 네모 선장도, '노틸러스호'도 여기서 더 이상은 나아갈 수 없어요."

'노틸러스호'는 얼음을 깨려고 갖은 애를 다 썼지만, 아무리 강력한 수단을 동원해도 배는 꼼짝달싹도 하지 않았다. 우리가 지나온 통로가 다시 막혀 버렸기 때문이다. 우리 배가 계속 정지해 있으면, 오래지 않아 우리는 완전히 얼음에 갇혀 버릴 것이다. 아니, 오후 2시쯤 실제로 그런 사태가 벌어졌다.

내가 상갑판에 있을 때, 잠시 상황을 살피고 있던 선장이 말했다.

"어떻게 생각하십니까?"

"아무래도 갇힌 것 같군요."

"그럼 박사는 '노틸러스호'가 여기서 빠져나갈 수 없을 거라고 생각하십니까?"

"어려울 겁니다. 남반구에서는 계절이 이미 가을로 접어들어서, 얼음이 녹기를 기대할 수도 없습니다."

"당신은 영원히 변치 않을 거요." 네모 선장이 빈정거리는 투로 말했다. "언제나 장애물만 보지요! 분명히 말씀드리지만, '노틸러스호'는 여기서 빠져나갈 수 있을 뿐만 아니라, 훨씬 멀리까지 갈 겁니다!"

"더 남쪽으로 간단 말입니까?"

"그렇습니다. 남극까지 갈 겁니다."

"남극까지?" 나는 도저히 믿을 수 없다는 기분을 억누르지 못하고 소리쳤다.

"그렇소!" 선장은 냉정하게 대답했다. "남극까지! 지구의 모든 자오선이 만나는 그 미지의 지점까지 갈 겁니다. 아시다시피 나는 '노틸러스호'만 있으면 뭐든지 할 수 있어요."

그렇다. 나는 그것을 알고 있었다. 그리고 선장이 미쳤다고 해도 좋을 만큼 용감하다는 것도 알고 있었다! 남극은 북극보다 훨씬 넘기 어려운 장애물로 둘러싸여 있어서, 아무리 대담한 항해가도 아직까지 남극에는 도달한 적이 없었다. 감히 그런 곳에 가려고 마음을 먹을 수 있는 사람은 정신 나간 미치광이뿐이다!

아니, 네모 선장은 인간의 발길이 닿지 않은 남극에 이미 가 본 적이 있는 게 아닐까. 문득 그런 생각이 들어서 선장에게 물어보았다.

"이번엔 남극을 발견하려고 합니다. 아직까지는 '노틸러스호'를 남극해 깊숙이까지 몰고 가 본 적이 없지만, 이번에는 훨씬 멀리까지 들어갈 작정이지요."

"좋습니다. 당신을 믿습니다, 선장! 앞으로 나아갑시다! 우리에게는 어떤 장애물도 없습니다! 유빙이 끝내 저항하면, '노틸러스호'에 날개를 달아서 그 위로 넘어갑시다!"

"위로 넘어간다고요?" 네모 선장은 냉정하게 대답했다. "위가 아니라 아래로 갈 겁니다."

"아래로!" 나는 소리쳤다.

갑자기 계시 같은 깨달음이 내 마음을 채웠다. 나는 드디어 선장의 의도를 알아차렸다.

"우리가 마침내 서로를 이해하기 시작한 것 같군요." 선장이 웃으면서 말했다. "보통 배에는 불가능한 일도 '노틸러스호'한테는 어린애 장난에 불과합니다."

"그렇습니다" 나는 선장의 추론에 황홀해졌다. "수면은 얼어붙어도 그 밑은 자유롭게 다닐 수 있겠군요. 빙산에서 물속에 잠겨 있는 부분과 물 밖으로 나와 있는 부분의 비율은 3대 1이잖습니까?"

"대개 그렇습니다. 수면 위로 빙산이 1미터 나와 있다면, 수면 밑에 있는 빙산은 3미터입니다. 저 빙산들은 높이가 100미터를 넘지 않으니까, 물속으로는 기껏해야 300미터밖에 내려가 있지 않아요. '노틸러스호'에 300미터가 무슨 대수겠습니까?"

"맞습니다, 선장!" 나는 흥분하여 소리쳤다.

4시쯤 네모 선장은 해치를 닫겠다고 말했다. 나는 우리가 밑으로 지나가게 될 두꺼운 유빙을 마지막으로 바라보았다. 날씨는 맑았고 공기는 더없이 깨끗했다. 기온은 영하 12도 였지만, 바람이 잔잔해서 그다지 춥게 느껴지지 않았다.

곡괭이로 무장한 승무원들이 열 명쯤 '노틸러스호'의 뱃전 으로 올라가, 선체 주위에 달라붙은 얼음을 깼다. 배는 곧 얼음에서 풀려났다. 갓 생긴 얼음은 아직 얇았기 때문에 이 작업은 오래 걸리지 않았다. 우리는 모두 배 안으로 들어갔다. '노틸러스호'는 곧 물속으로 가라앉았다.

나는 콩세유와 함께 객실 창가에 앉아서 남극해의 물속을 내다보았다.

300미터 깊이에 이르렀을 때, 네모 선장이 예언한 대로 우리는 유빙 밑으로 들어갔다. 그래도 '노틸러스호'는 더 깊이 내려가 800미터 깊이에 이르렀다. 수면은 영하 12도였는데, 이곳의 수온은 영하 11도였다. 벌써 1도가 올라갔다. 말할 것도 없는 일이지만, '노틸러스호' 안의 기온은 난방장치 덕택에 그보다 높은 온도를 유지하고 있었다. 이 모든 장치는 놀랄 만큼 정확하게 작동되었다.

유빙 아래를 잠항하는 것은 색다른 경험이었기 때문에, 콩세유와 나는 밤중에도 객실 창가에서 몇 시간을 보냈다. 환한 탐조등 불빛을 받은 바다는 텅 빈 것 같았다. 얼음에 갇힌 바다에는 물고기가 살지 않았다.

이튿날인 3월 18일, 나는 오전 5시에 다시 객실 창가에 자리를 잡았다. 배는 수면으로 올라가고 있었지만, 물탱크를 천천히 비우면서 조심스럽게 올라가고 있었다.

나는 가슴이 두근거렸다. 물 밖으로 나가서 다시 남극 지역의 탁 트인 하늘을 보게 될까?

아니었다. 나는 갑자기 심한 진동을 느끼고, '노틸러스호'가 유빙 바닥에 충돌한 것을 알아차렸다. 충격이 둔탁한 것으로 미루어보아 유빙은 아직도 두꺼웠다.

낮에 '노틸러스호'는 수면으로 올라가려는 시도를 여러 번 되풀이했지만, 그때마다 천장을 이루고 있는 얼음에 부딪혔다. 때로는 900미터 깊이에서 얼음에 부딪히기도 했는데, 그것은 얼음 전체의 두께가 1,200미터이고, 그중 300미터가 수면 위로 솟아 있다는 것을 의미했다.

저녁때까지도 상황은 달라지지 않았다. 얼음의 높이는 400미터 내지 500미터 사이를 유지했다. 전보다는 확실히 얇아졌지만, 우리와 수면 사이에는 여전히 두꺼운 얼음덩이가 가로놓여 있었다.

그날 밤에는 편히 자지 못했다. 기대와 두려움이 번갈아 나를 사로잡았다. 나는 여러 번 잠을 깼다. '노틸러스호'는 여전히 암중모색을 계속하고 있었다. 밤 3시쯤, '노틸러스호'가

겨우 50미터 깊이에서 유빙 바닥과 접촉했다. 수면과의 거리는 50미터도 안 되었다.

나는 압력계에서 눈을 떼지 않았다. 우리는 계속 위로 비스듬히 올라가고 있었다. 얼음이 탐조등 불빛에 반짝거렸다. 유빙은 위아래가 모두 얇아지고 있었다.

3월 19일, 그 기억할 만한 날 오전 6시, 마침내 객실 문이 열리고 네모 선장이 나타났다.

"얼지 않은 바다로 나왔습니다!" 선장이 말했다.

나는 상갑판으로 올라갔다. 정말로 얼지 않은 바다였다! 유빙과 빙산 몇 개가 흩어져 있을 뿐이었다. 저 멀리 드넓은 바다가 보였다. 하늘에는 새들이 무리 지어 날고, 물속에는 수많은 물고기가 헤엄치고, 바닷물은 깊이에 따라 검푸른색에서 녹갈색까지 다양했다.

"여기가 남극인가요?" 나는 가슴을 두근거리며 선장에게 물었다.

"잘 모르겠습니다. 정오에 위치를 측정할 겁니다."

"하지만 이렇게 안개가 짙은데 해가 날까요?" 나는 잿빛 하늘을 쳐다보면서 물었다.

"잠깐이라도 얼굴을 내밀어주면 충분합니다."

'노틸러스호'에서 남쪽으로 15킬로미터쯤 떨어진 곳에 외딴 섬 하나가 200미터 높이로 솟아 있었다. 우리는 그쪽으로 뱃머리를 돌렸다. 한 시간 뒤에 우리는 섬에 도착했다. 그리고 두 시간 뒤에는 섬을 한 바퀴 돌았다. 섬의 둘레는 7~8킬로미터 정도였다. 좁은 해협이 상당히 넓은 땅과 이 섬을 갈라놓고 있었다.

'노틸러스호'는 충돌을 피하기 위해 해안에서 600미터쯤 떨어진 곳에 멈춰 섰다. 그리고 보트를 내렸다. 선장과 측량 기구를 든 승무원 두 명과 콩세유와 내가 보트에 올라탔다. 아침 10시였다. 네드는 보이지 않았다. 네드는 남극을 눈앞에 두고 패배를 인정할 생각이 없는 모양이었다.

몇 번 노를 젓자 보트는 금세 모래밭에 올라앉았다. 콩세유가 해안으로 뛰어내리려는 것을 보고 내가 말렸다. 그러고는 선장에게 말했다.

"선장, 이 땅에 첫발을 내딛는 영광은 마땅히 당신이 누려야 합니다."

"남극 땅에 첫발을 내딛다니! 나한테 더없는 기쁨이 될 겁니다." 선장이 대답했다.

그러고는 모래밭으로 훌쩍 뛰어내렸다. 선장은 작은 곶 끝에 튀어나와 있는 바위로 올라가, 팔짱을 끼고 눈을 빛내면서 주위를 둘러보았다. 남극 땅을 독점이라도 한 듯 5분 동안 무아지경에 빠져 있다가 다시 우리를 돌아보았다.

"자, 박사도 올라오세요." 선장이 소리쳤다.

나는 보트에서 내렸다. 콩세유도 내 뒤를 따랐다. 두 승무원은 보트에 남았다.

벽돌처럼 적갈색을 띤 응회암이 멀리까지 뻗어 있었다. 용암류와 속돌이 땅을 뒤덮고 있었다. 화산 활동의 결과인 것은 의심할 여지가 없었다. 여기저기 유황 냄새를 풍기는 증기가 나오고 있는 것은 땅속에서 불이 아직도 활동하고 있다는 증거였다.

이 황량한 대륙에 식물은 아주 빈약해 보였다. 지의류가 검은 석영질 암석을 덮고 있었다.

해안에는 연체동물이 점점이 흩어져 있었다. 작은 홍합, 삿갓조개, 매끄러운 새조개, 크릴새우가 눈에 띄었다. 몸길이가 4~5센티미터인 크릴새우는 수십만 마리가 보였는데, 고래에게는 한입 거리에 불과하다.

하지만 동물이 지나칠 만큼 풍부한 곳은 하늘이었다. 수천마리의 다양한 새들이 귀가 먹먹해질 만큼 요란한 소리로 울어대면서 하늘을 날고 날갯짓을 했다. 바위도 새들로 뒤덮여 있었다. 새들은 우리가 지나가는 것을 보고도 전혀 겁을 내지 않았고, 펭귄은 우리 발치에 떼 지어 모여들었다. 펭귄은 땅 위에서는 꼴사납게 뒤뚱거리며 둔하게 움직이지만, 물속에서는 동작이 아주 민첩하고 유연해서 이따금 가다랑어와 혼동되기도 한다. 펭귄은 특히 귀에 따가운 울음소리를 냈고, 수많은 무리를 이루었다. 몸짓은 조용하지만 울음소리는 너무 시끄럽다.

두 날개를 편 길이가 4미터나 되는 알바트로스가 하늘을 유유히 날아갔다. 날개가 구부러진 거대한 물수리, 물범을 잡아먹어서 바다의 독수리라고 불리는 수염수리, 몸 윗부분에 검은색과 흰색의 바둑판무늬가 있는 작은 오리 같은 갈매기, 온갖 슴새도 보였다.

1킬로미터쯤 가자 땅이 펭귄들의 '둥지'로 온통 뒤덮여 있었다. 알을 낳기 위한 은신처에서 수많은 새들이 나오고 있었다. 나중에 네모 선장은 펭귄을 수백 마리나 사냥했다. 펭귄 고기는 맛이 좋기 때문이다.

안개는 여전히 걷히지 않았고, 오전 11시가 됐는데도 해는 아직 얼굴을 내밀지 않았다. 나는 걱정스러웠다. 해가 없으면 아무것도 관측할 수가 없다. 그러면 우리가 남극에 도달했는지를 어떻게 알 수 있겠는가?

해가 잠시도 모습을 드러내지 않은 채 정오가 되었다. 해가 구름 뒤의 어디쯤에 숨어 있는지도 짐작할 수 없었다. 곧이어 구름이 눈을 뿌리기 시작했다.

"내일!" 선장이 짤막하게 말했다.

우리는 눈보라 속을 지나 '노틸러스호'로 돌아왔다.

눈보라는 하루 종일 계속되었다. 갑판에 머물 수도 없을 정도였다. 슴새와 알바트로스의 울음소리가 눈보라를 뚫고 들려왔다.

이튿날인 3월 20일, 눈보라가 그쳤다. 추위는 더욱 심해져서 온도계 눈금이 영상 2도를 가리켰다. 안개가 피어올랐다. 오늘은 위치를 관측할 수 있을 것 같았다.

네모 선장이 아직 나타나지 않았기 때문에, 콩세유와 나만 보트를 타고 육지로 올라갔다. 다양한 물범들이 해안에 길게 드러누워 있거나 평평한 유빙 위에 엎드려 있었다. 바다에서 기어 나오는 녀석도 있고, 바다로 돌아가는 녀석도 있었다. 우리가 다가가도, 인간을 본 적이 없는 물범들은 달아날 생각도 하지 않았다.

"네드가 함께 오지 않은 게 천만다행이군요!" 콩세유가 말했다.

"왜?"

"물범을 보았다면 씨를 말렸을 테니까요."

"그건 좀 과장이지만, 그가 저 멋진 동물 몇 마리를 작살로 잡는 것은 막을 수 없었겠지. 그랬다면 네모 선장은 속이 뒤집혔을 거야. 선장은 인간에게 아무 해도 끼치지 않는 동물을 아무 이유도 없이 죽이지는 않으니까."

"선장이 옳습니다."

오전 8시였다. 태양을 관찰할 수 있을 때까지 아직도 네 시간이 남아 있었다. 나는 해안의 화강암 절벽 안쪽으로 파고 들어 온 거대한 후미 쪽으로 걸어갔다.

눈에 들어오는 땅과 유빙은 바다표범과 바다코끼리 같은 짐승들로 완전히 덮여 있었다. 바다표범이 특히 많았는데,

수컷과 암컷이 따로 떨어져서 별개의 무리를 이루고 있었다. 수컷은 가족을 지켰고, 어미는 새끼에게 젖을 물렸고, 조금 자란 새끼들은 몇 미터 떨어진 곳에서 독립을 준비하고 있었다. 그들은 대부분 바위나 모래 위에서 자고 있었다.

"저 동물들은 위험하지 않습니까?" 콩세유가 물었다.

"건드리지만 않으면 괜찮아. 바다표범이 새끼를 지킬 때는 무척 사납지. 어부들의 보트를 뒤집거나 산산조각내는 일도 드물지 않아."

"그건 당연한 권리예요."

"그럴지도 모르지."

3킬로미터를 더 걸은 뒤, 우리는 후미의 남쪽에 불쑥 튀어나와 있는 곶 앞에서 걸음을 멈출 수밖에 없었다. 곶은 바다로 곧장 떨어지는 낭떠러지였고, 기슭에서는 거센 파도가 하얀 물거품을 일으키고 있었다. 그 곶 너머에서 수많은 소 떼의 울음소리 같은 요란한 소리가 들려왔다.

"이건 황소들의 연주회인가요?" 콩세유가 말했다.

"아니, 바다코끼리야."

"싸우고 있나요?"

"싸우거나 놀고 있겠지."

"보러 가고 싶은데요."

"물론 그래야지."

우리는 검은 바위를 넘어 그곳으로 갔다. 단단해 보이는 바위가 뜻밖에 허물어지기도 하고 돌이 얼음에 덮여 몹시 미끄러웠기 때문에 걷기가 힘들었다.

곶 꼭대기에 이르자 바다코끼리로 뒤덮인 하얀 평원이 눈앞에 펼쳐졌다. 그들은 한데 어울려 놀고 있었다. 울음소리는 분노의 외침이 아니라 기쁨의 환성이었다.

나는 이 진기한 동물들 옆을 지나면서, 굳이 움직이려고도 하지 않는 그들을 느긋하게 관찰했다. 그들의 피부는 두껍고 거칠었다. 색깔은 불그레한 황갈색이고, 드문드문 짧은 털이 나 있었다. 개중에는 몸길이가 4미터나 되는 녀석도 있었다.

이 바다코끼리들의 마을을 살펴본 뒤, 나는 돌아가기로 마음먹었다. 벌써 11시였다. 우리는 벼랑 꼭대기에 나 있는 오솔길을 따라 걸었다. 11시 반에 우리는 상륙 지점으로 돌아갔다. 보트가 선장을 싣고 해안에 와 있었다. 커다란 현무암 바윗덩이 위에 서 있는 선장이 보였다. 선장은 관측기구를 옆에 놓고 북쪽 수평선을 바라보고 있었다.

나는 선장 옆에 서서 말없이 기다렸다. 정오가 되었다. 어제와 마찬가지로 해는 얼굴을 내밀지 않았다. 그게 운명이라면 어쩔 수 없는 일이었다. 관측은 오늘도 실패했다. 내일도 마찬가지라면, 위치를 측정하는 일은 포기할 수밖에 없을 것이다.

오늘은 3월 20일. 내일은 3월 21일, 춘분이었다. 빛의 굴절을 무시한다면, 태양은 앞으로 반년 동안 수평선 아래로 사라질 것이다. 태양이 사라지면 남극에는 기나긴 밤이 시작될 것이다.

나는 이런 생각과 걱정을 네모 선장에게 털어놓았다.

"맞습니다, 아로낙스 박사. 내일 태양의 고도를 관측하지 못하면 앞으로 반년 동안은 관측할 수 없을 거예요. 하지만 우연히 3월 21일에 맞추어 이곳에 도착했으니까, 내일 정오에 해가 나면 위치를 쉽게 측정할 수 있을 겁니다."

"어떻게 하실 건데요?"

"크로노미터(항해하는 선박에서 위치를 측정할 때 쓰던 정밀한 휴대용 시계)를 이용할 작정입니다. 내일 3월 21일 정오에 북쪽 수평선이 태양을 정확히 반으로 자르면, 우리는 지금 남극에 있는 겁니다."

"그렇긴 하지만 낮과 밤의 길이가 같아지는 시점이 반드시 정오라고는 할 수 없으니까, 여기가 남극이라는 주장이 수학적으로 엄밀하다고 말할 수는 없어요."

"하지만 오차는 100미터도 안 될 겁니다. 그 정도면 충분합니다. 그럼 내일 만납시다."

네모 선장은 '노틸러스호'로 돌아갔다. 콩세유와 나는 5시까지 육지에 남아서 해변을 거닐며 관찰과 조사를 계속했다.

이튿날인 3월 21일, 나는 오전 5시에 일찌감치 상갑판으로 올라갔다. 네모 선장이 벌써 와 있었다.

"날씨가 조금 맑아졌어요." 선장이 말했다. "오늘은 성공할 가능성이 큽니다. 아침을 먹고 육지로 가서 관측 지점을 고릅시다."

나는 동의하고, 네드를 찾으러 배 안으로 돌아갔다. 함께 가자고 권했지만, 고집불통인 그는 딱 잘라 거절했다. 나는 네드가 날이 갈수록 말이 없어지고 침울해지는 것을 알 수 있었다.

아침을 먹고 나서 나는 다시 육지로 갔다. '노틸러스호'는 밤사이에 몇 킬로미터를 더 이동했다. 보트에는 나와 네모 선장과 승무원 두 명이 탔다. 크로노미터와 망원경과 기압계도 보트에 실려 있었다.

우리는 9시에 육지에 도착했다. 하늘이 점점 밝아지고, 구름은 남쪽으로 달아나고 있었다. 차가운 수면에서 안개가 피어올랐다. 네모 선장은 높은 봉우리 쪽으로 다가갔다. 그곳을 관측소로 삼을 모양이었다.

반암과 현무암으로 이루어진 봉우리를 꼭대기까지 오르는 데에는 두 시간이 걸렸다. 정상에 올라서자 드넓은 바다가 한눈에 들어왔다. 북쪽 수평선은 하늘 밑바닥과 맞닿아 있었다. 우리 발밑에는 눈부신 눈벌판이 펼쳐져 있고, 머리 위에는 안개가 걷힌 푸른 하늘이 펼쳐져 있었다. 남쪽과 동쪽에는 바위와 얼음이 어지럽게 뒤섞인 거대한 육지가 펼쳐져 있었다. 육지는 끝이 보이지 않았다.

꼭대기에 다다르자 네모 선장은 기압계로 산의 고도를 쟀다. 관측할 때는 관측 지점의 높이도 고려해야 하기 때문이다.

12시 15분 전, 태양은 황금빛 원반처럼 보였다. 지금 해가 둥글게 보이는 것은 빛의 굴절 때문이었다. 태양은 이 쓸쓸한 대륙, 인간이 한 번도 항해한 적이 없는 바다에 마지막 빛을 던지고 있었다.

네모 선장은 십자선 망원경을 눈에 대고, 아주 완만한 궤도를 따라 서서히 수평선 아래로 가라앉는 태양을 관측했다. 나는 크로노미터를 들고 있었다. 심장이 고동쳤다. 태양의 절반이 사라지는 순간과 크로노미터의 정오가 일치하면 우리는 남극에 있는 것이다.

"정오!" 나는 소리쳤다.

"남극입니다!" 네모 선장이 엄숙한 목소리로 선언했다. 그러고는 수평선 때문에 정확히 절반으로 잘린 태양을 가리키면서 나에게 망원경을 건네주었다.

나는 봉우리 꼭대기에 얹혀 있는 마지막 햇빛과 비탈을 조금씩 기어오르는 어둠을 바라보았다.

그 순간 네모 선장이 내 어깨에 손을 얹으면서 말했다.

"1868년 3월 21일, 바로 오늘, 네모 선장이 인류 최초로 남극점에 도달했습니다. 나는 이제까지 발견된 모든 대륙의 6분의 1을 차지하는 이 땅을 점유하겠습니다."

"누구의 이름으로?"

"나 자신의 이름으로!"

이렇게 말하면서 네모 선장은 'N'이라는 황금색 글자가 박힌 검은 깃발을 펼쳤다. 그러고는 태양을 향해 돌아섰다. 마지막 햇빛이 수평선에서 바다를 핥고 있었다.

"잘 가라, 태양이여!" 네모 선장이 소리쳤다. "사라져라, 눈부신 태양이여! 너의 잠을 이 드넓은 바다 밑으로 가져가라. 그리고 반년 동안, 밤이 나의 새로운 영토를 어둠으로 뒤덮게 하라!"

21장

사고인가 재난인가?

이튿날인 3월 22일, 아침 6시에 출발 준비가 시작되었다. 추위가 매서웠다. 별은 놀랄 만큼 강렬하게 빛나고 있었다. 머리 위에서 남극의 북극성인 남십자성이 반짝거렸다.

온도계는 영하 12도를 가리키고 있었다. 점점 거세지는 바람이 살을 물어뜯는 듯한 느낌을 주었다. 여기저기서 바다가 얼어붙기 시작했다.

물탱크를 채운 '노틸러스호'는 천천히 물속으로 내려가다 가 300미터 깊이에서 멈추었다. 스크루가 물을 때리기 시작했다. 배는 15노트의 속력으로 곧장 북쪽을 향해 올라갔다. 저녁때에는 이미 거대한 등딱지 같은 유빙 아래에 떠 있었다.

객실 유리창은 안전을 위해 금속판으로 닫혀 있었다. '노틸러스호'의 선체가 물속에 가라앉은 얼음덩이와 충돌할 수도 있었기 때문이다. 그래서 나는 노트를 정리하며 하루를 보냈다. 남극의 기억이 내 마음을 온통 사로잡고 있었다. 아무도 접근할 수 없는 그곳에 우리는 아주 편하고 안전하게 도달했다. 그리고 이제 귀로에 오른 것이다.

돌아가는 길에도 그와 비슷한 놀라움이 기다리고 있을까? 아마 그럴 것이다. 해저의 경이는 무진장하니까! 운명이 우리를 이 배에 붙잡아둔 다섯 달 반 동안 우리는 1만 4,000해리를 여행했다. 적도를 따라 지구를 한 바퀴 돈 것보다 훨씬 먼 거리다. 그동안 신기하고 무서운 사건이 얼마나 많이 일어났던가.

밤 3시에 배가 심하게 흔들리는 바람에 잠이 완전히 달아나 버렸다. 나는 침대에 일어나 앉아 어둠 속에서 바깥 기척에 귀를 기울였다. 그때 갑자기 내 몸이 방 한복판으로 내동댕이쳐졌다. '노틸러스호'는 이제 한쪽으로 기울고 있었다. 좌초한 게 분명했다.

나는 벽을 손으로 더듬고 발을 질질 끌면서 통로를 지나 객실로 갔다. 객실 천장의 전등은 아직 켜져 있었다. 가구는 모두 넘어졌지만, 다행히 진열장은 발이 단단히 고정되어 있어서 무사했다.

안쪽에서 다급한 발소리와 당황한 목소리가 들렸다. 하지만 네모 선장은 나타나지 않았다. 내가 막 객실을 나가려 할 때 네드와 콩세유가 들어왔다.

"무슨 일이지?" 나는 그들을 보자마자 물었다.

"저도 주인님께 여쭈어 보려고 왔는데요." 콩세유가 대답했다.

"빌어먹을!" 네드가 소리쳤다. "난 알아! '노틸러스호'가 좌초한 거야. 토러스 해협에서는 용케 빠져나왔지만, 이번에는 기울어진 각도로 보아 도저히 빠져나갈 수 없을 거야."

"하지만 좌초했다면 적어도 수면으로 다시 올라갔다는 뜻이겠지?" 내가 물었다.

"네모 선장한테 물어봐야 할 것 같은데요." 네드가 말했다. "그런데 선장은 어디 있죠?"

"따라들 오게."

우리는 객실을 나왔다. 서재에는 아무도 없었다. 중앙 층 층대와 승무원 선실도 비어 있었다. 20분쯤 지났을 때 네모 선장이 들어왔다. 그러나 선장은 우리를 못 본 것 같았다. 평소에는 그토록 침착하던 얼굴에 불안한 기색이 드러나 있었다. 선장은 말없이 나침반과 압력계를 확인하고는 지도로 다가와서 남극해의 한 점에 손가락을 올려놓았다.

나는 선장을 방해하고 싶지 않았다. 하지만 잠시 후 선장이 내 쪽으로 돌아섰을 때, 나는 토러스 해협에서 선장이 사용했던 표현을 그대로 흉내 냈다.

"사소한 문제가 생겼나요?"

"아니, 이번에는 사고입니다."

"심각한가요?"

"그런 것 같습니다."

"위험이 급박한가요?"

"그렇진 않습니다."

"'노틸러스호'가 좌초했나요?"

"예."

"어떻게요?"

"인간의 실수가 아니라 자연의 변덕 때문입니다. 기계 조작에는 아무 문제도 없었어요. 하지만 자연의 법칙에는 저항할 수 없습니다."

지금은 그런 철학적 성찰이나 하고 있을 때가 아니었다.

"사고의 원인이 뭔지 말해 주실 수 없습니까?"

"산더미 같은 빙산이 뒤집혔어요. 빙산 하나가 뒤집히면서 그 아래를 지나가고 있던 '노틸러스호'에 부딪혔지 뭡니까. 빙산은 선체 밑으로 들어가 엄청난 힘으로 배를 들어 올렸고, 이제 '노틸러스호'를 밀도가 낮은 층으로 옮겨 놓았습니다. 배는 지금 거기에 옆으로 누워 있어요."

"물탱크를 비워서 평형을 회복하면 벗어날 수 있지 않을까요?"

"지금 그 작업을 하고 있는데, 펌프 소리가 들릴 거예요."

실제로 '노틸러스호'는 여전히 오른쪽으로 기울어져 있었다. 하지만 우리는 얼음덩이 위에 올라앉아 있으니까, 배가 계속 위로 올라가면 위에 있는 빙원과 밑에 있는 얼음덩이 사이에 끼여 납작하게 찌그러질지도 모르지 않는가.

그때 갑자기 선체가 꿈틀 움직였다. '노틸러스호'는 정상적인 자세로 조금씩 돌아가고 있었다. 객실 벽에 걸려 있던 물건들이 눈에 띄게 원래 위치로 움직이기 시작했다. 벽은 수직에 가까워지고 있었다. 아무도 입을 열지 않았다. 우리는 평형 상태가 되돌아오는 것을 눈으로 보고 몸으로 느낄 수 있었다. 가슴이 두근거렸다. 발밑에서 바닥이 다시 수평으로 돌아가고 있었다. 이런 식으로 10분이 지났다.

"드디어 똑바로 섰군요!" 내가 소리쳤다.

"예." 네모 선장은 문 쪽으로 가면서 말했다.

"하지만 뜰까요?" 내가 물었다.

"물론이죠. 물탱크를 다 비우면 '노틸러스호'는 다시 수면으로 올라갈 겁니다."

선장은 밖으로 나갔다. 곧이어 '노틸러스호'가 움직임을 멈추었다.

"정말 아슬아슬했어요!" 콩세유가 말했다.

"그래. 어쩌면 두 개의 얼음덩이 사이에 끼여 납작 찌그러졌을지도 몰라. 그렇게 되지는 않더라도, 하마터면 얼음덩이 사이에 갇혀 움쭉달싹 못하게 될 뻔했어. 그렇게 되면 공기를 갈아 넣을 수도 없을 테고…… 정말 아슬아슬했어!"

"차라리 이놈의 배가 끝장났더라면 좋았을걸." 네드가 중얼거렸다.

나는 네드와 쓸데없는 언쟁을 벌이고 싶지 않아서 아무 대꾸도 하지 않았다. 어쨌든 그 순간 객실 금속판이 열렸고, 유리창을 통해 불빛이 쏟아져 들어왔다. '노틸러스호'가 갇힌 곳은 너비가 20미터쯤 되고 잔잔한 물로 차 있는 얼음 터널 속이었다.

천장의 불이 꺼졌지만, 객실은 강렬한 빛으로 가득 차 있었다. 얼음벽이 탐조등 불빛을 받아 눈부시게 빛나면서 빛을 반사했기 때문이다. 전등 불빛이 거대하고 울퉁불퉁한 얼음덩이를 비추었을 때의 조명 효과는 도저히 말로 표현할 수가 없다. 모든 모서리, 모든 구석, 모든 단면이 얼음의 결에 따라 다양하게 빛을 반사한다. 꼭 눈부신 보석 광산 같다.

"정말 아름답군요!" 콩세유가 외쳤다.

"그래, 정말 멋진 광경이야. 안 그런가, 네드?"

"인정하고 싶지는 않지만, 확실히 멋지군요! 이런 건 난생처음 봅니다. 하지만 이 광경 때문에 호된 대가를 치를지도 몰라요. 솔직히 말하면 지금 우리는 하느님이 인간에게 감추고 싶어 한 광경을 보고 있다는 생각이 듭니다."

네드의 말이 옳았다. 이 광경은 인간이 보기에는 너무 아름다웠다. 느닷없이 콩세유가 소리를 질렀다. 나는 놀라서 그를 돌아보았다.

"왜 그래?"

"눈을 감으셔야 합니다! 보시면 안 됩니다."

이렇게 말하면서 콩세유는 제 눈꺼풀을 힘껏 문지르고 있었다.

나는 무심코 창 쪽으로 눈을 돌렸지만, 창을 집어삼킨 휘황한 빛을 견딜 수가 없었다.

나는 무슨 일이 일어났는지를 알아차렸다. '노틸러스호'가 아주 빠른 속도로 움직이기 시작한 것이다. 가만히 있는 얼음벽에 반사되던 빛이 이제는 번득이는 섬광으로 바뀌었다. 그 수많은 다이아몬드가 한꺼번에 빛을 내뿜기 시작했다. 스크루의 추진력을 받은 '노틸러스호'는 번개 터널 사이를 쏜살같이 통과하고 있었다.

객실 금속판이 닫혔다. 우리는 두 손으로 눈을 가렸다. 빛이 너무 강렬할 때 망막 앞에 떠도는 빛의 고리들이 아직도 눈을 가득 채우고 있었다. 시력이 돌아오기까지는 잠시 시간이 걸렸다.

마침내 우리는 손을 내렸다.

"맙소사. 실제로 겪지 않았다면 결코 믿지 않았을 겁니다."
콩세유가 말했다.

"나는 아직도 믿을 수가 없어!" 네드가 받았다.

오전 5시였다. 바로 그때 '노틸러스호' 앞쪽에서 충격이 전해졌다. 나는 배의 충각이 얼음덩이에 부딪힌 것을 알아차렸다. 이것은 틀림없는 사고였다. 얼음 사이의 해저 터널을 항해하기란 쉽지 않았기 때문이다. 나는 네모 선장이 이제 항로를 바꾸어, 장애물을 우회하거나 구불구불한 터널을 따라 나아갈 거라고 생각했다. 어쨌든 배는 전진을 멈추지 않을 것이다. 하지만 내 예상과는 달리 '노틸러스호'는 아주 빠른 속도로 후진하기 시작했다.

나는 객실과 서재를 서성거리며 잠시 시간을 보냈다. 네드와 콩세유는 묵묵히 앉아 있었다. 나는 곧 소파에 몸을 던지고는 책을 한 권 집어 들고 건성으로 읽기 시작했다.

몇 시간이 지났다. 나는 벽에 걸려 있는 계기들을 몇 번이고 쳐다보았다. 압력계는 '노틸러스호'가 꾸준히 300미터 수심을 유지하고 있다는 것을 보여 주었다. 나침반은 배가 아직도 남쪽으로 후진하고 있다는 것을 보여 주었고, 속도계는 배가 20노트의 속력으로 움직이고 있다는 것을 보여 주었다. 이렇게 밀폐된 공간에서는 지나칠 만큼 빠른 속도였다.

8시 25분에 두 번째 충격이 전해졌다. 이번에는 뒤쪽이었다.

그때 선장이 객실로 들어왔다.

"남쪽이 막혔나요?" 내가 물었다.

"그렇습니다. 빙산이 뒤집혔을 때 출구를 모두 막아 버렸어요."

"그럼 갇혔군요?"

"예, 그렇습니다."

'노틸러스호'는 이제 뚫을 수 없는 벽에 완전히 둘러싸이고 말았다. 위도 아래도 두꺼운 얼음에 막혀 있었다. 우리는 유빙의 포로가 되었다. 네드는 주먹으로 탁자를 내리쳤다. 콩세유는 말이 없었다. 나는 선장을 바라보았다. 선장은 팔짱을 낀 채 생각에 잠겨 있었다.

이윽고 선장이 입을 열었다. 목소리는 차분했다.

"여러분, 지금 상황에서는 죽는 방법이 두 가지가 있습니다. 첫째는 짓눌려 죽는 것이고, 둘째는 질식사하는 겁니다. 굶어 죽을 가능성은 없습니다. '노틸러스호'에 비축된 식량은 우리가 죽을 때까지 먹고도 남을 테니까요."

"공기탱크가 가득 차 있으니까 질식사할 위험은 없지 않을까요?"

내가 대답하자 선장이 말했다.

"그렇긴 합니다만, 그것으로는 기껏해야 이틀밖에 견디지 못할 겁니다. 우리는 36시간 동안 물속에 있었고, 배 안의 공기는 벌써 탁해져서 갈아 넣을 필요가 있지요. 탱크에 비축된 공기는 48시간 안에 바닥나고 말 겁니다."

"그럼 48시간 안에 이곳을 빠져나가도록 합시다!"

"어쨌든 우리를 둘러싸고 있는 벽을 뚫으려고 애써 보기는 할 겁니다."

선장은 객실에서 나갔다. 곧이어 쉿쉿거리는 소리가 들려왔다. 물탱크에 물이 들어오는 소리였다. '노틸러스호'는 천천히 가라앉아 300미터 깊이에서 얼음 바닥에 내려앉았다.

"이보게들, 상황은 매우 심각하지만, 나는 자네들의 용기와 힘을 믿고 있네."

그러자 네드가 대답했다.

"이렇게 된 마당에 비난과 불평으로 박사님을 괴롭히지는 않겠습니다. 우리 모두의 안전을 위해서라면 나도 무슨 짓이든 할 각오가 되어 있어요."

"말 한번 잘했네, 네드." 나는 네드에게 손을 내밀었다.

"한마디 덧붙이자면, 나는 작살만이 아니라 곡괭이도 잘 쓰니까, 내가 도움이 될 수 있다면 기꺼이 선장을 돕겠습니다."

"선장은 자네 도움을 사양하지 않을 거야. 가세, 네드."

나는 네드를 탈의실로 데려갔다. 승무원들이 잠수복을 입고 있었다. 내가 네드의 뜻을 전하자 선장은 기꺼이 수락했다. 네드도 잠수복으로 갈아입고, 곧 준비를 마쳤다.

네드가 준비를 마치자 나는 객실로 돌아갔다. 금속판은 이미 열려 있었다.

잠시 후 대여섯 명의 승무원이 얼음 바닥으로 나오는 것이 보였다. 네드도 그들 틈에 끼어 있었다. 네드는 다른 사람들보다 체격이 커서 쉽게 알아볼 수 있었다. 네모 선장도 거기에 있었다.

선장은 벽을 파기 전에 방향을 정하려고 얼음 두께를 조사했다. 기다란 탐침이 얼음 속으로 뚫고 들어갔다. 하지만 50미터를 들어간 뒤 두꺼운 얼음에 부딪혔다. 위에 있는 얼음은 공격해 봤자 헛수고였다. 두께가 400미터가 넘는 빙산이었기 때문이다. 그래서 아래쪽 얼음을 측량했더니, 그 두께는 10미터였다. 10미터 두께에다 '노틸러스호'의 선체와 같은 면적의 얼음을 뚫어야 한다. 배가 빙산 밑으로 내려갈 수 있는 구멍을 뚫으려면 약 6,500세제곱미터의 얼음을 잘라내야 한다는 뜻이었다.

작업은 당장 시작되었다. 다들 마음을 굳게 먹고 열심히 일했다. 곡괭이들은 단단한 얼음에 맹렬한 공격을 퍼부었고, 커다란 얼음 조각들이 떨어져 나왔다. 비중의 효과 때문에 얼음은 물보다 가벼워서, 떨어져 나온 얼음 조각들은 터널 천장으로 휙휙 올라갔다.

네드가 두 시간의 중노동을 마치고 녹초가 되어 돌아왔다. 작업반이 모두 교체되었다. 콩세유와 나도 작업에 가담했다. 나는 두 시간 일한 뒤 식사하고 쉬기 위해 배로 돌아왔다. 48시간 동안이나 공기를 갈아 넣지 않았기 때문에 산소량이 상당히 줄어들어 있었다. 게다가 12시간 동안 파낸 얼음의 두께는 겨우 1미터, 부피로 치면 약 600세제곱미터였다. 12시간마다 600세제곱미터씩 제거한다면, 6,500세제곱미터를 제거하는 데에는 닷새 반이 필요했다.

"닷새 반." 나는 네드와 콩세유에게 말했다. "그런데 공기 탱크에는 이틀치 공기밖에 남아 있지 않아."

그러자 네드가 대답했다.

"그건 이 감옥에서 빠져나가는 데 걸리는 시간만 계산한 것이고, 여기서 나간다 해도 우리는 여전히 유빙 아래 있을 겁니다."

그의 말이 옳았다. 우리가 완전히 해방되는 데 필요한 최소한의 시간을 누가 계산할 수 있겠는가?

내가 예상했듯이, 밤사이에 거대한 구덩이에서 다시 1미터 두께의 얼음층이 제거되었다. 그런데 내가 아침에 다시 잠수복을 입고 물속으로 들어가 보니 옆벽이 점점 가까이 다가오고 있었다. 이 새로운 위험을 네드와 콩세유에게는 알리지 않았다. 그렇지 않아도 힘든 작업을 열심히 하고 있는데, 그 이야기를 들으면 맥이 풀려서 열의가 꺾여 버릴지 모른다. 그래 봤자 득될 게 뭐가 있겠는가? 하지만 배로 돌아왔을 때 네모 선장에게는 그 심각한 문제를 알렸다.

"알고 있습니다." 선장은 여전히 차분한 어조로 말했다. "위험이 하나 더 늘어났지만, 막을 도리가 없어요. 우리가 살아남을 수 있는 길은 물이 어는 속도보다 더 빨리 일하는 것뿐입니다. 우리가 선수를 쳐야 합니다. 그 방법밖에 없어요."

저녁에는 구덩이가 다시 1미터 깊어졌다. 배 안으로 돌아

오자 이산화탄소 때문에 숨이 막혔다. 네모 선장은 공기탱크의 마개를 열어 신선한 공기를 '노틸러스호' 안에 보내야 했다. 그렇지 않았다면 우리는 두 번 다시 깨어나지 못했을 것이다.

이튿날인 3월 26일, 우리는 작업을 계속하여 5미터 깊이까지 내려갔다. 옆벽과 천장은 눈에 띄게 두꺼워지고 있었다. '노틸러스호'가 얼음 감옥에서 탈출하기도 전에 양옆에서 조여든 얼음벽이 서로 만날 것은 분명했다. 나는 잠시 절망감에 사로잡혔다. 하마터면 곡괭이를 떨어뜨릴 뻔했다. 결국 바위처럼 단단한 얼음에 짓눌려 죽는다면, 얼음 바닥을 파봤자 무슨 소용이 있겠는가?

바로 그때 네모 선장이 작업을 지시하고 자신도 곡괭이질을 하면서 내 옆을 지나갔다. 나는 장갑으로 선장을 건드려, 점점 다가오고 있는 얼음벽을 가리켰다. 왼쪽 벽은 이제 '노틸러스호' 선체에서 4미터도 떨어져 있지 않았다.

선장은 내 뜻을 알아차리고는 따라오라고 손짓했다. 우리는 배로 돌아갔다. 나는 잠수복을 벗고 선장을 따라 객실로 들어갔다.

"아로낙스 박사, 우리는 필사적인 수단을 택할 필요가 있습니다. 그렇지 않으면 콘크리트 속에 갇히듯 얼음벽에 갇혀 버릴 거예요."

"맞습니다. 하지만 어떻게 하죠?"

"결빙을 막을 수 없다면, 적어도 결빙 속도를 늦추어야 합니다. 옆벽만 다가오고 있는 게 아니라, 앞뒤에도 여유가 3미터 정도밖에 남아 있지 않아요. 얼음이 사방에서 조여들고 있는 겁니다."

"탱크의 공기로 얼마나 버틸 수 있을까요?"

"모레면 탱크가 바닥날 겁니다!"

온몸에서 식은땀이 났지만, 그의 대답은 결코 놀랍지 않았다. 우리는 벌써 나흘 동안 탱크에 비축된 공기로 살고 있었다. 남아 있는 공기는 작업하는 이들을 위해 남겨 두어야 했다.

하지만 네모 선장은 말없이 생각에 잠겨 있었다. 마침내 그의 입에서 말이 새어 나왔다.

"끓는 물!" 선장이 중얼거렸다.

"끓는 물이라고요?"

"우리는 비교적 좁은 공간에 갇혀 있습니다. '노틸러스호'의 펌프로 끓는 물을 계속 쏘아 대면 전체 온도가 올라가서 결빙 속도가 느려지지 않을까요?"

"아, 좋은 생각이에요. 한번 해 봅시다."

바깥 온도는 영하 7도였다. 네모 선장은 나를 주방으로 데려갔다. 그곳에서는 거대한 증류장치가 바닷물을 증류시켜 음료수를 만들고 있었다. 이제 거기에 물을 가득 채운 다음, 전기 배터리의 열을 코일 안의 액체로 전달했다. 몇 분도 지나기 전에 물은 100도까지 올라가 펄펄 끓기 시작했다. 이 끓는 물을 펌프로 보내면 같은 양의 냉수가 재보급되었다. 배터리에서 발생하는 열이 워낙 많았기 때문에 바다에서 끌어들인 찬물은 이 장치를 통과하기만 해도 펄펄 끓는 상태로 펌프에 도달했다.

펌프로 끓는 물을 쏘아 대기 시작한 지 세 시간 뒤, 바깥의 수온은 영하 6도가 되었다. 1도가 올라간 것이다. 두 시간 뒤에는 온도계 눈금이 영하 4도를 가리켰다.

나는 작업의 진척 상황을 지켜보면서 이것저것 관찰한 뒤 선장에게 말했다.

"잘될 것 같은데요."

"다행히 압사하지는 않겠군요. 이제 질식사만 걱정하면 됩니다." 선장이 대답했다.

밤사이에 수온은 영하 1도까지 올라갔다. 펌프질로는 더 이상 수온을 올릴 수 없었다. 하지만 바닷물은 영하 2도가 되어야 얼기 때문에 드디어 결빙의 위험에서 벗어날 수 있었다.

이튿날인 3월 27일, 구덩이는 6미터까지 내려갔다. 이제 4미터만 더 파면 된다. 그래도 48시간의 작업량이다.

오후 3시쯤 심한 고통이 나를 덮쳤다. 산소는 이제 점점 희박해지고 있었다. 나는 무기력 상태에 빠졌다. 온몸이 마비되는 것 같았다. 나는 힘없이 드러누워 거의 의식을 잃어버렸다. 콩세유는 나와 똑같은 증상으로 고통을 당하면서도 내 곁에 붙어 앉아 내 손을 잡고 격려해 주었다.

배 안의 상황은 견딜 수 없었지만, 밖에서 작업할 차례가 되면 서둘러 잠수복을 입곤 했다. 얼어붙은 벽에 곡괭이 소리가 울려 퍼졌다. 팔은 지치고 손에는 물집이 생겼지만 아무도 피로와 고통을 아랑곳하지 않았다.

하지만 정해진 시간보다 오래 물속에서 작업하는 사람은 아무도 없었다. 일이 끝나면, 가쁜 숨을 몰아쉬고 있는 동료에게 곧바로 산소통을 넘겨주었다. 네모 선장은 모범을 보여, 이 엄격한 규율에 맨 먼저 따랐다. 교대 시간이 되면 선장은 산소통을 다른 사람에게 넘겨주고 탁한 공기가 가득 차 있는 배 안으로 돌아왔다. 선장은 잠시도 나약한 모습을 보이지 않았다. 투덜거리지도 않고 늘 침착했다.

그날 작업은 훨씬 활기차게 진행되었다. 이제 남은 얼음의 두께는 2미터였다. 하지만 공기탱크가 거의 바닥을 드러내고 있었다. 남아 있는 공기는 작업하는 사람들을 위해 남겨두어야 했다.

배로 돌아왔을 때 나는 하마터면 질식할 뻔했다. 끔찍한 밤이었다. 이튿날은 호흡 곤란을 느꼈다. 두통과 현기증이 겹쳐서 술에 취한 사람처럼 비틀거렸다. 네드와 콩세유도 나와 똑같은 증상을 겪었다. 승무원 몇 명은 숨이 넘어갈 지경이었다.

우리가 얼음 감옥에 갇힌 지 닷새째인 그날, 네모 선장은 곡괭이질이 너무 느리다고 판단하고, 아직도 우리와 바다 사이를 가로막고 있는 얼음층을 '노틸러스호'로 직접 돌파하기로 결정했다. 선장은 여전히 냉정함과 활력을 잃지 않았다. 육체적 고통을 정신력으로 극복하고 있었다. 그는 생각하고, 자제하고, 행동했다.

모든 승무원이 배로 돌아갔다. 바다와 연결된 이중문이 닫혔다. 물탱크 마개를 활짝 열자 100세제곱미터의 물이 탱크 안으로 쏟아져 들어왔다. '노틸러스호'의 무게가 10만 킬로그램 늘어난 셈이다.

우리는 기다렸다. 고통도 잊어버리고 조용히 귀를 기울였다. 우리는 아직 희망을 버리지 않았다. 이 마지막 시도에 우리는 목숨을 걸고 있었다.

머릿속에서 끊임없이 윙윙거리는 소리가 들렸지만, 나는 곧 '노틸러스호'의 선체 아래쪽이 진동하는 것을 느꼈다. 배가 움직이기 시작한 것이다. 얼음이 종이가 찢어지는 듯한 괴상한 소리를 내며 갈라졌다. '노틸러스호'는 아래로 내려갔다.

'노틸러스호'가 무거운 중량에 이끌려, 물속에 떨어진 대포알처럼 갑자기 쑥 가라앉았다. 마치 진공 속을 낙하하는 것 같았다. 모든 전력이 펌프로 보내졌다. 펌프는 당장 물탱크에서 물을 빼내기 시작했다.

잠시 후 낙하가 멈추었다. 압력계를 보니 배는 위로 올라가고 있었다. 전속력으로 돌아가는 스크루가 선체를 뒤흔들며 우리를 북쪽으로 데려갔다.

나는 서재 소파에 길게 드러누운 채 가쁜 숨을 몰아쉬고 있었다. 신체 기능이 모두 정지되었다. 아무것도 보이지 않고, 아무 소리도 들리지 않았다. 시간 감각도 모두 사라졌다. 근육이 말을 듣지 않았다.

이런 상태로 몇 시간이 지나갔는지는 알 수 없지만, 죽음의 문턱에 다다른 것을 깨달았다. 그러다가 갑자기 정신이 들었다. 공기 몇 모금이 내 허파로 뚫고 들어온 것이다. 배가 다시 수면 위로 올라갔나? 빙원을 빠져나왔나?

아니었다! 나를 구한 것은 네드와 콩세유였다. 그들은 나를 살리기 위해 자신을 희생했다. 산소통 바닥에 산소 원자 몇 개가 남아 있었는데, 그들은 그 공기를 마시는 대신 나를 위해 남겨 둔 것이다. 그리고 자신들도 숨이 막혀 헐떡거리면서, 마지막 남은 공기를 조금씩 나에게 쏟아부었다. 그것은 공기가 아니라 생명이었다! 나는 산소통을 밀쳐 내려고 했지만, 네드와 콩세유가 양쪽에서 내 손을 붙잡았다.

내 눈이 시계 쪽으로 돌아갔다. 오전 11시였다. 그렇다면 오늘은 3월 28일이 분명했다. '노틸러스호'는 40노트의 속력으로 쏜살같이 물을 가르고 있었다.

네모 선장은 어디 있을까? 죽었을까? 부하들도 선장과 함께 죽었을까?

압력계를 보니 수면까지의 거리는 6미터밖에 안 되었다. 얇은 얼음판이 우리와 공기를 가로막고 있었다.

이윽고 '노틸러스호'는 강력한 스크루의 추진력에 밀려, 무시무시한 파성퇴(옛날 성문이나 성벽을 부수는 데 쓰던 무기)처럼 빙원 밑바닥을 아래쪽에서 들이받았다. 얼음이 조금씩 깨지고 있었다. '노틸러스호'는 뒤로 물러났다가 다시 전속력으로 빙원에 충돌했다. 얼음이 갈라지기 시작했다. 배는 맹렬히 돌진하여 마침내 얼어붙은 수면 위로 밀고 올라갔다. 얼음이 배의 무게에 짓눌려 산산이 부서졌다.

해치가 열렸다. 맑은 공기가 '노틸러스호' 안으로 쏟아져 들어와 구석구석까지 퍼져 갔다.

22장

혼곶을 거쳐 아마존강으로

내가 어떻게 상갑판으로 올라갔는지는 나도 모른다. 아마 네드가 데려다주었을 것이다. 어쨌든 나는 숨을 쉬고 있었다. 바다 냄새가 나는 상쾌한 공기를 걸신들린 듯이 들이키고 있었다. 네드와 콩세유도 내 옆에서 신선한 공기에 취해 있었다.

"아아, 산소가 이렇게 맛있다니!" 콩세유가 말했다. "주인님도 아끼지 말고 맘껏 드세요. 모두 실컷 마셔도 남아돌 만큼 있으니까요."

네드는 말없이, 상어도 겁낼 만큼 입을 벌리고 있었다. 그리고 힘차게 공기를 들이마셨다. 그는 이글이글 타오르는 난롯불처럼 공기를 '빨아들이고' 있었다.

우리는 곧 기력을 되찾았다. 주위를 둘러보니 갑판에는 우리밖에 없었다. 승무원들은 아무도 보이지 않았다. 네모 선장도 없었다. 승무원들은 배 안에 흐르고 있는 공기를 마시는 것으로 족한 모양이었다.

내 입에서 나온 첫 마디는 고맙다는 말이었다. 네드와 콩세유는 그 기나긴 죽음의 고통이 막바지에 이른 몇 시간 동안 내 목숨을 구해 주었다. 어떤 말로도 그 고마움을 다 표현할 수는 없었다.

"됐습니다, 박사님." 네드가 대답했다. "왜 그런 말씀을 하세요? 우리가 한 일이 뭐가 있다고? 그건 단지 산수 문제였을 뿐이에요. 박사님 목숨이 우리 목숨보다 훨씬 가치가 있었고, 그래서 박사님을 구할 수밖에 없었던 거라고요."

"아닐세. 누구 목숨이든 귀중한 건 다 마찬가지야. 너그럽고 친절한 사람보다 더 훌륭한 인간은 없네. 자네는 너그럽고 친절해."

"됐습니다! 그만 하세요!" 네드는 쑥스러워하며 말했다.

"그리고 콩세유, 너도 무척 힘들었지?"

"사실을 말하면 그렇게 심하지는 않았어요. 공기 몇 모금 마시는 게 인간의 도리에서 벗어나는 짓은 아니겠지만, 저는 그 상황에 익숙해졌을 겁니다. 어쨌거나 주인님이 정신을 잃은 것을 보니까 공기를 마시고 싶은 마음이 싹 달아나지 뭡니까."

"이보게들." 나는 깊이 감동하여 말했다. "우리는 영원한 우정으로 묶인 친구야. 자네들 은혜는 평생토록 잊지 않겠네. 내가 큰 빚을 졌어."

"좋습니다. 그럼 나는 그 빚을 받겠습니다." 네드가 말했다.

"빚을 받겠다고?" 콩세유가 물었다.

"그래. 이 지긋지긋한 '노틸러스호'를 떠날 때 자네와 박사님을 함께 끌고 갈 권리를 요구하겠어."

"말이 나왔으니 말인데, 우리가 지금 올바른 방향으로 가고 있는 겁니까?" 콩세유가 물었다.

"그래." 내가 대답했다. "우리는 태양이 있는 쪽으로 가고 있고, 남반구에서는 태양이 북쪽에 있으니까."

"맞습니다." 네드가 말했다. "하지만 태평양으로 가고 있는지 대서양으로 가고 있는지, 다시 말해서 텅 빈 바다로 가고 있는지 배들이 북적거리는 바다로 가고 있는지, 그걸 알 필요가 있어요."

나는 대답할 수가 없었다. 하지만 이 중요한 문제는 오래지 않아 해결될 것이다.

'노틸러스호'는 빠른 속도로 달리고 있었다. 벌써 남극권을 벗어나 혼곶 쪽으로 방향을 잡았다. 3월 31일 저녁 11시에는 남아메리카 대륙의 남쪽 끝이 시야에 들어왔다.

지난 고통은 모두 잊었다. 얼음 감옥에 갇혔던 기억은 빠른 속도로 희미해지고 있었다. 우리는 미래만 생각했다. 그 날 저녁에는 배가 대서양을 지나 북쪽으로 돌아가고 있는 것이 분명해졌다.

나는 만족하여 네드와 콩세유에게 내 짐작을 알려주었다.

"좋은 소식이군요." 네드가 대답했다. "그런데 이 배의 목적지가 어딥니까?"

"그건 나도 모르겠네"

"선장은 남극에 가 보았으니까, 이번에는 북극을 공격한 다음 서북항로를 거쳐 태평양으로 돌아가고 싶어 하지 않을까요?"

"그렇다면 그전에 선장과 헤어져야겠지!"

"어쨌든……" 콩세유가 말했다. "네모 선장은 대단한 사람이야. 그분을 알게 된 걸 후회하지는 않을 거야"

"선장과 헤어지게 되면 더욱 후회하지 않겠지!" 네드가 응수했다.

이튿날인 4월 1일, '노틸러스호'는 정오가 되기 몇 분 전에 수면 위로 떠올랐다. 서쪽에 해안이 보였다. 티에라델푸에고(불의 땅) 군도였다. 그 땅을 처음 본 항해자들이 원주민 오두막에서 피어오르는 엄청난 양의 연기를 보고 그런 이름을 붙여 준 것이다.

다시 물속으로 들어간 '노틸러스호'는 해안으로 다가가 몇 킬로미터를 해안과 나란히 달렸다. 나는 객실 유리창을 통해 기다란 덩굴식물과 거대한 해초를 볼 수 있었다. 그것은 남극 해역의 얼지 않은 바다에 몇 종이 살고 있는 갈조류였다.

'노틸러스호'는 해초가 무성하고 생물이 풍부한 해저를 빠른 속도로 지나갔다. 저녁에는 포클랜드 제도로 다가갔다. 이튿날 나는 그 섬들의 울퉁불퉁한 등성이를 볼 수 있었다. 이곳 해안에서 훌륭한 해초 표본이 그물에 걸렸는데, 세계 최고의 홍합이 뿌리에 잔뜩 달라붙어 있는 해초도 있었다. 수십 마리의 기러기와 오리가 갑판으로 우수수 떨어져, '노틸러스호'의 식료품 창고에 자리를 잡았다.

포클랜드 제도의 마지막 산들이 수평선 너머로 사라지자, '노틸러스호'는 20미터 내지 50미터 깊이로 잠수하여 남아메리카 해안을 따라 북상하기 시작했다. 네모 선장은 여전히 나타나지 않았다.

4월 3일까지 우리는 수면을 위아래로 오르내리면서 파타고니아 해안을 떠나지 않았다. '노틸러스호'는 라플라타강 어귀의 커다란 후미를 지나, 4월 4일에는 우루과이 해안에서 80킬로미터쯤 떨어진 곳에 도착했다. 배는 여전히 긴 곡선을 그리는 남아메리카 동해안을 따라 북쪽으로 달리고 있었다. 일본 근해를 떠난 뒤 1만 6,000해리를 항해한 셈이다.

오전 11시에 서경 37도에서 남회귀선을 넘었다. 네드는 몹시 불만스러워했지만, 네모 선장은 현기증이 날 만큼 빠른 속도로 배를 몰았다. 선장은 인구가 많은 브라질 해안 근처에 있는 것을 좋아하지 않는 모양이었다.

배는 며칠 동안 이 속도를 유지했고, 4월 9일 저녁에 남아메리카의 동쪽 끝인 상로케곶이 시야에 들어왔다. 하지만 거기서 '노틸러스호'는 다시 난바다로 나가서, 아프리카 쪽으로 뻗어 있는 깊은 해저 골짜기를 찾아갔다.

우리는 이틀 동안 '노틸러스호'의 경사판을 이용하여 길게 대각선을 그리면서 심해로 내려가, 사막처럼 황량한 해저를 돌아다녔다. 하지만 4월 11일에는 갑자기 위로 올라가 적도를 건넜다. 서쪽으로 30킬로미터쯤 떨어진 곳에 기아나가 있었다. 기아나는 프랑스 영토니까, 그곳에 가기만 가면 쉽게 피난처를 찾을 수 있었을 것이다. 하지만 바람이 점점 심해져서 파도가 높아졌다. 성난 파도는 보트 따위가 도전하는 것을 허락하지 않았을 것이다. 네드가 아무 말도 하지 않은 것으로 보아, 그도 이 점을 깨달은 모양이었다.

나는 흥미로운 연구에 몰두해 있어서 시간을 보내기는 어렵지 않았다. 4월 11일과 12일에 '노틸러스호'는 수면을 떠나지 않았고, 저인망 그물에는 강장동물과 어류와 파충류가 놀랄 만큼 많이 걸려들었다.

콩세유가 오랫동안 잊지 못할 또 다른 물고기도 언급하지 않을 수 없다. 이 물고기가 콩세유의 기억에 깊이 새겨진 데에는 그럴 만한 이유가 있었다.

우리 그물에 납작한 가오리 한 마리가 걸려들었다. 갑판으로 끌려 올라온 녀석은 무게가 20킬로그램이나 나가는 몸을 끊임없이 뒤척이며 바다로 돌아가려고 했다. 마지막 안간힘을 써서 공중으로 솟구친 순간, 녀석을 열심히 지켜보고 있던 콩세유가 몸을 날려 두 손으로 물고기를 붙잡았다. 당장 콩세유는 갑판에 벌렁 드러누워 두 다리를 허공으로 치켜 올렸다. 몸의 절반이 마비되어 버린 것이다. 콩세유가 소리를 질렀다.

"아아, 주인님, 주인님. 살려주세요."

네드와 나는 콩세유를 안아 일으키고, 온 힘을 다해 몸을 문질러 주었다. 겨우 마비가 풀리자, 불굴의 끈기로 동물을 분류하는 이 젊은이는 더듬거리는 목소리로 중얼거렸다.

"연골어류, 판새아강, 가오리목, 가오리과, 전기가오리!"

"그래, 너를 이런 상태로 몰아넣은 건 바로 전기가오리였어."

"아아, 주인님, 반드시 녀석한테 앙갚음할 겁니다."

"어떻게?"

"먹어 버릴 거예요."

콩세유는 당장 그날 저녁에 제 말을 실천에 옮겼지만, 사실을 말하면 전기가오리의 살은 너무 질겨서 맛이 없었다. 따라서 그 맛도 없는 물고기를 먹은 것은 오로지 복수심 때문이었다.

이튿날인 4월 12일, '노틸러스호'는 네덜란드령 기아나의 해안에 있는 마로니강 어귀로 다가갔다. 이곳에는 매너티가 가족끼리 무리를 지어 살고 있었다. 이 멋진 동물은 아무도 공격하지 않는 평화로운 동물이고, 몸길이는 6 ~ 7미터, 몸무게는 최소한 4,000킬로그램은 나갈 것이다.

승무원들은 매너티를 여섯 마리나 잡았다. 쇠고기보다 맛있는 매너티 고기를 주방에 공급하기 위해서였다. 이렇게 얻은 수천 킬로그램의 고기는 말려서 저장될 터였다.

그날은 기묘한 고기잡이 덕분에 '노틸러스호'의 비축 식량이 더욱 늘어났다. 저인망에는 머리 가장자리에 타원형 판이 달린 물고기가 꽤 많이 걸려들었는데, 그것은 빨판상어였다.

사냥이 끝나자 '노틸러스호'는 해안으로 다가갔다. 수많은 바다거북이 수면에 뜬 채 잠자고 있었다. 좀 전에 잡은 빨판상어는 바다거북을 잡기 위한 미끼였다. 승무원들은 빨판상어 꼬리에 고리를 끼워서 긴 밧줄을 묶은 다음, 밧줄의 다른쪽 끝을 뱃전에 고정시켰다.

빨판상어는 바다에 던져지자마자 당장 일을 시작했다. 바다거북의 뱃가죽에 찰싹 달라붙은 것이다. 빨판상어는 너무 끈질겨서, 갈가리 찢기기 전에는 절대로 바다거북을 놓아주지 않았다. 승무원들은 밧줄을 잡아당겨 빨판상어를 갑판 위로 끌어올렸고, 빨판상어가 달라붙은 바다거북도 함께 딸려올라왔다.

그리하여 우리는 무게가 200킬로그램이나 나가는 바다거북을 여러 마리 잡을 수 있었다. 바다거북은 맛이 좋아서 식량으로도 그만이었다.

이 사냥을 끝으로 우리는 아마존강 어귀를 떠났다. 밤의 장막이 내린 뒤, '노틸러스호'는 다시 드넓은 난바다로 나갔다.

23장

대왕문어

며칠 동안 '노틸러스호'는 아메리카 대륙 해안에서 멀리 떨어져 있었다. 네드는 몹시 낙담한 눈치였다. 그는 카리브 해에서 육지에 도달하거나 섬과 섬을 오가는 배에 접근하여 도움을 청하는 방식으로 탈출 계획을 실행할 작정이었기 때문이다. 하지만 난바다 한복판에서는 꿈도 꿀 수 없는 일이었다.

네드는 내가 전혀 예상치 못한 제안을 내놓았다. 우리를 영원히 당신 배에 붙잡아둘 작정이냐고, 네모 선장한테 까놓고 물어보라는 것이었다.

나는 내키지 않았다. 그래 봤자 성공할 수도 없을 것 같았다. 아무래도 선장은 나를 피하고 있는 것 같았다. 나는 어쩌다 한 번씩밖에 선장을 만나지 못했다. 선장이 전에는 해저의 경이를 나한테 즐겨 설명해 주곤 했지만, 이제는 나 혼자 연구하도록 내버려둔 채 객실에는 얼씬도 하지 않았다.

그래서 나는 네드에게 생각할 시간을 달라고 말했다. 선장한테 그런 질문을 했다가 아무 성과도 얻지 못하면, 공연히 선장의 의심만 되살려 네드의 탈출 계획을 망칠 수도 있고, 또 우리 입장도 아주 난처해질 것이다. 육지 생활에는 아무 미련도 없고 오히려 바다에서 편안함을 느끼는 사람, 오직 자신만의 목표를 추구하는 네모 선장 같은 사람에게는 이런 생활이 가장 어울린다는 것을 나는 이해할 수 있었다. 하지만 우리 세 사람은 인간 세상에 완전히 등을 돌릴 수가 없었다.

앤틸리스 제도의 수면에서 10미터 내려간 곳에서 객실 금속판이 열렸다. 나는 유리창을 통해 흥미로운 표본을 많이 관찰할 수 있었다. '노틸러스호'가 심해로 깊이 내려가지 않았다면 나는 경이로운 동물을 훨씬 많이 관찰할 수 있었을 것이다.

4월 20일, 배는 수심 1,500미터까지 내려갔다. 가장 가까운 육지는 바하마 제도였다. 거칠게 잘린 바윗덩이들이 넓은 바닥에 수직으로 쌓여 있고, 그사이에 검은 구멍들이 숭숭 뚫려 있었다. 탐조등 불빛도 그 구멍 속으로는 뚫고 들어가지 못했다.

11시쯤 네드가 넓게 퍼진 해초 사이를 떼 지어 움직이고 있는 동물 무리를 가리켰다.

　"그야말로 문어 소굴이군." 내가 말했다. "여기서 괴물을 몇 놈 만나도 놀라지 않을 거야!"

　"두족류에 속하는 문어 말인가요?" 콩세유가 말했다.

　"내가 말하는 괴물은 대왕문어를 말하는 거야. 하지만 한 놈도 안 보이는군."

　"유감이네요. 말로만 듣던 대왕문어를 한번 보고 싶은데…….. 커다란 선박도 바다 밑바닥으로 끌고 들어갈 수 있다면서요?"

　"그건 터무니없는 소리야." 네드가 말했다.

　"그럼 자네는 대왕문어의 존재를 믿지 않나?" 콩세유가 물었다.

　"도대체 그런 괴물의 존재를 믿는 사람이 어디 있나?"

　"많은 사람이 믿고 있지."

　"어부들은 아무도 안 믿어. 과학자들은 믿을지도 모르지만…….."

　"과학자들 중에도 안 믿는 사람이 많다네." 내가 말했다.

　"하지만 나는 본 적이 있어." 콩세유가 더없이 진지한 어조로 말했다. "문어가 커다란 배를 다리로 휘감고 물속으로 끌고 들어가는 걸 분명히 보았어. 지금도 기억이 생생한걸."

　"그걸 보았다고?" 네드가 물었다.

"그래."

"자네 눈으로?"

"내 눈으로."

"어디서?"

"생말로(프랑스 북서부에 있는 항구 도시)에서." 콩세유는 태연히 대답했다.

"항구에서?" 네드는 빈정거리듯이 물었다.

"아니, 성당에서."

"성당?"

"그래, 그건 분명 대왕문어 그림이었어!"

"날 속여 먹었군." 네드가 웃음을 터뜨렸다.

그때 창가에 서서 벼랑에 뚫린 구멍을 바라보고 있던 콩세유가 외쳤다.

"세상에! 그 괴물이 저기 와 있어!"

네드는 창으로 달려갔다.

"맙소사! 정말 징그러운 놈이군!" 네드가 소리쳤다.

나도 창밖을 내다보았다. 어느 괴담 전설에 나와도 어울릴 만큼 혐오스러운 괴물이 눈앞에서 움직이고 있었다.

그것은 몸길이가 8미터나 되는 거대한 문어였다. 문어는 '노틸러스호'를 향해 엄청난 속도로 후진하고 있었다. 거대한 청록빛 눈이 우리를 노려보고 있었다. 머리에는 여덟 개의 팔, 아니 다리가 달려 있었다. 다리 안쪽에 달려 있는 수

많은 빨판이 또렷이 보였다. 이따금 빨판이 객실 유리창에 달라붙었다. 괴물의 입—앵무새 부리처럼 단단한 각질로 된 주둥이—은 수직으로 여닫히고 있었다. 커다란 가위 같은 주둥이에서 혀가 나왔다. 혀는 각질로 되어 있었고, 그 자체에 여러 줄의 날카로운 이빨이 돋아나 있었다. 몸색깔은 괴물이 흥분할수록 시시각각 변하여, 연회색에서 차츰 적갈색으로 바뀌었다.

저 연체동물은 무엇에 화가 났을까? 강력한 빨판이 달린 다리와 부리로도 '노틸러스호'를 붙잡지 못하자 안달이 나서 흥분한 것이다.

다른 녀석들이 오른쪽 창가에 나타났다. 내가 헤아릴 수 있었던 것은 일곱 마리였다. 그들은 행렬을 이루어 '노틸러스호'를 따라왔다. 나는 그들이 금속 선체에 부리를 문지르는 소리를 들을 수 있었다.

그때 갑자기 '노틸러스호'가 멈추었다. 충격으로 배 전체가 진동했다. 잠시 후 네모 선장이 부관을 데리고 객실로 들어왔다. 선장을 본 것은 오랜만이었다. 선장은 우울해 보였다. 우리한테 말도 걸지 않았다. 아니, 우리를 보지도 못한 것 같았다. 선장은 금속판으로 다가와 문어를 살펴보고, 부관에게 몇 마디 지시를 내렸다. 부관은 밖으로 나갔다.

곧이어 금속판이 다시 닫혔다. 천장에 불이 켜졌다. 나는 선장에게 다가갔다.

"진기한 문어 떼로군요."

"놈들과 한바탕 육탄전을 벌일 겁니다." 선장이 말했다.

나는 놀라서 선장을 쳐다보았다. 내가 잘못 들은 게 아닐까.

"육탄전요?"

"예. 스크루가 섰어요. 한 녀석이 입으로 스크루의 날을 물어서 우리를 꼼짝 못하게 붙잡고 있는 것 같습니다."

"어떻게 할 건데요?"

"수면 위로 올라가서 저놈들을 몰살하려고 합니다."

"어려운 일이군요."

"전기 총알은 단단한 곳에 부딪혀야 폭발하니까, 저 부드러운 살덩어리에는 무력합니다. 하지만 우리는 도끼로 공격할 겁니다."

"필요하다면 내 작살도." 네드가 말했다.

"좋습니다, 랜드 씨."

"곧 따라가겠습니다." 나는 중앙 층층대 쪽으로 걸어가는 선장에게 말했다.

갈고리 모양의 도끼로 무장한 여남은 명의 승무원이 준비를 갖추고 있었다. 콩세유와 나도 도끼를 집어 들었다. 네드는 작살을 꼬나들었다.

그러는 동안 '노틸러스호'는 수면 위로 떠올랐다. 층계 꼭대기에 서 있던 선원이 해치의 볼트를 풀고 있었다. 하지만 볼트가 풀리기가 무섭게 해치가 벌컥 열렸다. 문어의 빨판이 해치를 잡아당긴 것이다.

당장 기다란 다리 하나가 뱀처럼 미끄러져 들어왔고, 그 위에서는 스무 개도 넘는 다리가 흔들리고 있었다. 네모 선장은 도끼를 휘둘러 그 다리를 단번에 잘라 버렸다. 잘린 다리는 뒤틀리면서 층계를 미끄러져 내려왔다.

우리가 모두 함께 갑판으로 올라가는 동안, 두 개의 다리가 허공을 가르며 날아와 선장 앞에서 층계를 올라가던 선원을 덮쳤다. 그러고는 엄청난 힘으로 그를 낚아챘다.

끔찍한 광경이었다! 문어는 그 불운한 선원을 다리로 움켜잡고 빨판에 찰싹 붙여서 떨어지지 않게 한 다음, 허공에다 멋대로 휘두르고 있었다. 그는 숨이 막혀 캑캑거리면서 외치고 있었다.

"사람 살려! 사람 살려!"

그것은 프랑스어였다. 나는 크게 놀랐다. 그러니까 이 배에는 내 동포가 하나 있었구나. 아니, 어쩌면 여럿일지도 모른다.

네모 선장이 문어에게 덤벼들어, 다른 다리 하나를 도끼로 잘라 냈다. 부관은 뱃전으로 기어오르는 다른 괴물들과 맹렬하게 싸우고 있었다. 다른 승무원들도 저마다 도끼를 들고 괴물을 공격하고 있었다. 네드와 콩세유과 나는 각자 지닌 무기로 살덩어리를 쑤셔 댔다. 지독한 냄새가 진동했다. 끔찍했다.

하지만 네모 선장과 부관이 덤벼드는 순간 괴물이 먹물을 내뿜었다. 눈앞이 캄캄했다. 자욱한 먹구름이 걷혔을 때, 문어는 내 가엾은 동포를 데리고 이미 사라진 뒤였다.

괴물들에 대한 분노가 부글부글 끓어올랐다. 네드는 문어의 청록빛 눈을 작살로 연거푸 찔러댔다. 하지만 그 용맹한 친구가 갑자기 나동그라졌다. 괴물의 다리를 미처 피하지 못하고 얻어맞은 것이다.

문어가 네드 앞에서 강력한 부리를 딱 벌렸다. 네드는 두 토막이 날 판이었다. 나는 네드를 도우러 달려갔다. 하지만 네모 선장이 한 걸음 빨랐다. 선장의 도끼가 두 개의 거대한 턱 사이로 사라졌다. 네드는 기적적으로 목숨을 건졌다. 네드는 일어나서 문어 심장에 작살을 꽂았다.

"전에 진 신세를 갚은 겁니다!" 네모 선장이 말했다.

네드는 말없이 고개만 숙였다.

전투는 15분 동안 계속되었다. 다리가 잘리거나 중상을 입은 괴물들은 마침내 퇴각하여 물속으로 사라졌다.

그 후 '노틸러스호'는 치열한 전투가 벌어졌던 현장, 동료 한 명을 삼켜 버린 바다를 차마 떠나지 못하고, 파도에 뒤흔들리며 여기저기 떠돌고 있었다!

그렇게 열흘이 지났다. 5월 1일에야 '노틸러스호'는 바하마 해협 어귀에서 북쪽으로 항로를 잡았다. 우리는 세계에서 가장 큰 해류를 타고 있었다. 독자적인 경계와과 어류와 수온을 지닌 이 해류는 바로 멕시코 만류다.

실제로 멕시코 만류는 대서양 한복판을 흐르는 해류로, 주변 바닷물과도 섞이지 않으며, 주변 바다보다도 염분이 많다. 장소에 따라서는 시속 4킬로미터의 속도로 흐르기도 한다. 해류 전체의 수량은 거의 변하지 않는데, 지구의 모든 강을 합친 것보다 많다.

정오 무렵, 나는 콩세유와 함께 상갑판에 올라가 멕시코 만류의 특징을 설명해 주었다. 설명이 끝나자 나는 물속에 손을 넣어 보라고 말했다. 콩세유는 순순히 손을 넣고, 물이 차갑지도 따뜻하지도 않은 데 놀랐다.

"그건 멕시코 만류가 멕시코만을 떠날 때 그 수온이 사람의 혈액 온도와 거의 같기 때문이야. 멕시코 만류는 거대한 난방장치라고 할 수 있지. 유럽의 해안이 상록수로 덮여 있는 것도 그 덕택이야."

이 해류는 그 속에 수많은 생명을 품어 안고 있었다. 지중해에서 흔히 볼 수 있는 집낙지가 이곳을 떼 지어 이동하고 있었다. 연골어류 가운데 가장 눈에 띄는 것은 가오리였다. 가오리의 가느다란 꼬리는 길이가 7미터를 넘는 거대한 마름모꼴 몸체의 3분의 1을 차지하고 있었다. 몸길이가 1미터 남짓한 작은 상어도 눈에 띄었다.

5월 8일, 우리는 아직 미국 노스캐롤라이나주의 해터러스 곶 앞바다에 있었다. '노틸러스호'는 마음 내키는 대로 방랑을 계속했다. 배에는 감시자가 전혀 없는 것 같았다. '노틸러스호'는 미국 연안에서 50킬로미터나 떨어져 있었지만, 이런 상황이라면 충분히 탈출할 수 있었을 것이다. 많은 배들이 뉴욕과 멕시코만 사이를 끊임없이 오가고 있어서, 그런 배에 구조될 가능성도 있었다.

하지만 불운한 사정이 네드의 계획을 망쳐 놓았다. 우선 날씨가 너무 나빴다. 우리는 멕시코 만류가 만들어 내는 소용돌이와 폭풍으로 유명한 해역으로 다가가고 있었다. 쪽배를 타고 사납게 날뛰는 바다와 맞서는 것은 자살행위나 마찬가지였다. 여기에는 네드도 동의할 수밖에 없었다. 그래서 탈출만이 치료할 수 있는 향수병을 간신히 억눌렀다.

"박사님, 그래도 이런 상태는 끝내야 합니다." 네드가 말했다. "나는 뭐가 어떻게 돌아가고 있는지 알아야겠어요."

"당분간은 탈출할 수도 없는데, 뭘 어떻게 할 수 있겠나?"

"원래 생각대로 돌아가서, 선장한테 직접 말할 필요가 있어요. 우리가 프랑스 앞바다에 있을 때 박사님은 선장한테 아무 말씀도 안 하셨죠? 배가 이제는 우리 바다에 있으니까, 할 수만 있다면 내가 말하고 싶습니다. 박사님, 차라리 바다에 몸을 던질 겁니다! 여기서는 살 수가 없어요! 숨이 막혀서 죽을 것만 같습니다!"

네드는 분명 인내의 한계에 이르러 있었다. 그의 활동적인 기질은 오랜 감금 생활에 익숙해질 수 없었다. 그의 인상은 날마다 바뀌고 있었다. 성격은 점점 어두워졌다. 나도 향수를 느끼고 있었기 때문에, 그가 얼마나 큰 고통을 겪고 있는지 이해할 수 있었다. 육지 소식을 마지막으로 들은 지 벌써 일곱 달이 되어 가고 있었다. 게다가 네모 선장의 고독, 과묵함, 특히 문어와 싸운 뒤 달라진 그의 심사 때문에, 내 눈에도 상황이 처음과는 사뭇 달라 보였다. 나는 더 이상 처음과 같은 열정을 느끼지 못했다.

"좋아. 물어보기로 하지."

"언제요?" 네드가 집요하게 물었다.

"다음에 만나면."

"박사님, 내가 직접 선장을 찾아가기를 바라세요?"

"아니, 내가 하겠네. 내일……."

"오늘."

"좋아. 오늘 선장을 만나겠어."

나는 네드에게 약속했다. 네드 혼자 멋대로 행동하게 놔뒀다가는 모든 일을 망쳐 버릴 게 뻔했기 때문이다.

나는 혼자 남았다. 선장에게 우리 문제를 제기하기로 결심한 이상, 당장 해치우기로 했다. 나는 할 일을 미루기보다 해야 할 일은 그때그때 끝내 버리는 것을 좋아한다.

나는 네모 선장의 방문을 두드렸다. 아무 응답도 없었다.

나는 다시 문을 노크하고 손잡이를 돌렸다. 문이 열렸다.

선장은 고개를 들어 나를 보더니 불쾌한 듯 얼굴을 찌푸리고 퉁명스럽게 말했다.

"무슨 일이오?"

"할 얘기가 있어서……."

"하지만 나는 바쁩니다. 지금 일을 하고 있어요. 나도 당신한테 혼자 있을 자유를 주었으니까, 당신도 나한테 그 자유를 주지 않겠소?"

"선장." 나는 차갑게 말했다. "당신과 의논할 시급한 문제가 있어요."

"그게 뭡니까?" 선장은 빈정거리듯이 대꾸했다.

그러고는 내가 대답하기도 전에 책상 위에 펼쳐 놓은 원고를 보여 주면서 엄숙한 목소리로 말했다.

"이건 여러 언어로 쓴 것입니다. 내 이름이 서명되어 있고 내 평생의 연구 성과가 담겨 있는 이 원고는 물에 뜨는 작은 용기 속에 밀봉될 겁니다. '노틸러스호'에 타고 있는 우리들 가운데 마지막 생존자가 그 용기를 바다에 던질 것이고, 그러면 그 용기는 물결을 타고 어디로든 흘러가겠지요."

"그 뜻에는 나도 전적으로 동의합니다. 당신의 연구 성과는 절대 사라지면 안 됩니다. 하지만 당신이 채택한 방법은 좀 허술해 보이는군요. 그 용기가 바람을 타고 어디로 흘러갈지, 누구 손에 들어갈지 누가 알겠습니까? 선장이나 선장

317

의 부하들 가운데……."

"천만에요!" 선장이 날카롭게 내 말을 막았다.

"하지만 나와 내 동료들은 그 원고를 은밀히 보관해 드릴 수 있어요. 선장이 우리한테 자유를 돌려주시면……."

"자유라고요?" 선장은 벌떡 일어나면서 되물었다.

"그래요. 내가 하고 싶었던 이야기가 바로 그거요. 우리가 이 배에 탄 지도 벌써 여러 달이 지났으니까, 오늘은 당신의 속셈을 묻고 싶소. 우리를 영원히 이 배에 붙잡아 둘 작정인지……."

"아로낙스 박사, 오늘도 내 대답은 일곱 달 전에 한 대답과 똑같습니다. '노틸러스호'에 들어온 사람은 두 번 다시 이 배를 떠나지 못합니다."

"네모 선장, 이 문제를 나중에 다시 거론하는 것은 나도 그렇고 당신도 원하지 않을 거요. 그러니까 이왕 말이 나온 김에 이야기를 확실히 끝내 버립시다. 나는 당신을 존경하고 있고, 주어진 역할에 충실한 당신과 기꺼이 동행하고 있습니다. 당신이 맡고 있는 역할을 부분적으로는 이해할 수도 있어요. 하지만 내가 엿본 당신의 생활에는 아리송하고 신비에 싸인 또 다른 측면, 나와 내 동료들이 관여할 수 없는 측면이 있습니다. 특히 우리를 견딜 수 없게 만드는 건 당신과 관련된 어떤 일에도 관여할 수 없다는 소외감입니다. 그건 나한테도 견딜 수 없는 일이지만, 네드한테는 더욱 견딜 수 없는 일이지요. 네드처럼 불같은 성격을 가진 사람이 자유를 사랑하고 속박을 증오하는 나머지 어떤 보복을 획책할 수 있는지, 자문해 본 적이 있습니까? 네드가 무슨 생각을 하고 있는지……?"

나는 입을 다물었다. 네모 선장이 자리에서 일어났다.

"네드 랜드는 마음대로 생각하고 행동해도 좋습니다. 그게 나하고 무슨 상관입니까? 나는 그에게 내 여행에 동행하자고 요구한 적이 없습니다. 어쨌든 이 문제를 제기하는 건 이번이 처음이자 마지막으로 해 둡시다. 다음에 또 꺼내면, 그 때는 박사의 말을 아예 듣지도 않을 겁니다."

나는 물러났다. 그날부터 우리 관계는 팽팽하게 긴장되었다. 나는 선장과 나눈 대화를 두 동료에게 그대로 전했다.

"선장한테는 아무것도 기대할 수 없다는 걸 이제 분명히 알았어요." 네드가 말했다. "지금 '노틸러스호'는 롱아일랜드(미국 뉴욕주 남동부의 섬)에 접근하고 있습니다. 날씨가 어떻든, 거기서 탈출을 시도합시다."

하지만 하늘이 점점 험악해지고 있었다. 폭풍이 다가오고 있었다.

폭풍우는 5월 12일에 시작되었다. '노틸러스호'는 뉴욕으로 들어가는 관문에서 몇 킬로미터 떨어진 롱아일랜드 앞바다에 있었다.

바람은 남서쪽에서 불어오고 있었다. 처음에는 초속 15미터의 강풍이었지만, 오후 3시경에는 초속 25미터가 되었다.
폭풍이 시작된 것이다.

네모 선장은 돌풍 속에서도 흔들리지 않고 상갑판에 자리
를 잡았다. 거대한 파도와 맞서기 위해 허리에 밧줄을 묶었
다. 나도 갑판으로 올라가 몸을 고정시키고, 폭풍우와 거기
에 도전하는 인간에게 찬탄을 보냈다.

5시쯤 비가 억수같이 쏟아졌지만, 바람이나 바다를 억누
르지는 못했다. 폭풍은 초속 45미터로 몰아쳤다. 시속 160킬
로미터가 넘는 위력이다. 그 정도 바람이면 지붕에서 기왓
장을 날려 보내고, 쇠창살을 부수고, 집을 무너뜨리고, 대포
도 통째로 움직일 수 있다. 하지만 폭풍 한복판에서도 '노틸
러스호'는 "잘 만들어진 선체는 어떤 바다에서도 견딜 수 있
다!"는 현명한 기관사의 말을 뒷받침해 주었다.

날이 어두워지자 폭풍우는 더욱 격렬해졌고, 어둠 속에서
커다란 배 한 척이 폭풍우와 싸우며 수평선을 지나가는 것
이 보였다. 그 배는 속도를 늦추고 바람을 정면에서 받기 위
해 안간힘을 쓰고 있었다. 그러나 배는 곧 어둠 속으로 사라
졌다.

10시에는 하늘이 불타는 듯이 보였다. 무시무시한 번개가
허공을 갈랐다. 나는 번갯불을 견딜 수가 없었지만, 네모 선
장은 마치 폭풍우의 영혼을 빨아들이기라도 하는 것처럼 번
개를 똑바로 바라보았다. 소름 끼치는 소리가 대기를 가득

채웠다. 부서지는 파도가 울부짖는 소리, 바람의 비명소리, 우렛소리로 이루어진 복합적인 소리였다. 바람은 온갖 방향에서 불어왔고, 또 온갖 방향으로 불어 갔다.

멕시코 만류는 과연 '폭풍의 왕'이라는 별명이 붙을 만했다. 대기층과 해류의 온도 차이로 이런 무시무시한 폭풍우를 만들어 내는 것은 바로 멕시코 만류다.

부슬부슬 떨어지던 비가 세찬 폭우로 바뀌었다. 자신에게 어울리는 죽음을 바라는 네모 선장은 일부러 벼락을 맞으려고 애쓰는 것 같았다. 심하게 흔들리던 '노틸러스호'가 강철 충각을 피뢰침처럼 공중으로 치켜 올렸다. 나는 거기에서 기다란 불꽃이 튀는 것을 볼 수 있었다.

나는 기운이 빠져 더 이상 버틸 힘이 없었다. 그래서 납작 엎드려 해치까지 기어가서, 해치를 열고 객실로 돌아왔다. 폭풍우는 이제 최고조에 이르러 있었다. 배 안에서 서 있을 수도 없을 정도였다.

네모 선장은 자정쯤 안으로 들어왔다. 물탱크에 물이 차는 소리가 들렸다. '노틸러스호'가 천천히 수면 아래로 가라앉고 있었다.

24장

대학살

이 폭풍우 때문에 우리는 동쪽으로 밀려났다. 뉴욕이나 세인트로렌스섬으로 탈출할 수 있으리라는 기대는 물거품이 되었다. 가련한 네드는 절망에 빠져, 네모 선장처럼 방에 틀어박혔다.

나는 '노틸러스호'가 동쪽으로 갔다고 말했지만, 동북쪽으로 갔다고 말하는 게 정확하다. 며칠 동안 배는 정처 없이 떠돌았다. 때로는 해저로 내려가고, 때로는 짙은 안개 속에서 수면 위로 떠오르기도 했다. 이 해역에서 얼마나 많은 배가 연안의 희미한 등댓불을 찾아가다가 침몰했던가! 이 불투명한 안개 때문에 얼마나 많은 배가 조난을 당했던가! 세찬 바람 소리가 암초에 부딪히는 파도 소리를 삼켜 버리기 때문에 얼마나 많은 배가 암초에 부딪혔던가! 위치등을 켜고 경적과 경종으로 서로 경고하고도 얼마나 많은 배가 서로 충돌했던가!

그 결과, 이 해역의 밑바닥은 전쟁터와 비슷했다. 그곳에는 아직도 바다의 패배자들이 널브러져 있었다. 오래되어 이미 덮개를 뒤집어쓴 것도 있고, 가라앉은 지 얼마 되지 않아서 장비와 선체가 우리 배의 탐조등 불빛을 반사하는 것도 있었다.

5월 15일, 우리는 그랜드뱅크스(캐나다 뉴펀들랜드섬 남동쪽에 펼쳐진 대륙붕)의 남쪽 끝에 있었다. 이곳의 바다는 별로 깊지 않다. 기껏해야 200미터가 고작이다. 하지만 바로 남쪽에는 수심이 3,000미터나 되는 깊은 구덩이가 있다. 여기서 멕시코만류는 폭이 넓어져 사방으로 퍼져간다.

그랜드뱅크스의 바닥을 스치듯 지나가는 동안, 나는 배들이 수백 개씩 드리우고 있는 낚싯줄을 쉽게 볼 수 있었다. 하지만 우리는 배들이 북적거리는 이 바다에 오래 머물지 않았다. '노틸러스호'는 북위 42도선으로 올라간 뒤 동쪽으로 방향을 틀었다.

내가 바닷속 밑바닥에 놓여 있는 해저 케이블을 처음 발견한 것은 5월 17일이었다. 뉴펀들랜드섬의 하츠콘텐트항에서 800킬로미터쯤 떨어진 수심 2,800미터 지점이었다. 기다란 뱀 같은 해저 케이블은 조가비와 유공충으로 뒤덮여 있었다.

케이블은 미국에서 유럽까지 0.32초 만에 달리는 전파를 보내기에 알맞은 압력을 받으며, 바다의 움직임에 영향을 받지 않는 곳에 조용히 놓여 있었다.

바닥은 너비가 120킬로미터쯤 되는 골짜기를 이루고 있었다. 몽블랑산(알프스의 최고봉. 해발고도 4,807미터)을 옮겨 놓아도 꼭대기가 수면 위로 올라오지 않을 것이다. 골짜기 동쪽에는 2,000미터 높이의 해저 단애가 솟아 있었는데, 우리가 도착한 것은 5월 28일이었다. '노틸러스호'는 이제 아일랜드에서 150킬로미터 떨어져 있었다.

네모 선장은 북쪽으로 올라가 영국에 상륙하려는 것일까? 아니었다. 놀랍게도 선장은 다시 남쪽으로 방향을 돌려 유럽 해역으로 향했다.

육지가 가까워지자, 그동안 방에만 틀어박혀 있던 네드가 다시 나타나 질문을 퍼부었다. 하지만 뭐라고 대답할 수 있겠는가? 네모 선장은 여전히 모습을 보이지 않았다.

'노틸러스호'는 여전히 남쪽으로 가고 있었다. 5월 30일에는 영국 최남단인 랜즈엔드곶이 시야에 들어왔다. 영국 해협으로 들어가고 싶다면, 거기서 동쪽으로 방향을 틀어야 할 것이다. 하지만 배는 그렇게 하지 않았다.

5월 31일, '노틸러스호'는 온종일 수면을 맴돌아 내 호기심을 잔뜩 돋우어 놓았다. 정오에 네모 선장이 위치를 측정하러 올라왔다. 선장은 나한테 말도 걸지 않았다. 표정은 어느 때보다도 어두워 보였다. 도대체 무엇이 선장을 그토록 침울하게 만들 수 있을까? 유럽 해안이 너무 가깝기 때문일까? 버리고 떠난 고향이 생각났기 때문일까? 오랫동안 그런 생각이 내 마음을 가득 채웠다. 이제 곧 선장의 비밀이 밝혀질 듯싶은 예감이 들었다.

이튿날인 6월 1일에도 '노틸러스호'는 여전히 원을 그리며 수면을 맴돌았다. 바다에서 정확한 지점을 찾아내려고 애쓰는 게 분명했다. 어제와 마찬가지로 네모 선장이 태양의 고도를 재러 올라왔다.

바다는 잔잔했고 하늘은 맑았다. 동쪽으로 15킬로미터쯤 떨어진 곳을 지나가는 커다란 기선 한 척이 수평선 위로 또렷이 보였다. 활대에 깃발이 보이지 않아서, 어느 국적의 배인지는 확인할 수 없었다.

태양이 자오선을 통과하기 직전에 선장은 육분의를 집어 들고 아주 정밀하게 태양의 고도를 관측했다. 물이 잔잔해서 작업하기가 쉬웠다. '노틸러스호'는 앞뒤로도 좌우로도 흔들리지 않고 완전히 정지해 있었기 때문이다.

선장은 배의 위치를 측정한 뒤 곁에 있는 부관에게 말했다.

"여기다!"

그러고는 다시 해치 밑으로 내려갔다.

나도 객실로 돌아갔다. 해치가 닫히고, 물탱크에 물이 들어오는 소리가 들렸다. '노틸러스호'는 가라앉기 시작했다. 잠시 후 배는 833미터 깊이에서 바닥에 내려앉았다.

객실 천장의 불이 꺼지고 금속판이 열렸다. 유리창을 통해 환한 불빛을 받은 바다가 보였다. 탐조등 불빛은 거의 1킬로미터까지 뻗어 나갔다.

오른쪽 바닥에 내 시선을 끄는 커다란 둔덕이 하나 나타났다. 희끄무레한 조가비로 덮여 있었는데, 그 형태가 눈 속에 묻힌 폐허와 비슷했다. 좀 더 주의 깊게 관찰하자, 돛대가 없는 배의 형체가 어렴풋이 떠올랐다. 배는 머리부터 먼저 가라앉은 것 같았다. 침몰선은 오래전에 만들어진 것이었다. 물속의 석회질이 덕지덕지 달라붙어 있는 것으로 보아, 선체는 바다 밑바닥에서 오랜 세월을 보낸 게 분명했다.

저 배는 어떤 배일까? 왜 '노틸러스호'는 저 배의 무덤을 찾아왔을까? 저 배는 난파해서 가라앉은 게 아니었을까?

그때 네모 선장의 나지막한 목소리가 들려왔다.

"저 배는 일찍이 '마르세유호'라고 불렸습니다. 1762년에 진수된 이후 여러 차례 공을 세웠지요. 그 후 1794년 4월에 저 배는 미국에서 밀을 싣고 오는 수송선단을 호위하는 임무를 받았습니다. 오늘은 1868년 6월 1일. 그러니 74년 전 오늘, 서경 17도 28분·북위 47도 24분, 바로 이곳에서 저 배는 영국 함대와 마주쳤고, 영웅적인 전투를 벌이다가 세 개의 돛대 가운데 두 개를 잃었습니다. 배는 침수되기 시작했고,

투항하기보다 356명의 승무원과 함께 침몰하는 쪽을 택했습니다. 그래서 프랑스 공화국은 저 배에 새로운 이름을 붙여주었지요."

"'방죄르(복수자라는 뜻)호'!" 내가 소리쳤다.

그러자 네모 선장을 팔짱을 끼면서 말했다.

"맞습니다, 박사. '방죄르호'! 정말 멋진 이름이지요."

선장의 말투, 예기치 못한 광경, 애국적인 군함 이야기, 선장이 '방죄르호'에 대한 이야기를 마무리하면서 그토록 힘주어 내뱉은 마지막 말, 의심할 여지 없이 분명해진 선장의 의도—이 모든 것이 나에게 깊은 인상을 주었다. 내 눈은 이제 선장한테 못 박혀 있었다. 선장은 팔을 뻗어 바다를 가리키면서 열정적인 눈으로 그 영광스러운 침몰선을 바라보고 있었다.

그러는 동안 '노틸러스호'는 천천히 수면으로 떠오르고 있었다. 나는 '방죄르호'의 희미한 형체가 조금씩 사라지는 것을 볼 수 있었다. 곧이어 배가 가볍게 흔들렸다. 나는 배가 수면 위에 떠 있음을 알았다.

그 순간 둔탁한 폭발음이 들렸다. 나는 선장을 쳐다보았다.

"무슨 일이죠?"

그러나 선장은 대답하지 않았다.

나는 선장 곁을 떠나 상갑판으로 올라갔다. 콩세유와 네드가 벌써 올라와 있었다.

"폭발음은 어디서 났지?" 내가 물었다.

"대포 소리예요." 네드가 대답했다.

나는 좀 전에 본 배 쪽을 돌아보았다. 그 배는 아까보다 더 가까워졌고, 분명히 전속력으로 다가오고 있었다. 이제는 10킬로미터 정도밖에 떨어져 있지 않았다.

"네드, 저건 어떤 배지?"

"장비와 낮은 돛대로 미루어 전함인 게 분명합니다. 우리한테 왔으면 좋겠어요. 필요하다면 이놈의 '노틸러스호'를 침몰시켜도 좋아요!"

네드는 그 배가 충각이 달린 대형 전함이라고 알려 주었다. 상하 두 갑판이 있는 장갑 전함이다. 검은 연기가 두 개의 굴뚝에서 뭉게뭉게 쏟아져 나오고 있었다. 그러나 거리가 멀어서 깃발의 색깔은 확인할 수 없었다. 바람이 없어서 깃발이 리본처럼 늘어져 있었기 때문이다.

배는 빠른 속도로 다가오고 있었다. 네모 선장이 그 배의 접근을 허락한다면 우리가 구조될 가능성도 있었다.

"박사님, 저 배가 1킬로미터 안으로 다가오면 나는 바다로 뛰어들 겁니다. 박사님도 그렇게 하세요."

나는 네드의 제안에 아무 대꾸도 하지 않고, 점점 커지는 그 배를 계속 바라보았다. 영국 배든, 프랑스 배든, 미국 배든, 러시아 배든, 우리가 헤엄을 쳐서 가기만 하면 틀림없이

건져줄 것이다.

"주인님은 우리가 헤엄을 쳐 본 경험이 있다는 것을 기억하셔야 합니다." 콩세유가 끼어들었다. "네드를 따라가고 싶으시면, 주인님을 저 배까지 끌고 가는 일은 저한테 맡기셔도 됩니다."

내가 막 대답하려 할 때 하얀 연기가 전함의 고물에서 뿜어져 나왔다. 몇 초 뒤, 무거운 물체가 떨어지는 충격으로 잔잔하던 수면이 뒤흔들렸다. '노틸러스호'의 고물에 물이 튀었다. 잠시 후 요란한 폭발음이 귀청을 때렸다.

"아니, 우리한테 대포를 쏘고 있잖아!" 내가 소리쳤다.

"잘한다." 네드가 중얼거렸다.

"죄송하지만 주인님……" 콩세유는 두 번째 포탄이 끼얹은 물벼락을 털어내면서 말했다. "저 사람들은 일각고래를 발견했고, 일각고래를 향해 대포를 쏘고 있는 겁니다."

그 순간 내 마음속에서 혁명적인 변화가 일어났다. 이른바 괴물의 정체는 이미 밝혀졌을 게 분명하다. '노틸러스호'가 '에이브러햄 링컨호'와 교전할 때 네드가 작살로 이 배를 공격했다. 그때 패러것 함장은 이른바 일각고래가 어떤 초자연적인 고래보다도 훨씬 위험한 잠수함이라는 사실을 깨달았을 것이다.

그래, 틀림없어. 가공할 파괴력을 가진 이 잠수함은 이제 전 세계의 모든 바다에서 추적당하고 있는 거야!

네모 선장이 복수를 위해 '노틸러스호'를 이용하고 있다는 것은 이제 분명해 보였다. 그렇다면 정말 무서운 일이다. 그의 정체는 아직 확실치 않지만, 적어도 그에 맞서 동맹을 맺은 나라들은 더 이상 환상적인 괴물을 추적하는 것이 아니라, 그들에게 무자비한 앙심을 품고 있는 한 인간을 추적하고 있는 것이다!

전함은 이제 5킬로미터도 떨어져 있지 않았다. '노틸러스호'가 맹렬한 포격을 받고 있는데도 네모 선장은 갑판에 나타나지 않았다.

그때 네드가 말했다.

"박사님, 무슨 수를 써서라도 이 상황에서 벗어나야 합니다. 신호를 보냅시다!"

네드는 손수건을 꺼내 흔들었다. 하지만 그가 손수건을 들어 올리기가 무섭게 강철 같은 손이 힘세고 건장한 네드를 꼼짝 못하게 붙잡고 갑판에 내동댕이쳤다.

"비열한 놈!" 선장이 소리쳤다. "'노틸러스호'가 저 배로 돌진할 때, 충각 앞에 네놈의 처참한 시체를 못 박아 줄까?"

듣기만 해도 끔찍한 말이었지만, 선장의 모습은 그보다 훨씬 무시무시했다. 그의 입에서 나오는 것은 말이 아니라 포효였다. 그는 몸을 앞으로 구부려, 두 손으로 네드의 어깨를 비틀고 있었다.

그러다가 네드를 놓아주고는 다시 전함 쪽으로 돌아섰다.

포탄이 주위에 비 오듯 쏟아지고 있었다.

"아, 너는 내가 누군지 아느냐. 저주받은 나라의 배여!" 선장은 힘찬 목소리로 말했다. "나는 네 깃발을 보지 않아도 네 정체를 알고 있다! 보아라, 너한테 내 깃발을 보여 주마."

네모 선장은 갑판 앞머리에 검은 깃발을 펼쳤다. 그것은 선장이 남극에 세워 놓은 깃발과 똑같았다.

그 순간 포탄 하나가 '노틸러스호' 선체를 비스듬히 때렸다. 하지만 구멍을 내지는 못하고 선장 옆을 스쳐 바다로 떨어졌다.

네모 선장은 어깨를 으쓱하고는 나에게 말했다.

"안으로 들어가세요. 동료들을 데리고 안으로 들어가세요."

"선장! 저 배를 공격할 건가요?"

"그렇소. 침몰시킬 거요."

"설마!"

"정말이오. 나는 공격을 받았고, 반격은 끔찍할 거요. 어서 안으로 내려가세요."

네드와 콩세유와 나는 선장의 명령에 따를 수밖에 없었다. 15명쯤 되는 승무원들이 선장 주변에 둘러서서 다가오는 배를 증오가 담긴 눈으로 노려보고 있었다. 똑같은 복수심이 그들 모두의 영혼을 몰아세우고 있는 게 분명했다.

내가 막 배 안으로 들어갔을 때, 또 다른 포탄이 '노틸러스호' 선체를 스치고 지나갔다. 선장의 외침 소리가 들려왔다.

"어서 공격해라, 미친 배야! 너는 '노틸러스호'의 충각을 피하지 못할 것이다. 하지만 네놈이 죽을 곳은 여기가 아니다. 너의 잔해가 '방죄르호'의 잔해를 더럽히는 것은 용납할 수 없다!"

오후 4시쯤, 나는 초조와 불안을 더 이상 억누를 수가 없어서 중앙 층층대로 돌아갔다. 해치는 그대로 열려 있었다. 나는 과감하게 갑판으로 나갔다. 선장은 아직도 흥분을 가라앉히지 못한 채 갑판을 오락가락하고 있었다. 선장은 5킬로미터쯤 떨어진 전함을 노려보고 있었다.

나는 마지막으로 이 문제에 개입하려 했지만, 내가 말을 꺼내기가 무섭게 선장이 내 말을 가로막았다.

"내가 법이고, 내가 정의요! 나는 핍박당한 사람이고, 저들은 압제자요! 내가 사랑하고 아끼고 존경한 모든 것, 나의 조국, 아내와 자식들, 부모가 저들 때문에 내 눈앞에서 죽었소! 내가 증오하는 모든 것이 저기 있소! 입 다물고 조용히 있으시오!"

나는 전속력으로 쫓아오고 있는 전함에 마지막 눈길을 던졌다. 그러고는 다시 네드와 콩세유가 있는 곳으로 돌아왔다.

"탈출하세!" 내가 소리쳤다.

"그런데 저 배는 어떤 배입니까?" 네드가 물었다.

"그건 나도 모르지만, 어떤 배든 간에 밤이 되기 전에 침몰할 거야. 정당한지 아닌지 알 수 없는 복수의 공범자가 되기보다는 차라리 저 배와 함께 죽는 게 낫겠어."

"나도 같은 의견입니다. 그럼 어두워질 때까지 기다립시다."

밤이 왔다. 깊은 정적이 배를 짓눌렀다.

네드와 콩세유와 나는 전함이 우리 목소리를 듣거나 우리 모습을 볼 수 있을 만큼 가까이 접근하면 당장 탈출을 시도하기로 결정했다. 보름달이 사흘밖에 남지 않아서 달빛이 밝았기 때문이다.

밤이 온 뒤에도 몇 시간이 아무 일 없이 지나갔다. 우리는 행동할 기회를 노렸다. 신경이 곤두서 있어서 말은 거의 하지 않았다.

밤 3시에 나는 좀 걱정이 돼서 다시 상갑판으로 올라갔다. 네모 선장은 아직도 거기에 있었다. 그는 뱃머리에 걸린 깃발 옆에 서 있었다. 그의 눈은 한시도 전함에서 떠나지 않았다. 놀랄 만큼 강렬한 그 눈빛은 예인선보다 더 확실하게 그 배를 끌어당기고 있는 듯했다!

전함은 4킬로미터쯤 떨어진 곳에 머물러 있었다. '노틸러스호'의 존재를 알려주는 그 인광에 이끌려 아까보다 한결 가까이 다가와 있었다.

나는 오전 5시까지 상갑판에 남아 있었다. 네모 선장은 내가 거기에 있는 것을 알아차린 것 같지도 않았다. 전함은 2킬로미터쯤 떨어진 곳에 머물러 있었다. 첫새벽에 동녘 하늘이 밝아오자마자 전함은 다시 대포를 쏘아대기 시작했다.

네드와 콩세유에게 사정을 알려 주기 위해 아래로 내려갈 준비를 하고 있을 때 부관이 상갑판으로 올라왔다. 승무원도 몇 명 함께 올라왔다. 네모 선장은 그들을 보지 않았다. 아니, 어쩌면 보고 싶지 않았는지도 모른다. '노틸러스호'의 '전투 태세'라고 부를 수 있는 준비 작업이 행해지고 있었다.

6시에 나는 다시 객실로 내려갔다. 속도계는 '노틸러스호'가 속력을 늦추고 있음을 보여 주었다. 나는 '노틸러스호'가 전함을 가까운 거리로 유인하고 있다는 것을 알아차렸다. 폭발음이 점점 커지고 있었다. 포탄이 물속으로 뚫고 들어와, 기묘하게 쉭쉭거리는 소리를 내면서 지나갔다.

"때가 왔네. 자, 악수를 나누세. 신의 가호가 있기를!"

네드는 결연한 태도였고, 콩세유는 침착했고, 나는 곤두선 신경을 억제하기 힘들 만큼 흥분한 상태였다.

우리는 서재로 들어갔다. 내가 중앙 층층대로 통하는 문을 막 열려는 순간, 해치가 쾅 하고 닫히는 소리가 들렸다.

네드가 층계로 달려가려고 했지만, 내가 그를 붙잡았다. 귀에 익은 쉭쉭 소리가 들려왔다. 물탱크 속으로 물이 유입되는 소리였다. 몇 초 만에 '노틸러스호'는 몇 미터 물속으로 가라앉았다.

그제야 나는 무슨 일이 일어나고 있는지를 알아차렸다. 이제는 너무 늦었다. '노틸러스호'는 장갑으로 덮여 있어서 뚫을 수 없는 갑판을 공격하는 대신, 목재가 그대로 드러나 있는 흘수선 아랫부분을 공격할 계획인 것이다.

'노틸러스호'의 속도가 기세를 얻어 눈에 띄게 빨라졌다. 선체가 부르르 떨렸다. 갑자기 충격이 일어났다. 비교적 가벼운 충격이었는데도 '노틸러스호'는 송곳이 범포를 꿰뚫듯 쉽게 전함을 꿰뚫었다.

나도 더는 가만히 앉아 있을 수가 없었다. 나는 흥분하고 당황하여 내 방에서 뛰쳐나와 객실로 들어갔다. 네모 선장이 거기에 있었다. 음울하고 냉혹한 표정으로 말없이 왼쪽 유리창을 바라보고 있었다.

거대한 선체가 물속으로 가라앉고 있었다. 그리고 '노틸러스호'도 죽어가는 그 선체의 고통을 지켜보려고 함께 심연으로 내려가고 있었다. 10미터 떨어진 곳에서 선체가 쪼개지는 것이 보였다. 물이 우레 같은 소리를 내며 갈라진 선체 안으로 쏟아져 들어갔다. 갑판은 우왕좌왕하는 검은 형체들로 뒤덮여 있었다.

수위가 점점 올라가고 있었다. 불운한 사람들은 삭구로 달려가고, 돛대에 매달리고, 물속에서 몸을 뒤틀며 허우적거렸다. 거대한 전함은 바다에 침략당한 인간 개미탑이었다.

나는 온몸이 마비되었다. 너무 고통스러워서 몸이 뻣뻣하

게 굳어 버렸다. 머리털이 쭈뼛 곤두섰다. 눈은 부자연스러울 만큼 크게 뜨였고, 숨도 거의 쉴 수 없었다. 목소리도 나오지 않았다. 숨도 못 쉬고 소리도 못 낸 채, 나도 그 광경을 지켜보고 있었다.

갑자기 폭발이 일어났다. 그 압력으로 갑판이 날아갔다. 선창에서 불이라도 난 것 같았다. 폭발이 물을 세차게 밀어냈기 때문에 '노틸러스호'는 옆으로 밀려났다.

이제 불운한 전함은 더 빨리 가라앉았다. 희생자들을 가득 실은 돛대 꼭대기의 망대가 내려가고, 다음에는 잔뜩 매달린 사람들의 무게로 휘어진 가로대가 내려가고, 마지막으로 주돛대 끝이 내려갔다. 이윽고 그 검은 형체는 시야에서 사라지고, 그와 함께 수많은 승무원도 해저 바닥을 흐르는 소용돌이에 휘말렸다…….

모든 것이 끝나자 선장은 방문으로 다가가 문을 열고 안으로 들어갔다. 그의 방문 맞은편 벽, 그의 영웅들의 초상화 밑에 두 아이와 젊은 여인의 초상화가 걸려 있었다. 네모 선장은 잠시 그들을 바라보다가 두 팔을 내뻗었다. 그러고는 무릎을 꿇고 흐느끼기 시작했다.

25장

탈출

나는 방으로 돌아왔다. 네드와 콩세유가 기다리고 있었다. 나는 네모 선장에게 말할 수 없는 두려움을 느꼈다. 선장이 인간들에게 어떤 일을 당했는지 몰라도, 이런 식으로 징벌할 권리는 없었다. 그는 자신의 보복 행위에 나를 공범자로 끌어들이지는 않았지만, 나를 그 행위의 목격자로 삼았다. 그 것만으로도 나는 견딜 수가 없었다.

11시에 전등이 다시 켜졌다. 나는 객실로 들어갔다. 객실은 텅 비어 있었다. 나는 여러 계기들을 확인했다. '노틸러스호'는 때로는 수면 위로 올라가고 때로는 10미터 아래로 내려가면서 25노트의 속력으로 북쪽을 향해 달아나고 있었다.

지도에서 우리 위치를 확인해 보니 영국 해협 입구를 지나고 있었다. 그리고 배는 아무도 따라올 수 없을 만큼 빠른 속도로 북극해를 향해 달리고 있었다.

저녁때까지 우리는 대서양을 200해리나 달렸다. 해가 지자 바다가 어둠에 뒤덮였다. 하지만 그때 달이 떴다.

나는 내 방으로 돌아왔다. 좀처럼 잠을 이룰 수가 없었다. 밤새 악몽에 시달렸다. 끔찍한 파괴 장면이 내 마음속에서 수없이 되풀이되었다.

그날부터 '노틸러스호'가 북대서양의 어디로 우리를 데려갔는지는 아무도 모른다.

시간은 속절없이 흘러갔다. 시간이 얼마나 지났는지 짐작도 가지 않았다. '노틸러스호'의 시계는 멈춰 버렸다. '노틸러스호'가 이처럼 미친 듯이 움직인 기간은 2주 내지 3주 정도일 거라고 생각하지만, 어쩌면 내 판단이 틀렸을지도 모른다. 네모 선장은 그림자도 보이지 않았다. 부관도 마찬가지였다. 승무원들도 보이지 않았다. 언뜻 지나가는 모습조차볼 수 없었다. '노틸러스호'는 거의 온종일 물속을 잠항했다. 공기를 보충하기 위해 수면 위로 올라가면 해치가 자동으로 여닫혔다.

어느 날—며칠인지는 나도 모른다—나는 아침부터 꾸벅꾸벅 졸기 시작했다. 졸다가 문득 눈을 떠 보니, 네드가 나에게 몸을 기울이고 낮은 소리로 말하고 있었다.

"도망칩시다!"

나는 벌떡 몸을 일으켰다.

"언제?"

"오늘 밤에요."

"좋아! 오늘 밤 탈출을 시도하세. 바다가 우리를 삼켜 버린
다 해도."

"바다는 거칠고, 바람도 거세게 불고 있지만, '노틸러스호'
의 보트를 타고 30킬로미터를 가는 것쯤은 두렵지 않습니
다. 승무원들 몰래 음식도 보트에 넣어 두었어요."

"자네만 믿겠네."

"어쨌든 나는 붙잡혀도 끝까지 맞서 싸우다가 죽을 겁
니다."

"우리는 함께 죽을 거야."

나는 어떤 결과도 감수할 각오가 되어 있었다. 네드는 나
를 남겨 두고 나갔다. 나는 상갑판으로 올라갔지만, 파도 때
문에 배가 심하게 흔들려서 서 있을 수도 없을 정도였다.

나는 객실로 돌아갔다. 네모 선장을 만날까봐 두렵기도 했
지만, 한편으로는 선장과 마주치게 되기를 바라기도 했다.
선장을 보고 싶은 마음과 보고 싶지 않은 마음이 엇갈리고
있었다.

나는 6시에 저녁을 먹었지만 식욕이 전혀 나지 않았다. 하
지만 체력을 유지해야 하기 때문에 입맛이 없는데도 억지로
먹었다.

6시 반에 네드가 내 방으로 들어왔다.

"떠나기 전에는 다시 만나지 않도록 합시다. 열 시에는 달이 아직 높이 뜨지 않을 겁니다. 어두운 편이 오히려 좋습니다. 열 시에 보트로 오세요. 콩세유와 기다리고 있겠습니다."

네드는 대답할 시간도 주지 않고 방에서 나갔다.

나는 '노틸러스호'가 어느 쪽으로 가고 있는지 궁금해서 객실로 갔다. 우리는 50미터 깊이에서 겁이 날 만큼 빠른 속도로 북동쪽을 향해 달리고 있었다.

나는 질긴 천으로 만든 옷을 입었다. 노트를 한데 모아 내 몸에 단단히 묶었다. 심장이 격렬하게 고동치고 있었다. 이렇게 걱정과 불안에 사로잡힌 상태로 네모 선장을 만났다면, 틀림없이 비밀이 탄로났을 것이다.

지금 네모 선장은 뭘 하고 있을까? 나는 그의 방문에 귀를 대 보았다. 발소리가 들렸다. 선장은 방에 있었다. 아직 잠자리에 들지 않았다.

나는 자신을 억제하고, 몸의 긴장을 풀기 위해 침대에 길게 드러누웠다. 곤두섰던 신경은 다소 가라앉았지만, 흥분한 머릿속을 빠르게 스쳐 지나가는 환상 속에서 나는 '노틸러스호'에서 겪은 일들을 다시 한번 체험했다. 내가 '에이브러햄 링컨호'에서 실종된 뒤에 일어난 온갖 행복한 사건과 불행한 사건들, 해저 사냥, 토러스 해협, 뉴기니의 야만인들, 산호 묘지, 수에즈의 해저 터널, 크레타섬의 잠수부, 비고만의 보물, 아틀란티스, 유빙, 남극의 얼음 감옥, 대왕문어와의 격투, 멕시코 만류에서 만난 폭풍우, '방죄르호', 승무원을 태운 채 침몰하던 전함의 처참한 광경. 이 모든 것들이 파노라마처럼 눈앞을 지나갔다.

9시 반이었다. 나는 머리가 터지지 않도록 두 손으로 감싸 쥐었다. 눈을 감았다. 더 이상 생각하고 싶지 않았다. 아직도 30분을 더 기다려야 한다! 30분 동안 악몽을 꾸면 미쳐버릴지도 모른다!

별안간 멀리서 희미한 오르간 소리가 들려왔다. 뭐라고 형언할 수 없을 만큼 구슬픈 곡조였다. 세상과 이어진 끈을 모조리 끊어 버리고 싶어 하는 영혼의 넋두리였다. 네모 선장은 세상의 경계 너머로 자신을 이끌어 가는 음악의 황홀경에 깊이 빠져 있었다. 나도 네모 선장처럼 황홀경에 빠져, 거의 숨도 쉬지 않고 내 모든 감각을 집중하여 귀를 기울였다.

그때 문득 무서운 생각이 떠올랐다. 선장은 지금 객실에 있다. 내가 탈출하려면 그 객실을 질러가야 한다. 거기서 마지막으로 선장을 만나게 될 것이다. 선장은 나를 볼 것이고, 어쩌면 말을 걸지도 모른다! 선장은 손끝만 까딱해도 나를 죽일 수 있다! 선장이 한마디만 하면 나를 이 배에 묶어 둘 수 있다!

시계가 10시를 치려 하고 있었다. 방에서 나가 동료들과 합류해야 할 시간이 왔다. 망설일 시간이 없었다. 나는 조심스럽게 방문을 열었다. 그렇게 조심했는데도 돌쩌귀가 놀랄 만큼 큰 소리를 낸 것 같았다. 어쩌면 그 소리는 내 상상 속에만 존재했는지도 모른다!

나는 '노틸러스호'의 어두운 통로를 살금살금 걸어갔다. 심장 박동을 가라앉히기 위해 걸음을 내디딜 때마다 멈춰 서곤 했다.

드디어 객실 문에 이르렀다. 나는 천천히 그 문을 열었다. 객실은 깊은 어둠 속에 잠겨 있었다. 오르간 소리는 여전히 희미하게 울려 퍼지고 있었다. 선장이 거기에 있었지만 나를 보지 않았다. 황홀경에 빠져 있었기 때문에, 불이 켜져 있었다 해도 나를 알아차리지 못했을 것이다.

나는 재빨리 서재로 들어갔다. 중앙 층층대를 올라간 다음 보트에 이르렀다. 네드와 콩세유가 기다리고 있었다.

"어서 가세!" 나는 소리쳤다.

"예, 곧 갈 겁니다." 네드가 대답했다.

그러고는 '노틸러스호' 선체에 뚫린 출입구를 닫고, 보트를 잠수함과 연결하고 있는 볼트를 풀기 시작했다.

그때 갑자기 선체 안쪽에서 웅성거리는 소리가 들렸다. 무슨 일이지? 우리가 탈출한 게 발각됐나?

네드는 작업을 멈추었다. 하지만 안에서 수없이 되풀이되는 한 마디, 무시무시한 한 마디가 '노틸러스호' 안에 퍼져 가는 소동의 원인을 알려 주었다. 승무원들이 동요하는 것은 우리 때문이 아니었다.

그들은 이렇게 외치고 있었다.

"마엘스트롬! 마엘스트롬!"

마엘스트롬!(노르웨이 북서 해안에 생기는 거대한 소용돌이) 지금 이 상황에서 이보다 무서운 말이 있을 수 있을까? 이보다 절망적인 상황이 있을 수 있을까? 그렇다면 여기는 노르웨이 앞바다의 그 위험한 해역이란 말인가? 하필이면 보트를 띄우려는 순간에 그 소용돌이가 닥치다니!

소용돌이는 나선 모양을 그리면서 계속 반지름을 줄여 가고 있었다. 아직 뱃전에 매달려 있는 보트도 현기증이 날 만큼 빠른 속도로 돌고 있었다. 극도의 공포에 신경이 마비될 정도였다. 빈사 상태에 놓인 사람처럼 온몸에서 식은땀이 나왔다.

이게 어찌된 일인가! 우리는 겁에 질려 부들부들 떨었다.

"볼트를 다시 조여야겠어요." 네드가 말했다. "'노틸러스호'에 붙어 있기만 하면 그래도 살아날 가망이……."

네드가 미처 말을 끝내기도 전에 짧고 날카로운 소리가 들렸다. 볼트가 더 이상 버티지 못하고 굴복한 것이다. 보트는 '노틸러스호'에서 떨어져 나가, 고무줄 새총에서 발사된 돌멩이처럼 소용돌이 한복판에 내던져졌다.

나는 철골에 머리를 부딪혔다. 이 충격으로 나는 그만 정신을 잃고 말았다.

그날 밤 무슨 일이 일어났는지, 보트가 어떻게 마엘스트롬의 소용돌이를 벗어났는지, 네드와 콩세유와 내가 어떻게 깊은 바닷속에서 빠져나왔는지, 나는 모른다. 하지만 정신을 차리고 보니 나는 로포텐 제도(노르웨이 북서 해안에 있는 섬 무리)의 어부네 오두막에 누워 있었다. 네드와 콩세유도 무사히 내 곁에 있었다. 그들은 내 손을 움켜잡고 있었다. 우리는 뜨겁게 포옹했다.

　지금 이 순간, 프랑스로 돌아가는 것은 생각할 수도 없다. 노르웨이의 남북을 잇는 교통수단은 그리 많지 않다. 그래서 나는 보름에 한 번씩 노르곶(노르웨이 북쪽 끝)까지 오가는 배를 기다려야 한다.

　그래서 나는 이곳에서 우리를 구해 준 친절한 사람들에게 둘러싸인 채 내가 겪은 모험을 정리하고 있다. 내 이야기는 진솔하고 정확하다. 사실은 단 한 가지도 생략하지 않았고, 아무리 사소한 일도 과장하지 않았다. 하지만 사람들이 과연 내 말을 믿어 줄까? 나도 모르겠다. 지금 내가 분명히 말할 수 있는 것은, 나에게는 바다와 해저 세계 일주에 대해 말할 권리가 있다는 것이다. 나는 열 달도 채 안 되는 짧은 기간에 바다를 2만 해리나 여행했고, 태평양과 인도양·홍해·지중해·대서양·남극해·북극해의 수많은 경이를 목격했다.

　그런데 '노틸러스호'는 어떻게 됐을까? 마엘스트롬의 공격을 견뎌냈을까? 네모 선장은 살아 있을까? 그는 아직도 바닷속에서 무서운 복수를 계속하고 있을까? 그의 생애가 담긴 원고는 언젠가 파도에 실려 어딘가로 흘러갈까?

나는 그러기를 바란다. 네모 선장의 놀라운 배가 무서운 바다를 이겨내고, 그렇게 많은 배들이 목숨을 잃은 그곳에서 살아남았기를 바란다. '노틸러스호'가 살아남았다면, 네모 선장의 가슴속에서 끊어오르는 증오심도 가라앉기를 바란다! 바다의 수많은 경이를 보고 복수심이 사라지기를 바란다! 복수자 노릇을 그만두고, 과학자로서 평화로운 해저 탐험을 계속하기 바란다!